SANS OUBLIER QU'UN JOUR ON S'EST AIMÉS

DU MÊME AUTEUR

So Far Away. Un certain 21 mars, mémoires, L'Archipel, 2013.
Elsa, roman, Hugo & Cie, 2009.
J'ai su dès le premier jour que je la tuerais, roman, L'Archipel, 2006.
Qu'importe le boulevard où tu m'attends, roman, Michel Lafon, 1997.

NICOLAS PEYRAC

SANS OUBLIER QU'UN JOUR ON S'EST AIMÉS

roman

l'Archipel

Notre catalogue est consultable à l'adresse suivante :
www.editionsarchipel.com

Éditions de l'Archipel
92, avenue de France
75013 Paris

ISBN 978-2-8098-4467-2

À Vanille
À Amanda et Sarah

Santiago

Le bateau prendrait son temps
Lui parlerait du Che
Comme si toujours vivant
Que rien n'avait changé
Danserait le rouge et blanc
Des enfants des écoles
Elle aurait la tête qui tourne
Penserait c'est l'alcool

Si loin Santiago
Et tant de trous d'mémoire
Que sa photo en devient presque noire
Et claire obscure sépia
Si loin Santiago
Qu'étrangère dans l'histoire
Que bandeau
Autre colin-maillard
Croiser ses yeux renaître

Elle prendrait sa main dirait
Faudrait jamais se perdre
La chambre aurait changé
L'amour serait le même
Il rentrerait un jour

Retrouver La Havane
Elle saurait que rien jamais
N'aurait le même charme

Si loin Santiago
Et tant de trous d'mémoire
Que sa photo en devient presque noire
Et claire obscure sépia
Si loin Santiago
Qu'étrangère dans l'histoire
Que bandeau
Autre colin-maillard
Croiser ses yeux renaître

Relire la page encore
Parce que ses mots ses silences
Et parce qu'un soir peut-être
Un autre avion en partance

Si loin Santiago
Et tant de trous d'mémoire
Que sa photo en devient presque noire
Et claire obscure sépia
Si loin Santiago
Qu'étrangère dans l'histoire
Que bandeau
Autre colin-maillard
Croiser ses yeux renaître…

Prologue

Aujourd'hui

Le bateau prendrait son temps
Lui parlerait du Che
Comme si toujours vivant
Que rien n'avait changé…

Elle chantonne…

C'était quoi, cette chanson, déjà ?

Un air des années 1980 ou 1990 qu'elle écoutait en boucle parce qu'elle adorait l'atmosphère, la mélodie, les paroles, et surtout ce bandonéon qui se baladait sur tout le titre, distillant une mélancolie étrange, indéfinissable, une larme glissant tout doucement le long d'une joue ou d'un cil…

La chanson s'appelait « Santiago », c'est drôle, les hasards…

Il fait presque chaud, chaud et humide, et aussi presque nuit, cette obscurité qui tombe si vite dans le moindre pays proche de la ligne de l'équateur…

Combien d'années, déjà ?

Huit ou un peu moins, et ce retour, jamais imaginé…

Le vrai du faux, le faux du vrai, tirer un trait définitif sur cette gloire qui lui colle à la peau, gangue impalpable insinuée partout et depuis si longtemps.

Revenir d'un coup de tête sur ses pas, décider que ce sera sous d'autres latitudes, là où aurait pu exister *Santiago*, un peu comme dans cette fameuse chanson qu'elle aimait tant, et qui parlait de l'autre bout du monde…

Léa Solvéni, en lettres d'or ou de lumière sur chaque mur de sa vie…

Léa Solvéni…

Tout effacer d'un coup de gomme, d'un souffle sur ces bougies allumées pour un énième anniversaire, une fête au long cours, chandelles éphémères d'un instant qui ne ferait que passer avant d'à tout jamais s'enfuir…

Léa Solveni, disparue à jamais au bout d'un univers à l'écart de celui où elle brille ; ne plus revenir, la marche arrière définitive, stade terminal d'une vie de paillettes et de faux-semblants.

Savoir que celle qu'on est n'a rien à voir avec la réalité, décider qu'on va faire demi-tour au prochain rond-point et que personne n'entendra plus jamais parler de vous…

Et disperser des cendres au vent de la Bretagne.

1

Aujourd'hui

Je fumais des Muratti Ambassador, avec double filtre s'il vous plaît.

Je les achetais au bout du petit chemin de terre, de l'autre côté de la route nationale qui allait de la plage de Massa jusqu'aux montagnes – enfin, je devrais dire aux collines.

Souvent, elle me regardait partir, attendait assise sur un banc de pierre où elle lisait, ne bougeait pas jusqu'à mon retour.

Comme un rituel.

Je ne tournais jamais la tête en partant.

Je savais qu'elle était là, qu'elle y serait encore quand je reviendrais.

Elle avait des yeux de chat, verts parsemés de pailles d'or.

Je le savais, parce qu'une fois, je m'étais trouvé juste derrière elle, là où j'achetais mes Muratti, et elle s'était retournée…

C'était beau.

Je n'y connaissais rien en filles, encore moins en actrices.

Quand j'y repense, je crois qu'elle ressemblait déjà un peu à Audrey Hepburn, celle de *Breakfast at Tiffany's*, la sublime, l'irremplaçable, celle qui pouvait faire n'importe quoi et être unique, comme mettre un masque pour dormir et vous faire chavirer.

Je devais avoir seize ans, peut-être un peu moins…

Trois ans que je venais ici chaque été, une idée de ma mère.

Trois ans que je visitais Carrare, et Florence, et la tour de Pise qui n'en finissait pas de pencher…

Trois ans qu'elle avait un an de plus chaque été, trois ans que je ne lui parlais jamais, ne connaissais même pas son nom.

J'avais une bonne raison pour ça ; je savais dire *grazie* et *prego* en italien, pas un mot de plus, ou bien j'ai oublié.

J'étais un drôle d'ado, plus attiré par les bluettes estivales que par le rock ou la pop, plus Rachmaninov que Culture Club ou Michael Jackson…

Parce que des ados, y'en avait d'autres, dans ces années-là, un peu plus déjantés, un peu plus picole et pétards et autres sucreries…

J'avais peut-être raté le coche, je l'ai su bien plus tard.

Raté le coche avec elle aussi, parce que les coches, vaut mieux tous les rater et n'en rien regretter…

La dernière fois que j'étais parti à Massa, je m'étais juré d'enfin lui parler, même en charabia, même avec des gestes ou des sourires ou des haussements d'épaules…

Un début de monologue pour que ça entraîne, peut-être, une amorce de dialogue…

Pendant tout le voyage, je n'avais pensé qu'à ça, m'étais écrit le scénario du film, savais, au détail près, ce qui allait se passer, ce qui ne manquerait pas d'arriver…

Au bout de trois semaines, l'imbécile que j'étais avait fini par admettre la vérité : elle était partie loin de Massa, autre vie, autres vacances, autres rencontres…

Je suis comme ça depuis toujours : je ne veux jamais me résoudre à l'évidence, me dis que s'il reste un petit espoir, même infime, microscopique, je dois m'y cramponner, ne jamais le lâcher…

Et, croyez-le ou non, parfois, ça marche et ça me venge de tous les échecs.

Cette année-là, ça n'avait pas fonctionné.

Elle avait pris son envol, peut-être déjà croisé la route d'un de ceux qui allaient la mettre dans la lumière, la faire entrer à jamais dans notre imaginaire, nos fantasmes…

Et ce ciel, aujourd'hui, si bas, si gris, parsemé de gouttes venant mouiller le col de mon blouson usé…

On pourrait se croire chez Mankiewicz, séquence d'ouverture de *La Comtesse aux pieds nus*…

On pourrait, sauf que je ne suis pas Bogart et qu'elle n'était pas Ava Gardner…

Un grand terrain au fin fond de la Bretagne, là où la lande et la mer semblent se rejoindre, juste avant d'être séparés par l'aplomb de la falaise…

Elle n'aura pas vécu assez longtemps…

Mais peut-être sa date de péremption était-elle dépassée depuis des années. Il ne restait plus de plumes sur ses ailes, plus assez en tout cas pour la protéger des orages et des gouffres et des souffrances et de la solitude…

Être star à dix-huit ans, avant de plonger vers le vide vingt ans plus tard, rien que du presque banal vu la vitesse à laquelle on s'habitue à tout, même au pire…

Vingt ans pour tout voir, tout connaître ou en avoir l'impression, des louanges aux critiques assassines, du Capitole à la roche Tarpéienne, des embrassades aux indifférences…

Vingt ans pour essayer de faire la part des choses entre les sincères et les faux-jetons, les flatteurs et les vrais amis, vingt ans à se croiser dans le miroir qui vous répond de moins en moins souvent que vous êtes la plus belle et la plus talentueuse…

Une éternité à nourrir le doute, les remises en question.

Des années pour essayer, chaque fois, de choisir le bon scénario sur la bonne pile, celle sous laquelle est écrit que c'est le bon choix, le bon personnage, le bon moment ; des années à déléguer, en croisant les doigts, aux bonnes personnes, celles supposées vous montrer le bon chemin, la petite lumière au bout du tunnel quand, de temps en temps, c'est le gris qui domine, juste avant le noir…

Des années avant que par hasard on se recroise.

Je savais depuis longtemps qui elle était, et chaque fois qu'un de ses films sortait, qu'elle faisait la tournée des émissions de promotion, je repensais à Massa, et en l'entendant parler parfaitement français, avec juste une pointe d'accent italien, je mesurais l'étendue de ma bêtise ou de mon manque de curiosité à l'époque de nos œillades adolescentes…

Si j'avais franchi le pas et passé outre ma timidité, elle m'aurait peut-être répondu en français, puisqu'elle l'avait appris au lycée, en deuxième langue, après l'anglais…

C'est ce qu'elle avait expliqué à un journaliste qui s'étonnait de sa parfaite maîtrise de la langue de Molière.

2

Dix ans auparavant

Rue Delambre, un 31 janvier…

Il fait froid mais le ciel est bleu marine et je tiens à donner rapidement à développer les rouleaux de pellicules que j'ai dans la main.

Je ne fais confiance qu'à Picto, et Picto, c'est rue Delambre…

Une petite trotte depuis le coin du boulevard Raspail et de la rue du Cherche-Midi…

J'aime marcher et, qu'il fasse beau ou pas, je marche, parfois des heures, pour regarder, réfléchir, oublier ou me souvenir…

Je ne suis pas photographe.

Je fais des photos parce que je fais des films…

Et quand je prépare un film, après l'avoir écrit, je fais des repérages et, forcément, des photos.

Je sors d'un succès et d'un échec, enchaînés…

En général, je rebondis, comme une drôle de balle ou un drôle de mec qui ne se laisse pas abattre, un type qui, du jour au lendemain, décide de tout envoyer promener puis, ce faisant, repart de plus belle parce que quelqu'un, quelque part, le croise, ou le surprend, ou l'illumine…

Bref, j'ai l'âge où tout est encore possible parce que, dans ma tête, il n'y a pas de date butoir pour rêver…

Je marche la tête baissée, comme d'habitude, et je pense aux photos et à ce film que je traîne dans mon esprit depuis des années…

J'y ai travaillé, beaucoup, ai laissé tomber pour en écrire un autre avant d'y revenir, il y a quelques mois…

Il pourrait s'intituler *Santiago*, Santiago de Cuba, pas le Santiago du Chili, non, Cuba, parce que, depuis longtemps, je suis fasciné par l'histoire de ce pays étrange…

Une drôle d'histoire, que je traîne dans ma tête sans savoir pourquoi.

Le choc est violent, mais amorti par du tissu et un corps.

J'en laisse tomber mes rouleaux, relève les yeux et la tête pour voir qui j'ai pu heurter…

Je suis sur le point de m'excuser après avoir ramassé les pellicules, quand j'entends un rire et une voix qui me rappellent quelque chose :

— Eh bien, si je m'attendais… !

Je mets cinq secondes à faire le point.

Elle est éblouissante, une énorme écharpe rouge enroulée sur un manteau noir…

— Léa ?

— Il parle !… Alléluia !… Tu as retrouvé ta langue, ça y est ?

Elle est étincelante et elle se fout de moi comme si on s'était quittés il y a deux jours, ou dix minutes, ou plutôt comme si les années n'avaient pas fichu le camp à une vitesse vertigineuse et que nous étions toujours à Massa…

Je la regarde comme si elle n'existait pas, comme si j'allais bientôt me réveiller d'un rêve bien trop doux pour être vrai…

— Eh bien, non, finalement tu ne parles pas… Dommage… J'aurais bien aimé savoir ton nom, puisque toi, tu connais le mien…

— Simon…

— Eh bien voilà, on y est, enfin ! Ça fait combien de temps ? Dix ans ?

— Neuf et demi, exactement…

C'est sorti tout seul… Pas besoin de compter, je sais… Elle m'a trop marqué pour que j'aie besoin de réfléchir…

Presque dix ans, déjà.

Elle me dévisage, ne me quitte pas des yeux et, un presque sourire aux lèvres, me crucifie d'une phrase :

— On en a perdu du temps… Et, hélas, contrairement à ce que certains prétendent, le temps ne se rattrape pas…

— Léa, Léa Solvéni… C'est ton vrai nom ? Je sais, c'est une question débile, mais au point où j'en suis…

— Quelle importance ?

Elle continue à me fixer, plantés que nous sommes au milieu du trottoir de la rue Delambre… Enchaîne :

— Ce que j'ai pu penser à toi… Tu ne peux même pas imaginer… Le petit Français de mes quinze ans, celui qui ne parlait jamais, ne se retournait pas, timide mais accroché au regard d'une fille qui ne lui répondait qu'à coups de silences… Si tu savais ce que je t'en ai voulu de ne m'avoir jamais adressé la parole… Remarque, j'aurais pu parler moi aussi… En fait, j'étais comme toi… Et puis, la vie m'a fait croire que j'avais oublié… Mais non, tout est là, précis, palpable, avant-hier et aujourd'hui entremêlés… Et en plus, tu as gardé la tête que tu avais, un presque ado…

Je me jette à l'eau, un peu embarrassé, pour ne pas dire perdu :

— Tu ne le sais évidemment pas mais, la dernière fois que je suis allé à Massa, j'avais décidé de briser le silence, même en parlant je ne sais quel charabia, et puis tu n'es pas venue… Il m'aura fallu trois semaines pour admettre que tu ne viendrais pas, que je ne te croiserais que dans une autre vie…

— On pourrait boire un café, au lieu de rester dans la rue avec ce froid ?

Elle a dit ça avec un vrai beau sourire…

Nous repartons vers le coin du boulevard Montparnasse, direction La Coupole.

Les têtes se tournent à notre arrivée, mais elle n'y attache pas la moindre importance…

Elle a l'habitude d'être reconnue, scrutée, épiée par des admirateurs ou des paparazzi, et ce ne sont pas les regards des quelques personnes attablées sur la terrasse fermée de la brasserie qui vont la déranger.

Le serveur qui nous aborde lui dit : « Bonjour, Léa… »

Elle a ses habitudes ici, habite forcément le quartier.

Il nous installe un peu à l'écart.

Il est encore tôt, beaucoup de tables sont libres…

Je commande deux chocolats chauds, mais j'aurais envie de quelque chose de plus fort…

Pourtant, passé la surprise violente de la rencontre et les premières minutes, tout semble logique, normal…

Certains disent que le hasard n'existe pas, que les choses arrivent parce que c'était prévu, écrit, évident…

Je ne sais pas, et en fait je m'en fiche, seul le résultat compte…

Ce qui me frappe, en revanche, c'est ce qu'elle dégage, le charme qui émane de son visage, de ses gestes, de sa façon de vous regarder…

Et sa voix, un peu rauque avec cette pointe d'accent inimitable…

Pas étonnant que la caméra aime jouer avec elle…

Toujours les yeux de chat, toujours les paillettes et ce côté Audrey Hepburn. Et moi qui la découvre, comme si j'avais encore seize ans et toute la vie devant…

Elle ne parle pas, continue à me fixer, enlève son écharpe, ouvre son manteau…

J'ai changé, forcément vieilli, mes aventures de vie parfois compliquées ont laissé des traces et c'est ce qu'elle découvre après toutes ces années…

— Tu crois que ça peut durer longtemps ?

— De quoi tu parles ?

— De ton côté, je la couve des yeux de peur qu'elle s'envole au premier coup de vent !

Je me sens rougir, baisse les yeux, les relève :

— On ne peut pas dire que tu aies la langue dans ta poche… Mon côté fasciné par un visage que je n'aurais jamais pensé revoir pourrait effectivement durer des heures…

— Excuse-moi, je peux comprendre, même si je trouve ça drôle…

— Drôle ?

— Mais oui, tout est à mourir de rire ! On se croise trois ou quatre fois par jour, un mois par an, pendant des années, sans jamais se parler, à se regarder grandir, aussi timides l'un que l'autre et, presque dix ans plus tard, on se rentre dedans dans la rue… C'est plus que comique, et j'admets que ça pourrait sembler difficile à croire si on racontait cette histoire…

— Presque un film, ou l'ébauche d'un scénario ou d'un roman…

Les chocolats arrivent, le garçon lui sourit encore une fois…

Elle lui dit : « Merci, Serge. »

— C'est ta cantine ?

— Je viens assez souvent… J'habite tout près, rue Bréhat, derrière le Luxembourg…

— Je pensais bien que tu étais dans le quartier… Le garçon qui t'appelle par ton prénom, et toi qui le remercies en faisant la même chose…

— Je déteste être distante… Ce n'est pas parce que je suis un peu connue qu'il faut que j'installe toujours des barrières… Parfois, c'est indispensable, mais la plupart du temps je suis une fille normale, qui a peut-être la chance de faire ce qui lui plaît tout en aidant les gens à rêver. C'est un cadeau…
— Et encore, tu ne peux pas te rendre compte de ce que tu représentes pour certaines personnes ! C'est compliqué d'avoir du recul quand on est très connu… Enfin, je pense… Pour avoir souvent rencontré des actrices et des acteurs célèbres, j'ai tendance à croire qu'ils vivent quand même dans un autre monde…

Elle me regarde, un peu étonnée :

— Oui, je travaille dans le cinéma, mais de l'autre côté de la barrière… Je suis réalisateur et, donc, je fréquente pas mal de comédiens…
— Simon… Simon… Le Goff ? C'est ça, non ? Je suis la reine des imbéciles ! Mais bien sûr, et en plus j'ai failli faire un film avec toi ; en tout cas, mon agent m'avait parlé d'un projet qui se montait, et il avait dans l'idée de parler de moi à la production…

Je suis stupéfait…
Jamais je n'avais pensé à elle, alors que j'aurais pu l'approcher pour un projet de film… Elle m'avait marqué, elle m'avait manqué, elle était en France, tournait avec des réalisateurs français et étrangers, et jamais je n'avais fait la démarche pour la rencontrer…
Je suis quand même très atteint…
Ou alors, quelque chose en moi l'occultait.
C'est à n'y rien comprendre…

Je vais devoir trouver une bonne excuse… Je me lance :

— Je faisais des films un peu marginaux, réalistes, différents de ceux dans lesquels tu jouais, et je n'ai jamais imaginé que mon univers pourrait t'intéresser.

— Le cinéma m'intéresse, les histoires m'intéressent, les personnages à jouer m'intéressent… Tu aurais pu te dire ça… Mais ça n'a aucune importance, ce qui est important c'est aujourd'hui, maintenant, et pourquoi pas dans une heure ou un jour…

Elle passe la main dans ses cheveux coiffés à la diable, finit par enlever complètement son manteau, comme si, d'un coup, la chaleur avait fait un bond…

Avec un petit sourire, je lui dis :

— On n'est pas obligés de parler tout de suite des occasions manquées. J'ai eu la sensation, tout à l'heure, que la vie faisait un arrêt sur image, et je ne voudrais pas tout gâcher alors qu'on a peut-être des tas de choses à se raconter…

— Mais non, on n'a rien à se raconter !… On ne se connaît pas, on raconte des choses à ceux qu'on a croisés souvent et avec qui on a déjà partagé des parcelles d'existence ! C'est pas énorme, dix ans, ça devrait prendre cinq petites minutes ! Quand les gens se retrouvent après des années, ils évoquent des souvenirs communs… Nous, on n'en a aucun, à part ces étés et ces échanges de regards à répétition… Ce ne sont pas des souvenirs, ou alors, un seul énorme souvenir fait de silences.

3

Ça fait une heure que je l'ai retrouvée et, plus le temps s'écoule, plus j'ai l'impression d'être passé à côté d'un pan de ma vie, à côté d'elle. Or, Massa ne fut pas qu'un épisode anodin de mon parcours, ç'aurait pu être le départ d'une existence qui aurait tourné autour de Léa…

Le temps ne se rattrape pas, disait-elle tout à l'heure ; elle avait raison…

J'ai une boule dans le ventre…

Ça pourrait ressembler à un genre de coup de foudre sans en être un, puisqu'elle fait quand même partie de ma vie depuis longtemps, même si j'en ai perdu des bouts au fil des années…

Un silence étrange s'installe, et c'est comme si chacun se demandait quelle sera la suite, s'il devrait d'ailleurs y en avoir une, parce que des rencontres fortuites qui ne mènent à rien, ce n'est pas ça qui manque…

Lui poser des questions, m'immiscer dans son passé, sa vie privée, celle dont les journaux ne connaissent que les bribes qu'elle aura bien voulu laisser s'envoler pour nourrir leur curiosité ?

Elle hésite, peut-être autant que moi…

À quoi bon tout ça, le retour en arrière alors que rien n'est pareil…

Et pourtant, je sens que ce serait idiot de ne pas essayer d'aller plus loin, juste avancer un peu vers l'inconnue qui me fait face et à qui j'ai si souvent pensé depuis mes années d'adolescent.

— Ça y est, tu es de nouveau muet ? Ou alors je te fais peur ? Ou ce n'est pas le bon moment ?

— Non, pas du tout ! Mais je n'aurais jamais imaginé te rencontrer de nouveau, même si ton visage crevait l'écran du cinéma français et que je le voyais partout sans le voir… C'est difficile de savoir par où et par quoi commencer… Et puis, moi, je sais beaucoup de choses sur toi – en tout cas, celles que tu as bien voulu raconter aux journalistes…

— Qu'ils aillent se faire foutre, les journalistes… Ils m'ont un peu pourri la vie récemment, donc…

Elle a prononcé « foutre » en roulant le *r*, à l'italienne…

Peut-être fait-elle allusion à une liaison supposée avec un homme politique de premier plan, dont les journaux à ragots se sont repus il y a quelques semaines…

— Ils ont plutôt tendance à bien t'aimer, il me semble, non ? Ou alors, on ne parle pas des mêmes, parce que les derniers papiers intéressants que j'ai pu lire parlaient de toi d'une jolie façon, quand tu as été nommée pour le césar de la meilleure actrice…

— … que je ne méritais absolument pas et que je n'ai d'ailleurs pas eu, et tant mieux pour Juliette, parce que c'était un césar pour elle, et les jurés ne s'y sont pas trompés ! Mais toi, tu peux raconter… Je ne sais rien de la vie de Simon Le Goff, à part qu'il venait tous les étés de son adolescence à Massa, Toscane, là où je vivais… Je sais aussi qu'il a eu un prix du jury à Cannes, il y a trois ou quatre ans, si je me souviens bien, et que ce film avait beaucoup fait parler… Je me souviens même qu'il y avait une fille très belle à ton bras quand tu montais les marches…

Je souris… Elle fait référence à Alexia… Elle partageait des bouts de ma vie à l'époque…

— Ça avait fait un peu de bruit parce que j'avais décidé de tourner en noir et blanc, de prendre des acteurs qui n'étaient pas des professionnels, et que, curieusement, comme ça arrive une fois sur mille, ils étaient tous crédibles et formidables… Pialat a dû se retourner dans sa tombe, lui qui avait tant de mal à obtenir ce qu'il voulait avec des amateurs. J'ai eu de la chance, une chance insensée, mais c'était un risque à courir…

Elle s'agite :

— Ce n'est jamais de la chance !… C'est une question de direction, de psychologie, faire en sorte que le comédien t'écoute et te comprenne… De l'avis de tous ceux qui ont tourné avec lui, Pialat était le contraire d'un psychologue et d'un homme à l'écoute… Résultat, il arrivait rarement à obtenir quelque chose de bien de ses comédiens amateurs…

Elle est virulente, parle avec les mains, a envie de convaincre, et je la découvre sous un autre jour, une femme passionnée par son métier, et qui semble très bien savoir ce qu'elle veut…

On est loin de Massa et de la jeune fille timide me regardant passer sur le chemin de terre…

— Tu es marié, tu as des enfants ?

— Je l'ai été, très brièvement mais je ne devais pas être le bon pour elle…

— Ou le contraire…

— Oui, enfin, c'était pas ça, et depuis je suis seul ou presque…

— Ah bon, ça existe, seul ou presque ?

— Pour moi, oui… Je pourrais ne pas être seul mais je préfère l'être pour pouvoir me consacrer à ce que je fais le moins mal, l'écriture de petites histoires et la direction d'acteurs…

Je sens qu'elle est une fois de plus à deux doigts de se foutre de moi et de mes pseudo-certitudes…

Je ne sais rien d'elle, ou si peu, et pourtant, j'ai l'impression de la connaître ou au moins de la deviner, comme si, depuis tout ce temps, nous étions liés par des fils invisibles mais étrangement solides…

Je dois me faire des idées…

Après tout, comment affirmer des choses pareilles ?

Pendant des années, on regarde une fille tous les jours, un mois par an, sans jamais lui parler, et on se persuade dix ans plus tard qu'on est liés par quelque chose.

Pourquoi pas, après tout ?

— Et toi, tu as un petit ami, un mari ?

Elle tourne la tête, regarde ailleurs, finit par se retourner vers moi, me fixe sans ciller :

— J'avais un fiancé en Italie… On devait même se marier… Et puis, un jour, il a failli me tuer…

— Comment ça, il a failli te tuer ?

— Il a *voulu* me tuer ! Je me suis mal exprimée… Mais j'ai réussi à m'enfermer dans une pièce et à appeler la police.

— Qu'est-ce que c'est que cette histoire ?

— Ce serait un beau sujet pour les tabloïds, tu ne trouves pas ? Mon agent s'est arrangé pour que personne n'en parle… Internet était moins envahissant à l'époque…

— C'était quand ?

— Au moment où j'ai commencé à être un peu connue… J'avais fait trois films et il avait l'impression que je lui échappais. Il a essayé de me poignarder avec un coupe-papier ! La jalousie des machos italiens !

Elle a changé de visage, s'est refermée sur elle-même, comme si ce versant de sa vie était encore trop présent…

— Depuis, j'ai évidemment eu des petits amis, mais rien de bien sérieux… Le vrai souci, quand on est un peu connu, c'est la sincérité des autres… Comment savoir si quelqu'un s'intéresse à toi pour toi ou parce que, la plupart du temps, tu es une autre, cette autre qui, peut-être, les fait fantasmer ?

— C'est vrai, ce doit être compliqué… Aucun moyen de savoir… Mais, si c'était moi l'élu, tu saurais très bien que ce ne serait pas l'actrice qui m'attirerait, puisque je te dévisageais déjà quand j'avais quinze ans…

Elle rit…

— Il ne faut faire confiance qu'aux gens qui vous ont connus avant que vous soyez dans la lumière. C'est ce que tu dis ?… Tu dois avoir raison, mais ce n'est plus une vie…

— Ou alors, il faut être avec des amoureux aussi célèbres que vous, et comme ça, personne ne peut prétendre que c'est intéressé…

— Au contraire de ce qu'a pu prétendre une certaine presse poubelle, je ne suis pas attirée par ce genre d'aventure ! Ne surtout pas croire ce que racontent ces torchons !

Elle commence à s'énerver. Ces articles à répétition ont dû lui faire beaucoup de mal, même si elle n'a pas envie d'approfondir.

— On pourrait parler d'autre chose ?

— Bien sûr ! Tu sais, la presse que tu évoques ne m'intéresse pas plus que toi, mais à l'époque où on vit, elle fait hélas partie de notre quotidien…

Elle se détend un peu, boit une gorgée du chocolat qui doit être tiède, me regarde avec, de nouveau, un grand sourire…

— Quand j'étais une petite fille, en Italie, je lisais les magazines de cinéma que mes parents avaient gardés parce qu'ils aimaient suivre la vie des comédiens et des metteurs en scène, et je passais des heures à me perdre dans les photos des actrices et des acteurs qu'on voyait partout dans les années 1960… Mais les reportages, à cette époque, relevaient plus du rêve que du trash… Peut-être est-ce à ce moment que tout a pris forme dans ma tête… Peut-être… Sauf que, si je me souviens bien, j'avais surtout envie d'aider les autres et d'écrire… L'écriture m'attire depuis que je suis adolescente… Un jour, je m'y mettrai.

— Je dois avouer que beaucoup d'acteurs avaient une autre allure et une autre classe que maintenant, mais les temps changent et nous aussi ; ce qu'on trouvait élégant à l'époque peut paraître démodé ou ringard aujourd'hui…

— La classe et l'élégance sont indémodables.

— On en a la preuve éclatante quand on te regarde et qu'on voit l'image qui se dégage de toi !

— Pas de flatteries, s'il te plaît, pas déjà ! Non, je plaisante… C'est vrai que je m'efforce de rester digne et de ne pas faire n'importe quoi pour qu'on parle de moi… Ce n'est pas toujours ce qu'il y a de plus simple parce que, parfois, tu crois faire quelque chose de très classe. Or, ce n'est pas du tout ça, tu as participé sans le vouloir à un acte tout sauf élégant…

Je comprends d'un coup que, depuis que nous sommes arrivés à La Coupole, je tiens toujours mes rouleaux de pellicules à la main…

— Je peux t'abandonner cinq minutes pour aller chez Picto déposer mes films ? C'est là que j'allais quand je t'ai heurtée, et c'est assez urgent…

— Je peux attendre, même une heure, tu sais… On a bien failli ne jamais se recroiser, alors quelques minutes de plus, c'est rien…

La rue Delambre encore, les escaliers vers le bureau d'accueil au premier étage de Picto, les films que je dépose et qui seront développés pour que je les récupère ce soir, les escaliers dans l'autre sens, la rue Delambre à l'envers, l'entrée de La Coupole, la terrasse couverte, deux tasses de chocolat sur la table et deux chaises vides…

C'était bien ce qu'on appelle une rencontre sans lendemain.

Serge s'approche et me dit que Léa s'est absentée pour téléphoner, qu'elle revient juste après…

4

Aujourd'hui

J'aime infiniment la Bretagne, comme Léa.

Nous l'avions parcourue en long et en large, avions découvert des endroits sublimes au détour d'un virage…

Mais aujourd'hui, je ne vois que le noir et gris du ciel, la lande balayée par la pluie et le vent, et cette voix qui s'élève, comme sortie des dizaines de parapluies venus braver les éléments pour cet hommage…

Elle aurait détesté.

Elle n'avait plus de parents proches, donc ceux qui sont là ne peuvent qu'être des admirateurs ou des membres de la fameuse « grande famille » du cinéma, la garde et l'arrière-garde de ceux qui aimeraient peut-être qu'on parle d'eux en toutes circonstances…

À vrai dire, d'où je suis je ne vois rien, ou plutôt je ne vois que des dos et des dômes de toile, et ce que j'affirme est ridicule…

Je ne sais pas qui est là, et n'ai d'ailleurs pas envie de savoir.

En vérité, ça fait longtemps que je m'en fous.

J'essaie de fréquenter ce milieu le moins possible pour garder intactes mes envies et mes idées, et ce n'est pas en traînant des nuits entières dans les endroits où il est bon de se faire voir que les écritures avancent...

Je mets déjà un temps fou à récupérer quand j'ai le malheur de me coucher trop tard ou de boire trop, donc j'évite le plus possible les mondanités...

Je suis derrière la foule, à l'écart, et le chapeau que je me suis collé sur la tête fait que même ceux qui me connaissent bien auraient du mal à me reconnaître...

Quand la nouvelle est tombée, j'étais en pleine préparation d'un projet étrange que je devrais tourner dans un an ou un an et demi...

Ça risque de prendre plus de temps, parce que j'avais décidé de proposer une fois de plus le rôle phare à Léa.

Je trouvais que c'était encore écrit pour elle, et l'idée de peut-être enfin la diriger me séduisait.

— Vous êtes Simon Le Goff ?

Elle doit avoir dans les trente ans, elle est blonde, belle et trempée, sourit en me regardant d'un drôle d'air...

Je suis surpris, je ne m'attendais pas à ce que quelqu'un m'aborde ici...

Elle me repose la question, d'un ton un peu plus accentué :

— Vous êtes Simon ?... Je vous reconnais, malgré le chapeau... Pas du genre à vous mêler aux autres... J'ai vu des photos de vous chez Léa...

— Vous êtes qui ?...

— Une amie de Léa… On était proches, très proches, depuis longtemps…

— Vous vous appelez ?…

— Janet…

Le nom me dit quelque chose…

Léa m'en avait parlé, ça me revient, un jour où elle était venue se réfugier chez moi en pleine nuit, quand elle voulait laisser tomber son tournage avec Fortin…

Chez Léa, Janet était sur certaines photos, présente mais jamais très visible, cachée dans l'ombre ou dans le flou…

Sans parler des images prises par elle…

Quand je demandais qui avait fait telle ou telle photo, parfois, Léa répondait : « Janet. »

— Léa parlait souvent de vous… Simon, son étrange ami d'adolescence, celui qui n'avait jamais osé l'aborder… Celui qui l'aimait en secret…

— Je ne sais pas si je l'aimais… Quand on était ados, on se regardait, souvent, c'est vrai, mais j'étais trop timide…

Elle me répond du tac au tac :

— C'est un peu le sentiment qu'elle avait… Je suis heureuse de vous rencontrer, depuis le temps que j'entends votre nom…

— C'est gentil…

— Vous savez, pour moi, vous êtes une énigme, et vous l'avez marquée… Toutes ces années où elle vous croisait sans rien savoir de vous…

— C'était il y a longtemps, très longtemps.

— Rassurez-vous, elle n'avait rien oublié, ce sont des événements marquants quand on a quinze ou seize ans… Plus personne n'est romantique aujourd'hui, ça a un petit côté prétendument démodé… Alors, quand on repense à ces années-là, ça fait un bien fou, et savoir que vous existiez la rendait heureuse…

Je ne sais vraiment pas quoi dire…

Je n'ai même pas envie de poursuivre la conversation…

Une fille venue d'on ne sait où débarque aux funérailles de quelqu'un qui vous est cher et vous assène des vérités…

Improbable !

En fait, je me demande ce que je fais là…

On disperse les cendres de Léa au-dessus de la mer, comme elle l'avait souhaité, mais je ne fais pas ou plus partie des proches, donc je suis venu sans être invité, parce que je me voyais mal ne pas être là…

Certains jours, elle était en permanence dans ma tête, à croire qu'on ne s'était pas quittés…

Je n'ai qu'une envie, m'enfuir.

Qui s'occupe de disperser les cendres ?

Pas de famille, pas de mari, pas de petit ami connu, alors qui gère ?

L'agent, monsieur ou madame dix pour cent ?

Un membre de la famille sorti d'un chapeau ?

— Ils me font rire, tous ces faux-culs…

Janet a balancé ça tranquillement, comme si elle disait bonjour…

— Quand je pense à ce qu'elle a dû supporter comme hypocrisies, je n'en reviens pas qu'ils soient réunis là, comme si de rien n'était !

— Vous connaissez un peu ce milieu, ça ne doit pas vous surprendre ?...

— Ça ne me surprend pas, ça me désespère, ça me dégoûte de les voir tous là en train de dire du bien d'elle, quand il y a un mois ou deux ils la dénigraient, prétendaient que sa carrière était finie, qu'elle n'était plus bonne à rien ! C'est vraiment de la merde, ce métier !

Cette fille est de plus en plus agitée.

Je m'efforce de calmer le jeu :

— C'est pour ça que j'essaie de rester à l'écart, au risque qu'on m'oublie pour un temps... J'ai de plus en plus de mal avec ces personnages qui sont souvent tout sauf des créateurs, alors qu'ils se croient géniaux... Vous êtes aussi dans le cinéma ?

— Pas du tout... Je suis médecin mais je n'exerce plus, je suis ce qu'on pourrait appeler une riche héritière, qui a la chance d'avoir eu des parents avec beaucoup d'argent... J'en profite, raisonnablement, et de temps en temps j'investis une partie de mes avoirs dans des projets qui me tiennent à cœur : des ONG, des initiatives privées... C'est d'ailleurs ainsi que j'ai rencontré Léa...

La pluie a cessé et les discours aussi.

Je regarde Janet qui, comme moi, n'est pas habillée de noir mais porte un jean sous un long imperméable très anglais...

Drôle de fille…

Moi qui préfère les brunes, je la trouve attirante, elle a beaucoup de charme…

Elle ne semble pas triste, plutôt amusée par la débauche de larmes et de tristesse, peut-être fabriquées.

Elle a presque l'air de bonne humeur, pourrait faire tache dans cette assemblée.

Janet, si lointaine et si proche, Janet cachée quelque part dans la vie de Léa, amie, amante, confidente ?…

Allez savoir…

Après un long silence, elle me lance :

— Vous ne le savez évidemment pas, mais c'est à cause de vous qu'elle est morte !

5

Dix ans auparavant

Je m'appelle Léa.

Ceux qui me connaissent bien me surnomment Jade, j'ai toujours aimé cette matière depuis qu'on m'a offert un bracelet, quand j'étais enfant…

En Italie, mes parents appréciaient les belles choses, j'ai été heureuse et gâtée…

Simon doit être revenu de son voyage éclair chez Picto, mais je vais attendre encore un peu avant de retourner sur la terrasse…

Serge a dû le prévenir…

Pauvre Simon…

Après tout ce temps, il me retrouve et, dès qu'il a le dos tourné, je disparais…

J'espère qu'il n'est pas reparti…

Parce que je ne sais pas comment le joindre…

Je le sens imprévisible, et comme il vient d'avoir la surprise de sa vie, il pourrait faire n'importe quoi…

Je ne le connais pas, mais il est peut-être capable de coups de tête, de coups de cœur ou de coups de folie…

Quelqu'un qui passe des années à vous regarder sans jamais oser vous aborder et qui, dix ans plus tard, vous bouscule dans la rue doit être sous l'emprise d'une certaine émotion…

Je vais lui dire que je viens d'avoir une discussion tendue avec mon agent et que j'ai refusé un film…

Ce qui, d'ailleurs, est vrai.

Pas la peine de lui raconter ma conversation avec Janet…

Pas utile d'en dire plus.

Simon connaît Léa Solvéni parce que l'actrice est un petit peu célèbre, mais de moi, il ne sait rien, ni mes chemins de traverse, ni ces rêves que j'avais et que j'ai encore…

Je pourrais retomber sous son charme.

Je me souviens par cœur de nos parcelles d'adolescence commune ou presque, au pied des Apennins, dans cette Italie d'où je viens et qui l'accueillait chaque été pour quelques semaines…

Marina di Massa, tout à côté de Carrare et de La Spezia, à deux pas de Lucques et de Portovenere…

Je regrette parfois ces années-là et leur insouciance, cette drôle d'indifférence par rapport à la vie…

Je n'avais pas vraiment d'idée définitive quant au chemin que je voulais suivre, me savais presque belle, avec une personnalité dont on dirait plus tard qu'elle rendait les caméras amoureuses de mes regards et de mes attitudes…

J'avoue être aussi sidérée que Simon par cette rencontre…

Même si son visage n'était jamais venu me hanter, je n'en avais rien oublié. Il était resté là, dans un coin de ma tête…

Je sentais qu'un jour ou l'autre, il pourrait redonner signe de vie.

J'ai du mal avec les garçons, depuis longtemps, peut-être parce qu'ils s'imaginent que tout leur est dû, et passer son enfance et son adolescence en Italie n'a rien arrangé…

Je n'ai jamais rêvé d'être actrice.

J'ai eu la faiblesse de croire aux belles paroles de quelqu'un qui me voulait dans son film ou dans son lit, je n'ai jamais su quelle était sa première motivation…

Je pense que l'envie de séduire l'avait poussé à venir me parler, parce que m'imaginer dans le long-métrage qu'il préparait à l'époque tenait avant tout du fantasme.

Je poursuivais mes études d'infirmière et, entre deux cours, je buvais un verre à une terrasse avec un groupe d'amis…

Leonardo Salvi s'était approché de nous, s'était présenté et assis parmi nous sans nous demander s'il était le bienvenu ; il m'avait parlé de son projet et laissé un numéro où le joindre si sa proposition m'intéressait…

Le cinéma ne m'attirait pas, aucun agent ne me représentait, c'était d'ailleurs une des premières questions que Salvi m'avait posées.

Mes amis étaient stupéfaits.

Moi, je ne savais pas qui il était, alors qu'il réalisait des films en vue dans lesquels il avait même souvent joué…

J'avais des excuses, je ne connaissais rien au cinéma…

Le cinéma, c'était la passion de mes parents.

J'étais plus intéressée par la musique, et même si je ne faisais que gratouiller cette guitare traînant à la maison, jouer et pourquoi pas composer et écrire des chansons me tentait plus qu'imaginer voir mon visage sur un écran…

Ma vocation, depuis que j'étais enfant, c'était de soigner les autres…

J'aurais pu tenter des études de médecine, mais six années avant le diplôme me paraissaient au-delà de mes forces…

J'avais donc opté pour l'école d'infirmières…

Je n'avais jamais joué, jamais pris de cours de théâtre, jamais eu envie de faire du cinéma…

J'avais dit oui pour le film, je ne sais même plus pourquoi, peut-être parce que je me sentais flattée, et, son charme n'y étant pas pour rien, je n'avais pas vraiment regretté d'avoir aussi dit oui pour le lit…

De fil en aiguille, de film en film, j'ai pris plaisir à devenir Léa Solvéni, malgré ces attentes parfois insupportables, cette incertitude du lendemain liée à tous les métiers artistiques, ces agents imbéciles et ces réalisateurs se prenant pour Orson Welles ou Chaplin alors que leur talent n'arrivait pas à leur cheville.

N'est pas John Huston ou John Ford qui veut…

Je le sais aujourd'hui parce que, depuis, je me suis intéressée à l'histoire du cinéma et que j'ai découvert, avec bonheur, ces metteurs en scène de légende.

Il a eu le temps de se faire un peu de souci.

Pas utile d'exagérer…

6

Je reste seul à la terrasse de La Coupole un quart d'heure et elle réapparait, la mine un peu défaite mais l'œil brillant, pas comme si elle avait pleuré, mais comme si elle avait fini par avoir gain de cause après une discussion mouvementée...

Elle se rassoit, reste silencieuse, boit un peu de son chocolat forcément froid, me regarde, se décide à sourire et lâche :

— Je viens de refuser un film... C'est une grande première...

— Pour quelles raisons ?

— Pas de raison précise, en fait... J'ai juste de moins en moins envie d'aller faire le guignol, de jouer à être une autre alors que c'est pourtant ce que j'ai choisi d'être, une autre... Mais à la longue, on finit par vouloir être de nouveau soi...

Je hausse les épaules avec un presque sourire :

— Normal... Et c'est peut-être pour ça aussi que certaines actrices finissent par craquer. Elles n'ont plus de repères, ne savent plus qui elles sont ni ce qu'elles vivent, incapables de faire la différence entre la réalité et la fiction… Et c'est aussi vrai des acteurs et d'autres professions reposant sur les apparences, exister dans la lumière…

Elle me fixe, le menton posé sur ses mains, les coudes sur la table.

— Bien sûr, tu ne le sais pas, mais j'ai toujours voulu être médecin ou infirmière, aider les gens, être utile… Personne n'est au courant parce que j'ai très vite été embarquée dans le cinéma et que j'ai suivi le vent. Avec le recul, après toutes ces années, alors que j'avais commencé des études pour être infirmière, je réalise à quel point j'ai raté quelque chose…

— Et ?

— Et peut-être finirai-je par réaliser mes rêves… Je sais que certaines ONG cherchent des volontaires pour les aider, souvent dans des conditions plus que précaires… Je suis attirée par ça. Envoyer promener ma carrière ne me poserait pas le moindre souci… J'ai mis assez d'argent de côté pour pouvoir vivre un certain temps sans cachets.

Elle est sérieuse, ne semble pas plaisanter…

Je suis sidéré…

Cette actrice, l'une des plus en vue du cinéma français voire européen, me dit sans l'ombre d'une hésitation qu'elle aimerait tout envoyer valser, changer de vie…

Si elle s'en vante, c'est que cette idée doit être dans sa tête depuis longtemps, qu'elle s'y est installée et n'est pas prête d'en sortir…

Je ne sais rien d'elle et elle me confie au bout d'une heure ou deux ses pensées les plus secrètes, les plus cachées…

Elle n'a pas peur que je puisse avoir l'idée d'en parler à un journaliste, me fait confiance d'emblée…

Ou alors, elle a atteint le point de non-retour.

Que l'information circule ou pas, elle s'en fiche.

— Ça te laisse perplexe ? Nous sommes deux étrangers et je te confie mes envies profondes, comme si tu étais mon psy. Incroyable, non ?… À croire que je suis déjà passée de l'autre côté du miroir… C'est ce que tu te dis ?…

— Non, c'est pas du tout à ça que je pense… Je regrette qu'on ne se soit pas rentrés dedans avant… J'aurais peut-être pu te demander de tourner dans un de mes films… Maintenant, ça risque d'être un peu plus compliqué, vu tes aveux…

— Je n'ai pas encore arrêté, tu sais ! Et ce n'est pas parce que je refuse un film que je vais dire non à toutes les propositions ! Tu m'apportes un rôle écrit pour moi et je replonge… Le souci, c'est que, comme les réalisateurs n'ont aucune imagination, qu'ils courent après l'argent et le succès, ils ne prennent pas le moindre risque et me proposent des personnages identiques ou presque à ceux qui m'ont valu une certaine notoriété, et ça, je n'en veux plus… C'est comme si, par exemple, on demandait à la fille qui joue Wonder Woman de l'être jusqu'à la fin des temps et de passer sa vie à sauver le monde !

— Comparaison hasardeuse, non ? Tu as une étrange opinion de toi ! Les films dans lesquels j'ai pu te voir ne m'ont pas laissé le souvenir d'une fille qui jouait toujours la même chose, marchait sans arrêt dans ses propres traces… C'est plutôt le contraire. Je pense que tu as toujours fait des choix judicieux et intelligents, sans toujours te préoccuper du succès, et tu ne peux pas le nier… Tu ne peux pas oublier non plus que ces films ont bien marché et t'ont fait connaître…

Je me suis laissé un peu emporter…

Elle me regarde avec un petit sourire qui pourrait me bouleverser si je ne l'étais déjà d'avoir de nouveau croisé sa route…

Dans une autre vie, dans un autre monde où on vivrait l'instant pour l'instant, je pourrais me lever, la prendre par la main, lui dire que je pars avec elle à l'autre bout de la Terre ou de la rue, comme ça, sans prévenir personne…

Je pourrais, et je serais capable aussi de lui avouer que je n'attendais qu'elle depuis toutes ces années, et que je remercie le ciel ou je ne sais qui de lui être rentré dedans, un jour de janvier, sur un trottoir de la rue Delambre…

Je pourrais…

Et je pourrais aussi rester des heures à la regarder, comme si le temps s'était arrêté à Massa, au moment où, une fois encore, je prenais le chemin de terre jusqu'à ce marchand de Muratti double filtre, là-bas, de l'autre côté de la route…

Et je mettrais entre parenthèses les années passées, les amours insignifiantes ou confuses, les passions sans suite et les serments murmurés sans qu'on les pense vraiment, les corps qu'on croise et qui nous font du mal parce qu'on aurait pu croire qu'ils nous feraient du bien, les à jamais qui ne duraient qu'une semaine ou un mois, alors qu'on s'était juré qu'ils ne s'éteindraient pas…

Je la regarde fixement, comme un imbécile heureux, et défilent dans ma tête les erreurs de parcours et les fausses pistes. Ces mots qu'on voulait éternels et qui n'étaient que poussière…

Je la regarde, et elle aussi me regarde, avec au fond des yeux une presque tristesse, ou un drôle de mélange qui ne trouve pas son nom, que je ne saurais décrire de crainte de lui trouver une autre signification que ce que j'aimerais…

— J'ai peur…

Elle l'a presque soufflé, un soupir presque inaudible…

— J'ai peur… Je n'en parle jamais mais j'ai tellement peur, si tu savais…

— Mais de quoi ?

Elle remue, bouge un peu sur sa chaise, fait sans cesse des mouvements avec ses mains…

— De tout, de la vie, de moi, de vieillir, du temps qui passe, et maintenant de te perdre après t'avoir retrouvé… De ne jamais être capable de redevenir celle que j'étais quand on était ados, de me laisser dévorer par un sentiment que je pourrais éprouver… Peur, tu vois, peur…

Je l'écoute sans l'entendre… Elle a peur de m'avoir retrouvé, et de peut-être un jour éprouver quelque chose qu'elle ne connaît pas ?

J'ai du mal à trouver des mots, me risque quand même :

— Je n'ai rien d'une menace…
— Je sais, ce n'est pas ce que je veux dire, et en plus le mot est mal choisi…
— Laisse-moi continuer… Je n'ai rien d'une menace… On se recroise des années après Massa, par hasard, après toute une vie loin l'un de l'autre, à ne même pas savoir qu'on existe… Je ne vois pas en quoi ce ne serait pas juste une belle surprise, un clin d'œil de la vie… Pas de quoi avoir peur…

Elle s'approche un peu de moi, me regarde dans les yeux…

— Arrête, Simon… Tu sais de quoi je parle, et ce depuis la première seconde de nos retrouvailles involontaires…
— Non, je ne vois pas…

Je commence à avoir le cœur qui bat trop fort…
Elle continue :

— Dès que tu as vu que c'était moi l'obstacle sur le trottoir, tu as tout remis à zéro, les compteurs de ta vie sont revenus au départ, je le sais, je n'ai qu'à te regarder et, pour ne rien te cacher, j'ai fait exactement la même chose… Et c'est inexplicable… Nous sommes deux étrangers, nous ne savons rien l'un de l'autre, rien de nos vies, et pourtant tout est là, comme si Massa ne nous avait jamais quittés, comme si tu avais mis tes pas dans les miens et moi mes errances dans les tiennes… Et c'est ça qui me fait peur, parce que c'est terrifiant tant c'est évident et, encore une fois, inexplicable… J'en ai rencontré, des hommes, depuis presque dix ans, et jamais je n'ai ressenti cette impression, que l'histoire était là depuis longtemps et ne demandait qu'à recommencer… Tu comprends, monsieur le scénariste réalisateur, c'est comme si le film était écrit et qu'il ne restait plus qu'à le tourner… L'histoire, on l'a, les acteurs, on les a, la vie va jouer le rôle de metteur en scène… Tu vois ce que je veux dire ?

— À peu près…

— Et maintenant, c'est toi qui as la trouille, parce que moi, la petite Italienne, j'ai réussi, avec mes mots parfois un peu maladroits, à te faire prendre conscience de ce que tu ressentais… Étrange, non ?

Elle a raison quand elle parle de trouille. Depuis quelques minutes, j'ai le sentiment d'avancer à grands pas vers le vide, vers un univers différent de ce quotidien qui me va bien, ou plutôt qui m'allait bien jusqu'ici…

J'étais dans ma routine et elle suivait une ligne harmonieuse, sans à-coups ni changements de cap…

Écrire des histoires, monter des projets, faire en sorte de trouver les moyens de les mener à bout avec les bonnes personnes aux bons endroits, des financiers aux acteurs. Les choses avançaient, doucement chaque fois mais, dans la plupart des cas, elles allaient à leur terme…

Les grains de sable existaient, bien sûr, qui pourrait le nier ?

Je savais à peu près comment m'organiser pour qu'ils disparaissent…

Mais aujourd'hui, cette rencontre imprévue portait en elle les prémices de changements de direction, d'autres envies, de temps qu'on voudrait arrêter pour être certain que l'histoire ne se répète pas…

Elle avait raison, j'avais la trouille.

7

Aujourd'hui

La terre s'ouvre sous mes pieds...
Janet me regarde sans bouger :

— Je vous le répète, c'est à cause de vous qu'elle est morte...

Je reste sans voix, finis par balbutier :

— Qu'est-ce que c'est que ce délire ? Je ne trouve pas ça très drôle... Si c'est une blague, c'est plus que moyen.

Elle fait non en remuant la tête. Continue :

— C'est tout sauf une blague, tout sauf une plaisanterie... Vous avez été assez proche de Léa pour savoir qu'elle était entière, passionnée. Depuis des années, elle traînait votre absence comme un boulet... Mettre fin à ses jours, ce n'était pas son truc... Même quand elle pouvait se poser des questions sur sa vie, jamais la réponse n'aurait été le suicide... Sauf que là, elle ne pouvait plus supporter ce manque et ce qu'était devenue sa vie…

Elle n'a pas la voix qui tremble, continue à me regarder avec un presque sourire, essuie du bout des doigts les gouttes qui glissent sur sa joue…

Je ne peux pas la prendre au sérieux, et pourtant, très loin au fond de moi, je pense comme elle.

Je ne peux pas imaginer Léa décidant d'en finir, surtout pour une histoire d'amour terminée depuis trois ans ou pour un film non tourné…

Elle aimait trop la vie et ses méandres, les erreurs qu'on essaie de corriger, les rencontres imprévues, l'inattendu, les surprises, tout ce qui peut rendre un parcours intéressant, pour décider de tout arrêter, comme une prise qu'on débranche…

Quand j'ai appris la nouvelle, il y a quelques jours à la radio, et qu'on a annoncé qu'elle avait décidé d'en finir, j'ai d'abord été assommé. Ensuite, j'ai voulu savoir les circonstances de sa mort.

Cette histoire me semblait si bizarre…

On m'aurait annoncé la triste nouvelle en précisant qu'il s'agissait d'un accident ou d'une longue maladie, j'aurais été tout aussi anéanti, mais un suicide, dans son cas, me paraissait inenvisageable.

Je n'avais pas poussé mes investigations puisque j'étais sorti de sa vie depuis déjà longtemps, mais le doute subsistait…

Alors, entendre Janet affirmer que tout était ma faute !

— Qu'est-ce que j'ai à voir là-dedans ? On s'est quittés mais on était toujours proches, on s'est même revus il y a quelques mois pour trier des photos...

Elle me dévisage... Prend son temps...

— Vous ne comprenez rien aux femmes ?

Cette fille est insensée... Je cherche presque mes mots :

— Je ne vois pas le rapport ?
— Vous savez bien que certaines femmes réagissent de façon extrême sans qu'il y ait une bonne raison pour cela... Quand j'ai rencontré Léa, elle avait l'air bien dans sa peau, mais pour qui savait lire entre les lignes, c'était un mirage. La jeune actrice appréciée du public nourrissait souvent des doutes, des idées noires, des interrogations quant à la sincérité de ceux qui l'entouraient. Elle m'avait parlé de vous et de cette rencontre rue Delambre... Vous n'êtes pas obligé de me croire, mais vous revoir avait ouvert d'autres perspectives dans sa vie, d'autres envies...
— Notre rencontre, ce jour-là, n'a duré qu'un peu plus d'une heure, et ce n'est sûrement pas ça qui l'aura bouleversée ! On était dans l'imprévu, la bonne surprise, rien de gris ou de noir là-dedans, au contraire... Je ne crois pas que ce moment ait pu chambouler son existence.
— Vous vous trompez ! Ça n'a rien changé sur le moment, mais tout s'est mis en marche sans qu'elle s'en doute... Belle comme elle l'était, il est difficile d'imaginer qu'elle pouvait se poser autant de

questions. Pourtant, je n'ai pas mis longtemps à voir à quel point elle pouvait être perdue. Vous revoir l'avait en quelque sorte remise sur les rails, lui avait donné un point de mire au-delà de l'horizon… Ne sous-estimez pas l'importance de vos retrouvailles à ses yeux… Elle se confiait rarement, l'a fait quelquefois avec moi, visiblement très peu avec vous, ce qui d'ailleurs me semble pour le moins bizarre, mais elle était ainsi. Je ne vois pas qui aurait pu se douter de ce qui se tramait dans sa tête…

8

Entre neuf et dix ans auparavant

Elle était repartie vers sa vie, quelques minutes après son coup de téléphone…

Elle m'avait donné un numéro où la joindre si jamais je voulais poursuivre notre conversation…

Elle ne tournait pas en ce moment, n'avait qu'une envie, rejoindre sa Bretagne, puisque c'était là qu'elle posait son sac quand elle n'était pas contrainte de vivre à Paris pour son travail…

Elle m'avait quand même raconté deux trois choses de sa vie, sans trop approfondir…

Depuis la mort de ses parents, elle avait tiré un trait sur l'Italie et choisi la France comme résidence…

Le peu de famille qu'elle avait encore habitait toujours en Toscane, mais elle se sentait étrangère auprès de ces gens qui, comme ses parents, n'avaient jamais cru à son talent de comédienne…

En Bretagne, elle avait déniché un vieux manoir, tout près d'une rivière, dans un endroit appelé « Le Tiercent », entre un hameau et un village, disait-elle, un endroit où les effluves de la vie parisienne ne risquaient pas de l'atteindre…

C'était à une quarantaine de kilomètres du Mont-Saint-Michel, dans une région où le granit des maisons était roi ; d'ailleurs, sa maison était faite de granit, m'avait-elle précisé quand j'avais demandé des détails…

Je lui avais donné mon numéro de téléphone au cas où elle aurait éprouvé le besoin de me demander un conseil ou l'envie irrépressible de me revoir…

Je savais que la vie allait reprendre son cours, que j'allais de nouveau être englouti par l'écriture de ce projet que je traînais comme un boulet depuis de longues semaines.

Sauf que, d'un coup, une évidence m'avait frappé : le rôle féminin, le premier rôle, devait être pour elle…

Quand j'étais retourné chercher mes photos chez Picto, j'avais espéré la croiser de nouveau, mais deux miracles dans la même journée auraient fait beaucoup…

Je m'étais remis à réfléchir à ce film dont je ne savais toujours pas par quel bout le prendre, mais j'avais du mal à me concentrer, comme si, désormais, la vie faisait en sorte que je passe plus de temps à penser à Léa qu'à ma propre existence…

Et, maintenant que je ne voyais plus qu'elle dans le rôle, il allait falloir qu'une fois de plus, je révise ma copie…

Plusieurs fois, j'avais essayé de la joindre, sans laisser de message…

Je voulais lui parler du scénario de *Santiago*, mais le faire de vive voix : on ne raconte pas un film sur le répondeur de quelqu'un à qui on voudrait confier le rôle principal ; la moindre des choses était de se voir et de raconter l'histoire les yeux dans les yeux.

Dans certains clichés d'Hollywood, comme dans *The Player* de Robert Altman, on voit quelqu'un face à un producteur essayer, en cinq minutes, de résumer une histoire ou une intrigue qui débouchera éventuellement sur un accord dudit producteur pour entreprendre le film raconté à la va-vite… Un pitch !

Je n'avais pas envie de ça avec elle ; je souhaitais prendre mon temps, lui raconter l'histoire que j'avais dans la tête, lui expliquer pourquoi elle serait parfaite dans le rôle, en parler avec elle, peut-être modifier le scénario ou les dialogues en fonction de ses premières remarques, si elle était intéressée par le film…

En même temps, lui parler du personnage n'était pas une urgence, surtout après ce qu'elle m'avait avoué à La Coupole quant à son envie de tout arrêter…

Déjà deux mois depuis notre étrange rencontre…

Personne, autour de moi, n'était au courant de cet épisode, ce qui était facile puisque je vivais seul et que je n'en avais même pas parlé à Vincent, mon agent…

Les mois passaient, comme si rien de tout ça n'avait existé.

J'écrivais, raturais, déchirais, reprenais tout depuis le début, imaginais une histoire parallèle avec d'autres personnages et d'autres péripéties ; je tournais en rond avec ce scénario dans lequel j'imaginais le meilleur pour Léa, parce qu'elle était exceptionnelle à l'écran, et que ce que j'éprouvais pour elle ne pouvait que me donner l'envie de m'approcher le plus possible de la perfection…

J'avais croisé son visage sur quelques couvertures de magazines affichées dans des kiosques, je savais qu'elle s'apprêtait à tourner un film avec un réalisateur à la mode, ayant la réputation de ne pas être tendre avec ses acteurs.

Chacun ses choix, et, si elle se sentait assez forte pour entreprendre pareille aventure, ça la regardait…

J'aurais pu décider de la prévenir, mais elle devait être entourée de gens compétents capables de peser le pour et le contre, de savoir si cette croisière cinématographique était souhaitable pour elle, au point où elle en était de son parcours…

Si je voulais lui proposer *Santiago*, il allait peut-être falloir que je me décide, pour faire face à son agenda sûrement plus que chargé.

Plus d'une année s'est écoulée depuis la rue Delambre…

La nuit a fini par tomber sur Paris, en ce mois de juin annonciateur d'un bel été.

Le téléphone me fait sursauter, avachi que je suis devant ma télé où une chaîne de cinéma rediffuse *Quand passent les cigognes* de Kalatozov…

Je connais le film par cœur, plan par plan, séquence après séquence, dialogue après dialogue…

Chaque image et chaque mot de ce chef-d'œuvre me sont familiers, et, donc, je suis presque assoupi, un verre de rhum à la main…

— Oui… allô…

— Simon ?…

La voix est comme étouffée, presque un sanglot... Il me faut un certain temps pour réaliser qui parle...

— Léa ?... Léa ?... c'est toi ?...

Un silence.

— Je te dérange, je sais bien, il est tard...

J'hésite, cherche mes mots...

— C'est pas grave, je suis tout seul, je regarde un film...
— Est-ce que je peux venir te voir ?...
— Maintenant ?
— Oui, maintenant... C'est important...
— Alors, viens, c'est au 59, boulevard Raspail, presque au coin de la rue du Cherche-Midi...
— Laisse-moi le temps de trouver un taxi et j'arrive, je ne suis pas très loin... Merci...
— Tu es sûre que ça va ? Tu as une drôle de voix...
— Oui, ça va... Ne t'inquiète pas... J'arrive...

Une demi-heure après, elle est là, en jean et T-shirt, un pull noir noué autour du cou, me prend dans ses bras comme si c'était la chose la plus normale qui soit, et d'un coup ferme les yeux, m'embrasse doucement, comme si elle retrouvait son amoureux...

La surprise passée, je prends son visage dans mes mains et la regarde intensément...

— Qu'est-ce qui se passe ?...
— Je vais arrêter le film, j'en peux plus de ce connard... Il fallait que je le dise à quelqu'un...

Je la regarde, un peu étonné, avant d'essayer de répondre :

— Tu parles du film de Fortin ?
— Oui, Fortin, cette espèce de dégénéré caractériel... Je n'ai jamais vécu ça de toute ma vie, et pourtant des abrutis qui se prennent pour des metteurs en scène, j'en ai croisé quelques-uns, mais là, j'ai atteint le point de non-retour !... Il n'a qu'à me faire un procès, je m'en fous, c'est pas grave...

Elle est allée s'asseoir sur mon vieux canapé un peu défoncé, a enlevé ses chaussures et replié les jambes sous elle.

Je ne sais vraiment pas quoi lui dire...

Pourquoi débarquer chez moi alors qu'elle a des amis, et peut-être un fiancé ou un amant ?... On s'est croisés il y a un peu plus d'un an, et c'est à moi qu'elle annonce vouloir laisser tomber le film qu'elle tourne ?...

Cette histoire est irrationnelle, abracadabrante, absolument insensée !

On ne plante pas un film dans lequel on a un premier rôle, comme ça, sur un coup de tête...

Ou alors, elle ne dit pas la vérité.

Fortin est son mec, et ils se sont engueulés pour une raison ou une autre qui n'a rien à voir avec le film...

Elle ne veut surtout pas en parler, et je me vois mal lui poser la question...

— Tu veux quelque chose à boire pour te remettre de tes émotions ? Je n'ai que du rhum…
— Ça me va très bien…

Ses cheveux ont poussé depuis notre rencontre, et ils ont une couleur différente…
C'est peut-être son rôle qui veut ça…
Je nous verse deux petits verres de vieux rhum.

— Combien de jours de tournage ?
— On en est à presque trois semaines, et il reste encore un mois, sauf que l'autre débile passe son temps, sous prétexte qu'on tourne en numérique, à vouloir faire un nombre incalculable de prises pour chaque scène, et que, quand on arrive le matin, on ne sait jamais s'il va suivre le plan de travail ou pas !… On devient tous cinglés, tu peux me croire !… Il peut s'estimer chanceux d'avoir pu aller jusque-là avant que tout parte en vrille…

Je prends mon temps avant de répondre :

— Sauf que ça sera un des films de l'année, un film dont tout le monde va parler, et que patienter et faire le dos rond quelques semaines en vaut la peine… Toi qui avais des soucis avec les journalistes, si j'en crois ce que tu disais l'an dernier, ce serait mieux que tu ne deviennes pas celle sur laquelle ils vont écrire ou s'attarder pour de très mauvaises raisons, tu ne crois pas ?
— Je n'ai jamais eu de soucis avec les journalistes…
— Ah bon ? J'ai dû mal comprendre, alors…

— … Ils m'ont un peu rendue hystérique au moment de l'histoire Galland, mais c'était surtout les paparazzi qui me suivaient… Les vrais journalistes n'y étaient pour rien… Certains rédacteurs en chef, plus cons que d'autres, ont fait circuler l'info et les photos de nous aux Maldives, mais bon, c'est le revers de la médaille… En vérité, ils n'ont jamais été désagréables avec moi… Les tabloïds font leur boulot de merde, et des fois, tu te fais attraper et c'est tant pis pour toi… Ils soutiennent que les artistes sont ravis, que ça leur fait de la pub, qu'ils montent même certaines opérations pour qu'on parle plus d'eux, et pour quelques-uns, c'est tout à fait vrai !

Elle regarde son verre, comme hypnotisée par la couleur ambrée du rhum, se tait un long moment avant de lever les yeux sur moi…

Elle dit, en détachant bien les mots :

— Tu vois, si tu m'avais parlé à Massa, on serait peut-être ensemble, et tu aurais pu m'empêcher de faire des bêtises, de choisir les mauvais films ou les mauvais réalisateurs… J'aurais peut-être dû écouter Janet…

— C'est qui, Janet ?

— Une amie, une fille que j'ai rencontrée il y a quelques mois à une soirée caritative, pour lever de l'argent destiné à l'Afrique…

— Et qu'est-ce qu'elle t'avait dit, cette Janet ?

— Elle m'avait assurée que, quand on avait la chance de retrouver celui auquel on pensait quand on était jeune, il ne fallait jamais le laisser filer, de peur d'avoir des regrets éternels… C'était un peu avant la rue Delambre, à croire qu'elle était visionnaire !…

Elle a dit ça tranquillement, en me fixant avec un tout petit sourire.

Elle a dit ça, et je reste planté, mon verre à la main, assis sur le pouf qui lui fait face, et je pense que, décidément, toute cette aventure est irrationnelle !

Elle est là, chez moi, comme si ça faisait déjà très longtemps qu'elle avait ses habitudes entre mes murs…

Moi qui avais déjà du mal à me concentrer sur mon prochain film, j'ai l'impression que les choses ne vont pas s'arranger, ça n'en prend pas le chemin…

Et je ne lui ai toujours pas parlé de *Santiago*, comme si quelque chose m'empêchait d'aborder le sujet…

Je ne risque qu'un refus, mais peut-être que c'est ce « non » éventuel qui me fait peur…

9

Aujourd'hui

Je regarde et écoute Janet. Je dois avoir l'air hébété... J'ai du mal à parler :

— C'est vraiment n'importe quoi !

— Mais non, c'est tout sauf n'importe quoi !... Elle comptait beaucoup sur ce film que vous deviez tourner, elle m'en parlait souvent... Vous savez peut-être qu'elle en avait assez de faire du cinéma, que ses rêves étaient plutôt tournés vers l'humanitaire, Médecins du Monde, ce genre d'ONG...

— Je n'ai pas pu faire le film... Et pourtant, j'y pensais tout le temps, mais ceux qui devaient me suivre ont trouvé que ce genre de long-métrage ne pouvait intéresser qu'un nombre tout à fait restreint de spectateurs, les fans de Léa Solvéni et quelques cinéphiles amoureux de Cuba... Vous savez – ou ne savez pas – les difficultés sans fin auxquelles sont confrontés ceux qui projettent d'écrire et de mettre en chantier des films... Partir plus de deux mois à Santiago de Cuba pour tourner autre chose qu'un thriller ou une énième déclinaison de bande dessinée, ce n'est pas la tasse de thé de certains décideurs qui, dans le cinéma, ont remplacé ceux qui, dans les années les plus intéressantes du septième art, donnaient leur accord pour le démarrage d'un projet…

La pluie, qui s'était arrêtée, s'est remise à tomber sur cette lande battue par le vent…

Janet me regarde avec un petit sourire qui pourrait vouloir dire qu'elle ne croit pas un mot de ce que je lui raconte… On dirait qu'elle a les joues pleines de larmes, tant les gouttes d'eau glissent sur sa peau…

Elle n'essaie même plus de s'essuyer le visage, baisse un peu la tête, son sourire a disparu ; elle me regarde de nouveau et me murmure, comme une confidence :

— Pourtant, je croyais qu'on pouvait monter n'importe quel projet autour de son nom ?

— Oui, normalement, mais ça dépendait quand même du sujet… Avec un scénario un peu différent des films *a priori* grand public, le nom de Léa était loin d'être suffisant… Et pourtant, Dieu sait si je me suis battu, d'abord parce qu'elle et moi nous étions proches ; ensuite, parce que j'ai toujours cru à ce film, à mon histoire et à elle pour y tenir le premier rôle…

— Pas possible d'être plus convaincant ?… Elle en a souffert jusqu'à la fin, parce qu'elle comptait sur vous et sur ce personnage pour changer son image d'actrice abonnée aux films un peu faciles et commerciaux qui rapportent de l'argent… Comme elle avait accepté de tourner deux ou trois blockbusters à Hollywood, juste pour voir ce que c'était que le cinéma américain, on ne peut pas dire que le succès mondial de ces films l'ait aidée ; on doit même reconnaître que ce fut le contraire, et donc, après le film avec Fortin, que d'ailleurs vous lui aviez recommandé de ne pas laisser tomber – et vous avez eu raison, c'est elle qui me l'a dit – après ce tournage, elle était déprimée et, encore une fois, elle comptait sur vous pour retrouver l'envie...

Je me tais un moment, réfléchis à ce qu'elle vient de m'assener.

Je voyais très souvent Léa à ce moment-là, et elle n'avait pas du tout l'air déprimé... Qu'est-ce que Janet raconte ? Je m'efforce de rester calme :

— Plus convaincant ?... Comment voulez-vous convaincre un abruti qui n'a aucune culture, à part celle des chiffres des entrées, du bien-fondé d'une histoire et d'un casting ?... Sans oublier que, du jour au lendemain, celui qui était votre interlocuteur privilégié disparaît, est remplacé par quelqu'un d'encore pire que lui, un type qui ne sait même pas qui est votre actrice principale, ne connaît pas le moindre de vos films, a vaguement entendu votre nom parce qu'un jour, on vous a remis un prix à Cannes, et que ça laisse quand même quelques traces... Bref, essayer d'instaurer le moindre dialogue avec quelqu'un de cette espèce n'est même pas envisageable, et Léa le savait puisqu'elle était confrontée à ce genre de tarés tous les jours, en France ou aux États-Unis... Cette catégorie d'individus a son nom au générique des films ou des séries en tant que coproducteur et trouve tout à fait normal d'aller traîner sur les plateaux pour se montrer, donner son avis et, pourquoi pas, essayer d'attirer une ou plusieurs actrices dans ses filets...

C'est ça, Janet, le quotidien du cinéma ! D'habitude, je produis moi-même les films que je tourne, mais là, j'avais besoin d'un soutien extérieur, d'une coproduction, et c'est ça qui n'a pas fonctionné !… J'avais déjà eu l'occasion, une fois, de coproduire un film avec ces gens-là, et c'est la raison pour laquelle j'ai pensé à eux, en imaginant, à tort, qu'ils finiraient par me donner le feu vert !… Je me suis trompé et j'avoue que tout recommencer avec d'autres partenaires était au-delà de mes forces ; j'ai laissé tomber pour revenir à un projet que j'avais entrepris, lui aussi, depuis des années, mais qui ne comportait pas un rôle assez important pour que je le propose à Léa…

— Vous lui avez dit tout ça ?

— On vivait quasiment ensemble ! Elle connaissait toutes les phases du projet et savait très bien que je ne voulais tourner ce film qu'avec elle ! Nous sommes partis trois semaines là-bas pour qu'elle puisse découvrir l'île et surtout les gens, qu'elle voie l'étendue de leur fierté et de leur courage… Je pensais que, grâce à ce voyage, elle aurait été encore plus près du personnage et qu'elle n'aurait vraiment aucun effort à faire pour être l'héroïne du film… Le voyage a été si marquant que nous avons décidé de tout récrire ensemble, parce que ce que nous avions vu nous avait bouleversés…

La pluie s'est un tout petit peu calmée ; Janet me donne l'impression d'avoir, d'un coup, changé d'avis quant à la teneur des événements autour de *Santiago*…

— Je ne me souvenais même plus que vous étiez allés à Cuba. Ou alors, j'ai oublié, ou elle ne me l'a jamais dit… Pourtant, nous étions déjà très amies à l'époque où vous êtes partis là-bas…

— On ne peut pas faire un film ailleurs qu'en studio sans faire de repérages… Mon idée, c'était Cuba, sans savoir avec précision quels endroits seraient les plus appropriés pour l'histoire que je voulais raconter… J'ai demandé à un ami cubain de préparer notre voyage… Nous avons atterri à La Havane, loué une voiture et essayé d'aller un peu partout, en évitant le plus possible les pièges à touristes qui ne manquent pas sur l'île… Au maximum quatre heures après avoir décollé du froid, quand vous habitez au Canada, vous êtes les pieds dans une eau à vingt-cinq degrés… Ces gens qui partent à Cuba en vacances n'ont rien à faire de l'histoire du pays où ils vont, et les événements traversés par les Cubains pour retrouver leur identité leur passent à mille milles de toute terre habitée, pour citer Saint-Exupéry…

— C'est quand même étrange que je n'arrive pas à me souvenir d'elle me racontant ce voyage…

— Si vous dites que ce non-tournage l'a traumatisée, on peut comprendre qu'elle n'ait pas eu envie d'en parler…

— Pourtant, elle se confiait souvent à moi, elle disait qu'elle en avait besoin…

— Sûrement, mais peut-être cet épisode précis faisait-il partie de son jardin secret, qu'elle n'avait pas envie de dévoiler… Comme, en plus, nous avions récrit le film, ça a dû être encore pire puisque, pour le coup, elle était coauteur du scénario… Léa avait mis beaucoup d'elle dans ce projet, s'était beaucoup investie !…

Janet semble un peu perdue.

En parlant, nous nous sommes éloignés du groupe qui rend hommage à Léa. Nous marchons lentement vers l'endroit où sont parqués les véhicules, un parking près de la lande battue par la pluie et le vent…

Elle me tend une petite carte de visite qu'elle a prise dans la poche intérieure de son imper et me regarde en souriant :

— Quand toute cette agitation sera retombée, si vous continuez à vous poser des questions sans trouver la moindre réponse, téléphonez-moi et nous irons boire un verre, pourquoi pas à La Coupole, ça vous rappellera des souvenirs…

Par politesse, je lui donne mon numéro en échange de sa carte.

Elle l'entre dans un téléphone qu'elle a sorti de sa poche d'imper et, sans un mot, s'éloigne sous la pluie vers le parking où sont garées les voitures…

10

La pluie n'a pas cessé de la Bretagne à Paris...

Des trombes d'eau, comme pour diluer ma stupéfaction, ce cauchemar que je n'arrive pas à intégrer...

Mes phares et mes essuie-glaces font de leur mieux pour que je voie la route, malgré les gerbes d'eau que les camions balancent quand je les double...

J'ai du mal à conduire, à rester concentré.

Les yeux rivés sur le bitume mouillé, j'ai la mémoire qui cherche, tâtonne, se fraie un passage dans le monceau d'informations prises au piège de mon cerveau...

Tout passer en revue, ou au moins essayer...

Vingt années ou presque d'une existence, d'un parcours enchevêtré à tant d'autres, des lignes brisées et des lignes droites, des mots et des silences, des images et des sons, des solitudes et des partages, des parfois allers sans retours, une vie ou ce qu'il en reste dans la tête...

Se dire que tout était mirage, qu'au grand jeu des illusions, Houdini avait trouvé son maître, pour peu que l'histoire de Janet soit vraie...

Mais qui pourrait croire à une histoire pareille ?

Pourquoi essayer de me culpabiliser, alors qu'il est évident que je ne suis pour rien dans ce drame ?

Et cette Janet arrivée d'on ne sait où, apparition fugace, comme si le scénario précisait qu'à un moment donné, un nouveau personnage devait sortir de nulle part…

Et pourtant, plus j'y pense, plus le prénom me dit quelque chose, prénom croisé au hasard d'un de ces instants de vie partagés avec l'héroïne de l'histoire…

Elle m'a dit qu'elles étaient très amies…

Je vais devenir fou ; il faut que j'arrête de penser, d'essayer de remettre de l'ordre dans ce fatras où se mélangent des souvenirs si anciens que distinguer le vrai du faux devient compliqué…

J'ai eu des doutes parfois, ou plutôt des étonnements face à des réponses de Léa qui, de temps en temps, semblaient mettre du temps à venir…

J'ai eu l'impression, quelquefois, qu'elle était déjà ailleurs, dans une autre vie, et que *Santiago* ne changerait rien à son envie d'une nouvelle existence…

Le cinéma ne faisait sûrement pas partie des choses qui allaient lui manquer si elle décidait, un jour, de tout envoyer valser…

Jamais je n'aurais pu imaginer que, six ou sept ans après un tournage avorté, elle se suiciderait, et qu'une de ses amies mettrait son geste sur le dos de son ex-amoureux, metteur en scène potentiel du film…

D'autant plus que nous étions toujours amis.

On dînait ensemble de temps en temps, on se parlait au téléphone une ou deux fois par mois, sans oublier les messages sympas sur nos boîtes mail…

Notre histoire avait duré sept ans, mais c'était presque une parenthèse dans un parcours amoureux qui, en tout cas pour moi, ne datait pas d'hier et n'était pas éteint…

Elle avait eu une vie avant et une vie après, des films avant et des films après, aucune bonne raison pour qu'une certaine Janet essaie de me rendre responsable de ce désastre…

Paris est presque désert et la pluie n'aide pas à circuler, mais une chose est sûre, je ne suis pas près de m'endormir au volant avec tout ce que j'ai dans la tête…

Et d'abord, ce suicide, dont le moins que je puisse dire est qu'il me semble invraisemblable…

Et si Janet avait tout inventé pour me dévaster, ou du moins essayer ?

Mais pourquoi ? Pourquoi une inconnue essaierait-elle de semer la zizanie dans la vie d'un type qu'elle ne connaît même pas, à part au travers d'histoires que quelqu'un lui aurait racontées ?

Les choses n'arrivent pas sans raison et, dans un cas comme celui-là, il en faudrait une bonne, de raison…

Je finis par trouver une place pas trop loin de chez moi dans la rue du Cherche-Midi…

Deux heures quarante-cinq !

J'ai mis presque cinq heures pour rentrer, au lieu des trois ou quatre habituelles prévues par le GPS…

J'ai le sourire en pensant à toutes ces fois où Léa cherchait une place pendant parfois un quart d'heure ou plus…

J'ai dit à Janet que nous ne vivions pas ensemble, je crois, mais j'ai presque menti…

Certaines choses me reviennent.

Le fameux soir où Léa avait voulu me dire qu'elle voulait arrêter le tournage avec Fortin, ç'avait été le début ou plutôt la suite d'une histoire d'amour au long cours, esquissée depuis l'adolescence…

Elle avait eu envie de parler encore et encore, comme si ses mots et mon écoute avaient une importance primordiale pour essayer d'un peu rattraper le temps perdu…

Je suis perclus de défauts mais, si j'ai une qualité, c'est de savoir écouter.

J'aime écouter parce que, souvent, les autres vous élèvent, vous nourrissent, vous permettent d'avancer et de vous poser des questions auxquelles vous n'auriez pas forcément pensé…

Elle avait beaucoup parlé et n'avait pas voulu rentrer chez elle avant 6 heures du matin…

Je l'avais raccompagnée rue Bréhat au petit jour.

Maintenant, je me souviens : cette nuit-là, j'en avais appris un peu plus sur Janet.

Elles n'étaient pas vraiment intimes mais se voyaient de temps en temps. Léa pensait que Janet avait des vues sur elle, sauf que Léa aimait les hommes, et donc coucher avec Janet n'était pas sa tasse de thé, ce qui ne l'empêchait pas de la trouver rigolote et sympa.

Elle m'avait dit aussi que Janet était quand même bizarre, qu'elle considérait l'argent de sa famille comme une malédiction…

Quand j'avais demandé pourquoi, Léa n'avait pas répondu, prétendant qu'elle n'en comprenait pas les raisons…

Comme j'avais un peu insisté, elle avait fini par me confier que ça avait peut-être un rapport avec sa naissance et son enfance à Nantes, capitale, à une certaine époque, du trafic d'esclaves entre l'Afrique et la Martinique, la Guadeloupe et certaines autres îles des Caraïbes...

Janet savait très bien que la fortune dont elle avait hérité venait de là...

Finalement, Léa m'avait écouté au sujet de ce film qu'elle voulait abandonner, et s'était décidée à continuer malgré tout son tournage éprouvant avec Fortin ; d'ailleurs, sans que je lui pose la question, elle m'avait dit qu'il n'était pas son amant, contrairement à ce que certains pouvaient penser...

Elle avait glissé ça avec un petit sourire, comme si elle savait que le sujet me brûlait les lèvres...

Si j'ai une autre qualité, c'est d'aimer les acteurs...

Je ne supporte pas qu'un réalisateur ou un directeur de casting se permette de les maltraiter ou de les humilier en les faisant pleurer, après des insultes ou des déclarations prononcées pour les mettre en état de faiblesse et, prétendument, servir leur rôle...

Il paraît que Kubrick était comme ça, comme Pialat ; c'est en tout cas ce qu'affirment celles et ceux qui ont eu l'opportunité de travailler avec eux ou de les voir faire...

Moi, au contraire, je suis fier que ces gens aient pu me faire confiance pour qu'on essaie, ensemble, de créer quelque chose qui pourrait ressembler à un concentré d'émotions générées par leur talent...

C'est juste une autre approche pour une autre mentalité, une autre façon de voir les choses…

C'est ça dont je rêvais pour *Santiago*.

11

Je m'appelle Janet.

J'ai pris l'habitude d'écrire sur un gros carnet certaines des choses qui m'arrivent…

Je vais faire de sa vie un enfer.

J'ai les moyens, le charme, les mots qu'il faut, les attitudes imprévisibles mais calculées pour rester secrètes !

Ce pourrait être un but, une lumière à atteindre au bout d'un tunnel.

On peut penser que je suis folle.

Oui, je sais.

Pas besoin de me le dire.

C'est vrai.

Depuis que j'existe, je traîne un gène pas en place, une carte mère ou un circuit mal fini, mal imprimé, erreur de fabrication…

Pourquoi les gens seraient-ils parfaits ?

Est-ce que ce monde l'est ?

Est-ce que les membres de ma famille le sont ?

Quant à mes ancêtres, n'en parlons pas !

Est-ce qu'on peut revendiquer la moindre excuse quand on fonde sa vie sur la souffrance des autres, en considérant que les arracher à leur terre pour les vendre comme esclaves dans les colonies est une façon tout à fait normale de gagner beaucoup d'argent ?

La réponse est non !

J'ai peut-être hérité d'autre chose que d'argent quand je me suis retrouvée à la tête de toute cette fortune, dont j'essaie de me débarrasser comme si elle me brûlait le corps et le cœur…

Un bout de sparadrap ou de scotch que je n'arrive pas à décoller de ma peau…

Vous voyez bien que je ne suis pas si cinglée que ça, puisque je reconnais être la descendante d'une famille de gens ignobles, des enfoirés !

Ils vendaient des femmes, des hommes et des enfants, et moi, je suis presque comme eux, dans un autre genre…

J'essaie, pour m'amuser, parfois, de détruire certaines personnes, selon mes humeurs, mes montées d'adrénaline ou de je ne sais quoi…

Je suis ravagée, mais lui n'en sait rien, alors autant en profiter et faire en sorte qu'il y ait, à un certain moment, une déflagration aussi violente qu'inattendue.

Je sens que je pourrais m'amuser…

Je le séduis, ce qui, de toute évidence, ne devrait pas être trop compliqué, vu la façon dont il me regardait sous cette pluie battante et ce vent venu de la mer…

En plus, j'avoue, j'aime bien son côté adolescent encore perdu dans un monde qu'il ne comprend toujours pas…

Je le séduis et je lui fais toucher du doigt un certain bonheur pendant des semaines, si bien qu'un jour, il finit par se dire que peut-être, même si je ne suis pas comédienne professionnelle, je pourrais être parfaite pour le rôle destiné à Léa Solvéni dans *Santiago*…

Comme il est connu pour son travail avec des acteurs amateurs, ce serait la suite logique de sa façon de faire…

Plus de problèmes de coproduction puisque j'ai tout l'argent qu'il faut pour produire son film, et je finis par me venger de ce mépris de Léa à mon encontre, même si les apparences sont contraires…

Je sais, c'est débile d'être jalouse à ce point, mais je n'y peux rien.

Quelqu'un vous échappe et, un jour, il faut remettre les choses d'aplomb, montrer que ce refus a pu faire mal et trouver un angle pour rendre la monnaie de sa pièce à celui ou celle qui vous a fait souffrir…

C'est tombé sur Léa et, dommage pour lui, sur Simon…

Ça s'appelle des dommages collatéraux.

Ça ferait un beau film, cette histoire dans l'histoire !

Moi qui, comme Léa, n'ai jamais voulu être actrice, prête à me sacrifier sur l'autel du cinématographe, rien que pour le plaisir de la vengeance…

Je fais vivre à Simon de beaux moments, et tout à coup, sans la moindre raison, je m'arrange pour que sa vie se dégrade, parte en miettes, si bien qu'il se demande comment tout cela a pu arriver, alors que son existence paraissait sous contrôle.

Je rirais comme une folle si je pouvais voir sa tête à ce moment-là, mais ce ne sera pas le cas parce que, si jamais il lit mon cahier de notes ou de mémoires, ça voudra dire que je ne serai plus là, que quelque chose aura fait que je disparaisse, m'évapore, n'existe plus.

J'ai déjà commencé par lui dire que tout était sa faute, que Léa avait mis fin à ses jours à cause de lui, parce que leur film n'avait pas pu aller au bout de leur envie commune…

Ça a beau dater de quelques années, ça reste crédible !

Bonne façon de briser la glace, de faire connaissance, de voir où je peux mettre les pieds…

J'ai senti qu'il accusait le choc…

Bon début !

Un jour, je lui avouerai que ce n'étaient pas les cendres de Léa qu'on dispersait au vent à la pointe du Grouin, au bord des falaises de Cancale !

Juste pour le plaisir de le voir se décomposer !

Un jour.

Elle avait juste envie de disparaître, de ne plus être Léa Solvéni…

Quoi de plus simple, avec de l'argent ?

Quelques pourboires à donner ici et là ; pour brûler un cercueil vide et en mettre les cendres dans une urne, ce ne sont pas les gens qu'on peut acheter qui manquent, des cendres dont on prétendra que ce sont celles de l'actrice…

Il y a la paperasse, mais ça aussi, ce n'est qu'une question d'argent et de bonnes personnes à trouver…

J'ai, dans ma famille, quelques individus très qualifiés !…

On clame haut et fort qu'elle s'est donné la mort et qu'elle avait interdit qu'on la voie dans son cercueil…

Il faut toujours respecter les dernières volontés des morts…

Léa ne sait rien de ma rencontre avec Simon…

Elle ne voulait qu'une chose, disparaître.

Aucune idée de l'endroit où elle est.

Je lui avais promis de l'aider…

D'accord, ça ne voulait pas dire faire du mal à celui qu'elle aime toujours, j'en suis certaine.

On peut aussi penser que, s'il n'avait jamais existé, elle aurait peut-être voulu de moi…

Fille ou garçon avec fille ou garçon, ce qui compte avant tout, c'est l'histoire d'amour…

Le reste n'a pas la moindre importance…

Quand je disais ça, elle répondait que j'avais raison.

J'ai quand même le droit de rêver !

Chacun ses trucs !…

Moi, j'aime autant les filles que les garçons, je suis avant tout sensible au charme, et séduire Simon faute d'avoir séduit Léa n'est pas compliqué…

Mais le rejet ou le mépris me rendent maboule et ont des conséquences, entraînent des représailles !

Se séparer ne signifie pas que ce qu'on éprouvait l'un pour l'autre a disparu, et parfois, s'il n'est pas trop tard, on se rend compte qu'on a commis une bourde et on essaie de reconstruire…

En ce qui me concerne, tout faire pour qu'ils ne se retrouvent pas resterait pour moi la plus belle des victoires.

Parce qu'après tout, on ne sait jamais !

Il apprend qu'elle est toujours vivante, décide de la retrouver, la retrouve une nouvelle fois, et ils comprennent que leur histoire était faite pour durer beaucoup plus longtemps…

Et moi, je suis comme une conne, avec ma vengeance qui a produit l'effet inverse…

À quoi bon, me direz-vous, vouloir faire le mal au lieu de faire du bien ?

Il se trouve que je fais aussi beaucoup de bien, avec ma fondation et avec ce que je donne à ces ONG du bout du monde qui font ce qu'elles peuvent pour aider les autres, ces fameuses ONG dont Léa me parlait tant que, je crois, c'est elle qui a déclenché ma générosité ; je ne suis pas Bill Gates mais, malgré tout, je fais partie de ceux qui n'hésitent pas à mettre pas mal d'argent sur la table pour essayer d'améliorer le monde…

Peut-être aussi qu'en le faisant, j'ai le sentiment de me faire pardonner les comportements abominables de ma famille…

Vous voyez, je ne suis pas une si mauvaise personne !

Le plus souvent Dr Jekyll et, de temps en temps, Mrs Hyde !

12

Huit ans auparavant

Un peu de temps s'était écoulé depuis cette nuit boulevard Raspail.

Léa avait été très présente dans ma vie et dans les médias pour la sortie du film de Fortin qui, comme je l'avais prévu, avait eu les faveurs de la critique et du public…

Ce type avait ce qu'on appelle *la carte.*

Dès qu'il entreprenait quelque chose, les soi-disant branchés de la presse et des télés criaient au génie, même si ce génie, ou ce qui paraît-il y ressemblait, l'avait abandonné depuis longtemps…

Léa avait bénéficié de son aura, les journalistes l'avaient encensée…

Les problèmes traversés lors du tournage n'avaient pas eu d'incidence sur son jeu et, comme elle était parfaite dans le rôle, elle allait à coup sûr se retrouver une nouvelle fois dans la courte liste des actrices nommées aux césars, et peut-être à Cannes, pour leur performance…

Nous vivions parfois chez l'un, parfois chez l'autre, sans oublier ces moments où chacun vivait seul…

Cette façon de fonctionner nous allait bien et, même quand nous n'étions pas ensemble, nous échangions des conseils ou des suggestions, discutions de l'avancée de nos projets…

Je tournais des pubs pour gagner un peu d'argent et m'efforçais de travailler sur ce film dont je n'avais pas encore parlé à Léa…

J'estimais que le scénario n'était pas assez abouti pour que je lui raconte en détail… Elle savait que j'avançais à tâtons sur un projet mais n'imaginait pas une seule seconde que ce soit à elle que je pensais quand j'essayais de peaufiner les dialogues, de mettre des mots dans la bouche de l'héroïne…

Parfois, elle me demandait d'ailleurs si j'avais déjà une idée du casting, et je répondais que je verrais une fois l'histoire écrite.

J'avais sa façon de parler dans la tête et, quand je choisissais des mots pour son personnage, je savais qu'elle n'aurait aucune difficulté à être crédible en les prononçant…

Cette année-là avait été gratifiante pour elle.

Elle avait eu le prix de la meilleure actrice à Cannes et avait été nommée pour le césar du meilleur premier rôle féminin dans la foulée !

Elle avait tenu à ce que je l'accompagne sur la Croisette, et j'ai donc monté les marches une deuxième fois…

Elle avait exigé que je sois à ses côtés, et personne n'était en mesure de la faire changer d'avis…

Après tout, si le film de Fortin était à Cannes, c'était en grande partie grâce à elle et, même si elle n'était pas du genre caprices, elle avait imposé ma présence à l'équipe qui, il faut être honnête, m'avait accueilli avec beaucoup de gentillesse…

Même Fortin s'était montré agréable, que ce soit avant la montée des marches ou au dîner, après la projection…

Je me suis dit, à ce moment-là, qu'en fait il était plutôt sympa et que, peut-être, les bruits de couloir autour de son attitude sur les tournages pouvaient être infondés !

Allez savoir ce qui se cache derrière nos masques…

Le film n'avait rien décroché, à part le prix de la meilleure actrice pour Léa…

Le soir de la cérémonie de clôture, quand elle a entendu son nom, elle m'a d'abord embrassé avant de se mettre à pleurer dans les bras de Fortin et de son partenaire…

Elle avait eu un peu de mal à trouver les mots pour remercier le jury, qui avait été plus bouleversé par sa performance que par le film…

J'avais pensé ce soir-là qu'encore une fois, j'avais de la chance de faire partie de sa vie…

Après Cannes, nous décidons de rester quelques jours chez des amis près d'Antibes, une région où j'avais souvent passé des vacances très peu de temps après Massa, au temps béni de mon adolescence…

Je m'en rends compte aujourd'hui, alors qu'à l'époque, le côté privilégié et « étoile filante » de ma jeunesse m'échappait…

Nous remontons à Paris et, quelques semaines plus tard – je me souviens d'ailleurs qu'il faisait plus que moche sur la capitale –, je décide de l'inviter à déjeuner dans un restaurant que j'aime bien, place du Marché-Saint-Honoré, pour lui parler enfin de *Santiago* et lui confier une copie du scénario dont j'ai fini par venir à bout...

Nous sommes installés à la terrasse, et la douceur, même s'il fait gris foncé, n'a pas quitté Paris... Ce ne sont plus deux chocolats que je commande, comme à La Coupole, mais deux mojitos, comme pour installer l'ambiance...

Je la regarde dans les yeux et, tout en faisant tourner les feuilles de menthe dans mon verre, je me lance :

— Est-ce que tu te souviens de ce film qui me tourne autour depuis des mois ?

— Bien sûr ! Je crois même que tu veux l'appeler *Santiago*, non ? Tu ne te rends plus compte mais tu as dû m'en parler mille fois, tellement ça te rendait cinglé de ne pas pouvoir en terminer l'écriture !...

— Oui, c'est ça !... C'est le titre provisoire... Quelle mémoire !

— Tu sais, l'homme que quelquefois je croise dans ma vie ou dans la sienne travaille beaucoup sur un projet... C'est quand même normal que je me souvienne du titre, même si je n'ai à peu près aucune idée de l'histoire...

— C'est le parcours d'une fille qui retourne sur les traces d'un amour fou qu'elle a vécu à Cuba, plus exactement à Santiago de Cuba, un genre de road movie...

— Oui, c'est ça... Je me souviens que tu m'avais dit un jour avoir été inspiré par *Profession reporter* d'Antonioni... Pas simple de passer derrière !

— Je ne sais pas pourquoi j'ai fait cette fixette !... Ce n'est pas du tout la même trame... Dans le film d'Antonioni, Nicholson découvre un cadavre dans la chambre à côté de la sienne à l'hôtel où il s'est arrêté au milieu de son reportage et, d'un coup, il décide d'échanger sa vie avec celle du mort... Murs blancs, ciel bleu marine et tout une ambiance, filmé plutôt en Afrique sub-saharienne et au Sahara... En fait, c'est très différent de ce que je veux faire... J'y ai beaucoup pensé, je l'ai tourné dans tous les sens, j'ai hésité longtemps mais je voudrais que tu joues le rôle de la fille ! Si l'idée te séduit... Ne le fais surtout pas pour me faire plaisir, lis le scénario, et tu n'acceptes que si tu te sens concernée, avec la certitude d'être le personnage... Je sais très bien que, malgré ton prix à Cannes et tous ces scénarios qu'on te propose, ton idée fixe c'est d'arrêter le cinéma, de sortir par la grande porte au moment où tu es tout en haut de l'affiche... Je sais tout ça...

Elle baisse la tête, la relève pour me regarder avec un sourire étrange...

Pas grand monde sur la terrasse dont on pourrait croire que Philippe, le maître des lieux, l'a réservée pour nous... Léa m'écoute depuis déjà quelques minutes ; je dépose le script sur la table à côté de son assiette...

Elle me fixe en sirotant son mojito, sans un mot...

Au bout de ce silence qui n'en finit pas, elle se décide :

— Simon, j'ai affirmé un jour, à La Coupole, que je venais de refuser un film parce que j'en avais par-dessus la tête de jouer presque toujours le même genre de rôle, mais j'ai ajouté, et ça je m'en souviens encore parfaitement, j'ai ajouté que si on m'apportait une histoire différente qui me permettait de montrer d'autres facettes de ma personnalité, je n'hésiterais pas à accepter de tourner de nouveau !… L'histoire de *Santiago* peut très bien me plaire… Je vais lire ce que tu as écrit et, si ça me touche, je le fais !

Elle met le scénario dans sa besace.

Dire que je suis ravi serait en dessous de la vérité.

Elle m'avait reproché, lors de notre rencontre fortuite, de n'avoir jamais imaginé qu'elle pourrait faire partie d'un de mes films, et c'était vrai…

Jamais je n'avais pensé à elle, à croire qu'elle était une amoureuse de mon adolescence mais pas une actrice avec laquelle je pourrais avancer sur un film.

Avoir Léa Solvéni comme tête d'affiche d'un casting peut aussi, ne nous voilons pas la face, servir à convaincre certains décideurs et, pour *Santiago*, il me faut des coproducteurs…

J'ai l'habitude de tourner en France avec des budgets assez réduits, mais en déplaçant toute une équipe à Cuba, le coût ne va pas être le même.

Je vais essayer de convaincre ceux avec lesquels j'avais monté *La Frontière d'avant-hier*, le nom de Léa va peut-être les séduire.

— Je suis heureux que tu me répondes ça, mais j'avoue avoir déjà des sueurs froides ; d'abord parce que je vais attendre avec fébrilité que tu lises le scénario et croiser les doigts pour qu'il te donne envie d'être le personnage, ensuite, parce que te diriger sera une grande première, surtout en passant après de très grosses pointures… Est-ce que tu réalises la chance que tu as eue de tourner avec tous ces metteurs en scène prestigieux ?

Elle éclate de rire, boit une gorgée de mojito, répond à Philippe qui nous demande ce qu'on aimerait manger et me confie tranquillement :

— C'est vrai que certains étaient plutôt renommés, intelligents, psychologues, amoureux de leur travail et des acteurs, mais je suis aussi tombée sur des abrutis, et le moins qu'on puisse dire, c'est que faire un film pendant un mois ou deux avec ces gens-là n'avait rien d'un parcours idéal !… Même si je suis obligée de reconnaître que, malgré leurs défauts, quelques-uns avaient du talent et que, parfois, le résultat final dépassait mes espérances ! Je n'aurais jamais pensé que certains de ces gens au comportement insupportable seraient capables d'accoucher de films intéressants !

— Quand je te dis que la barre est haute et qu'il va falloir que je m'accroche, c'est la vérité !

— Tu ne vas pas me raconter qu'après tout ce que tu as pu faire, après un prix à Cannes comme réalisateur et trois ou quatre nominations aux césars, tu doutes encore de toi ?

Je ne réponds pas.

En un sens, elle a raison.

Je n'ai plus rien à prouver, mais entreprendre un nouveau film un peu différent avec, dans le premier rôle, une actrice très en vogue qui se trouve être la fille que j'aime, c'est intimidant…

Au lieu d'argumenter, je me contente de faire signe à Philippe pour lui dire que nous sommes prêts à commander…

Bien que la terrasse soit presque vide, quelques personnes ont reconnu Léa. Avec beaucoup de discrétion, elles lui sourient, et elle leur sourit en retour…

Si je me fie à ce que je vois, cette fille ne s'est jamais prise au sérieux et garde un vrai contact avec ceux qui l'aiment bien.

Certains de ses confrères devraient en prendre de la graine : être capable de rester soi-même et ne jamais se prendre pour une star même si, parfois, la tentation peut être grande…

— Tu sais qu'il va falloir qu'on aille à Cuba en repérage si jamais tu acceptes le rôle ?

Elle me regarde, étonnée, entre deux bouchées de ses ravioles spécialité maison…

— Depuis quand les acteurs accompagnent-ils les réalisateurs pour des repérages ? Ils y vont plutôt avec leur directeur de la photo, non ? Ou leur premier assistant ?…

— Depuis que j'ai décidé de te demander de venir avec moi si l'histoire te séduit… Et puis, ça fait un certain temps que nous ne sommes pas partis en vacances ensemble !

— Donc, ce ne sont pas des repérages mais des vacances payées par la production ! C'est bien ça ?…

— En quelque sorte, sauf que, comme la production n'est pas finalisée, c'est le futur metteur en scène qui invite la possible star du long-métrage pour un petit séjour outre-Atlantique dans une île exotique, au cœur de la mer des Caraïbes…

Elle arrête de manger, pose une main sur ma main et me dit :

— Tu sais qu'il m'arrive de travailler et que, malgré mes envies d'envoyer promener tout ce qui a un rapport avec le septième art, il me faut quand même être présente aux rendez-vous prévus depuis longtemps par mon agent avec certaines personnes des médias !

— Tu n'as qu'à dire que tu es malade et que tu as besoin de repos… Après les deux années que tu viens de vivre, tu as besoin de faire baisser la pression, non ?

— Ce ne serait pas toi qui avais fini par me convaincre de ne surtout pas laisser tomber le film de Fortin, me rabâchant que je me devais d'être professionnelle, que la presse allait me tomber dessus, bla-bla-bla ?

— J'avoue, oui, c'est moi, mais il semblerait que j'aie bien fait, non ?

— On va procéder dans l'ordre… D'abord, je lis le scénario, ensuite, si ça me plaît, je liquide les affaires courantes. Comme j'ai deux mois pour le tournage de Collins en Angleterre, je fais son film et, ensuite, on part visiter les fabriques de cigares… Ça te va, comme programme ?

— Parfaitement. Je n'ai plus qu'à espérer que mon histoire te parle, que tu te sentes concernée, et que ton tournage anglais ne te dégoûte pas à jamais du cinéma !…

13

Aujourd'hui

Elle voulait la chambre 27.

Elle est libre, et la bonne nouvelle la fait sourire.

La fille à la réception parle plutôt bien l'anglais, et l'échange est facile...

Entre Léa et l'espagnol, c'est loin d'être une histoire d'amour, bien qu'elle adore la langue, surtout quand elle est chantée ou murmurée...

Quant à être capable de l'apprendre, c'est autre chose, malgré ses efforts depuis le lycée !

Elle avait failli tourner un film en Espagne, le réalisateur la voulait.

Elle lui avait avoué qu'elle adorait le rôle mais ne se sentait pas capable d'assez bien parler l'espagnol pour tout un tournage, même avec un coach...

Pourtant, elle est italienne, et les deux langues sont assez proches, mais rien n'y fait : ça ne veut pas rentrer, contrairement au français qu'elle n'aura pas mis longtemps à parler presque à la perfection, avec ce petit accent transalpin qui fait partie de son charme...

L'hôtel E San Basilio n'a pas changé.

La chambre non plus.

Tout lui revient en mémoire, des motifs du dessus-de-lit à la moindre seconde de ce voyage marquant pour tout un tas de raisons sans rapport avec le film…

En fait, ils n'étaient pas partis à l'aventure.

Simon connaissait des gens sur place.

Il les avait rencontrés à la fête de l'Huma, où il participait à un forum sur le cinéma : doit-il être politique ou pas, engagé ou pas ?…

Un cinéaste et un journaliste de cinéma cubains faisaient partie des participants au débat ; Simon et Enrique Feliz avaient fini la nuit en refaisant le monde dans un des stands de la Fête, buvant des bières pour Simon et du côtes-du-rhône pour Enrique…

L'alcool aidant, Enrique s'était essayé au français et Simon à l'espagnol, mais ils avaient vite compris qu'avec l'anglais, ils pouvaient se dire beaucoup plus de choses…

Ça avait créé des liens et ils s'étaient revus deux fois à Paris, où Enrique était revenu faire des repérages…

Pour lui, Paris était la plus belle ville du monde, et il mesurait la chance qu'il avait de pouvoir y venir de temps en temps…

Quand Simon avait décidé d'emmener Léa à Cuba, c'est à Enrique qu'il avait demandé d'organiser un petit circuit avec quelques endroits importants à visiter, de La Havane à Santiago…

Depuis la terrasse de la chambre, elle retrouve tout ce qu'elle avait gardé en tête quand Simon et elle avaient fini leur voyage à Santiago…

Les toits, l'entrelacs des petites rues, le ciel et même les nuages, comme s'ils avaient ici une forme particulière, à moins que ce ne soit dans sa tête…

Les lieux qu'ils avaient visités, de La Havane à Santiago en passant par Pinar del Río ou la vallée et les grottes de Viñales, l'avaient beaucoup marquée…

La découverte du musée de la Révolution à La Havane n'était pas pour rien dans son attachement soudain à Cuba et, aujourd'hui encore, cette journée lui revenait avec précision…

Tout ce que les Cubains avaient traversé pour un jour retrouver leur identité était gravé dans sa mémoire…

Simon avait ressenti la même chose.

Ils en avaient souvent parlé depuis, et ces endroits avaient chamboulé leur existence sans qu'ils s'y attendent.

Du coup, Simon avait ajouté des éléments au scénario, parce que l'héroïne du film ne pouvait pas se contenter de retourner sur les pas de son histoire d'amour sans qu'il y ait la moindre allusion à l'histoire de Cuba et à la révolution…

Quand elle y repense, accoudée à la rambarde de la terrasse, ce film censé raconter la suite d'une histoire d'amour avait fini par se transformer en film politique…

Et elle se souvient très bien de ce que leur avait dit Enrique, affirmant qu'ils ne sortiraient pas indemnes de leur voyage et que, peut-être, le film de Simon basculerait dans une autre direction…

Pour elle, ce voyage devait être simplement l'occasion de voir où l'héroïne aurait envie de poser son sac, et Simon sa caméra, mais tout avait changé !

Le scénario de Simon laissait toute latitude pour tourner partout sur l'île, puisque l'histoire ne stipulait au départ qu'une seule chose : son personnage remettait ses pas dans ceux de son passé, une histoire très éloignée du *Profession reporter* d'Antonioni…

Il avait été le premier à reconnaître que prendre *Profession reporter* comme référence pour faire *Santiago* était une erreur : les deux films n'avaient rien à voir…

Petit à petit, elle et Simon avaient récrit le film qui, maintenant, semblait suivre le parcours des guérilleros allant libérer le Cuba de Batista…

Elle sait aujourd'hui que cette nouvelle mouture du scénario a conduit les Américains à refuser de coproduire *Santiago…*

Elle en est certaine.

Elle avait encaissé sans rien dire que le film ne se ferait pas, faute de coproduction, mais maintenant, avec le recul, elle est sûre que la vraie raison du refus était politique !

Elle est même persuadée que Simon le savait très bien…

Ils avaient prétendu avoir d'autres projets et que leur film n'entrait pas dans la ligne de ce qu'ils souhaitaient faire…

Le scénario était évidemment devenu trop engagé pour la sensibilité politique des coproducteurs envisagés par Simon…

Autant ils pouvaient être d'accord avec une sorte d'histoire d'amour, autant affirmer haut et fort que la Révolution cubaine avait été une bonne chose pour le pays poussait le bouchon un peu loin !

Pour certains de ces Américains, si fiers de leur prétendue jolie démocratie, c'en était trop !

Ils avaient passé quatre jours à l'hôtel E San Basilio, et la chambre 27 se souvient très bien de leurs nuits torrides et tendres à la fois…

Léa, en riant, met son oreille contre un des murs pour voir s'il va lui faire des confidences…

Elle se regarde dans le miroir, qui est toujours celui croisé il y a quelques années…

Il continue à lui murmurer qu'elle est belle et que Simon devrait être là avec elle au lieu d'assister, peut-être quelque part sur une côte bretonne, à la dispersion de ses cendres.

Demain, il faut qu'elle retourne à Cayo Granma, cette île dans la baie de Santiago où Simon avait fait tant de photos étonnantes, parce que l'ambiance y était unique et qu'il se voyait bien y tourner quelques plans…

Elle se souvient de plusieurs photos qu'elle avait aimées, en particulier celle d'une vieille dame endormie sur son rocking-chair, cliché pris de loin de peur de la réveiller, et le résultat avait quelque chose d'unique ; de cette photo se dégageait une sorte de quiétude et de paix…

Même chose pour une autre image fixée par Simon à Cayo Granma, celle d'un vieux monsieur s'apprêtant à aller se baigner, aidé par un jeune garçon, peut-être son petit-fils, à ses côtés pour ôter ses vêtements et le tenir afin d'éviter qu'il tombe…

Là encore, Simon avait pris la photo de loin avec un gros téléobjectif, pour ne pas déranger l'intimité du monsieur…

Léa tient à passer du temps à Cayo Granma, se demande même si elle ne pourrait pas y louer une maison qui ressemblerait à celle qu'une de ses amies loue à Gorée, en face de Dakar…

Peut-être même qu'elle l'a achetée, elle ne se souvient plus de ce qu'elle lui avait dit, mais en ce qui concerne Cuba, Léa ne sait pas si des étrangers peuvent y acquérir des biens immobiliers…

Quand elle avait posé la question, on lui avait fait comprendre que louer était possible, mais pas l'achat.

Elle s'est aussi laissé dire que le dispensaire de l'île cherchait du personnel, et elle se verrait bien s'y faire embaucher comme aide-soignante ou infirmière, s'ils ne sont pas trop regardants et ne réclament pas de diplômes !

Après tout, elle rêvait d'une ONG, mais travailler dans un dispensaire, c'est un peu la même chose !

Beaucoup de médecins à Cuba, mais parfois un manque de soignants, et les volontaires sont peut-être les bienvenus…

Qui pourrait imaginer que Léa Solvéni fasse partie du personnel médical de Cayo Granma ?

Elle pourrait aussi louer une maison près de celle de son amie, à Gorée.

Cet endroit l'avait bouleversée une nouvelle fois quand Simon et elle y étaient passés, à la fin d'une semaine de vacances au Sénégal…

Elle y était déjà allée avec Janet qui voulait lui montrer quelque chose là-bas…

Elle n'avait jamais su de quoi il s'agissait avant d'y être !

Ça devait rester une surprise !

14

Depuis quelques jours, tout en écrivant un nouveau projet, je fais le tour de mes archives, de mes photos, des messages, des e-mails de Léa, au cas où j'y trouverais des signaux annonçant une envie de passer à l'acte…

Trois ans depuis cette séparation qui aurait pu ne pas être, et sept ans ou sept ans et demi depuis que le projet *Santiago* est tombé à l'eau par ma faute…

Il ne fallait pas proposer ce scénario modifié à Fred Patton et James Arthur, les patrons de Forever Films…

J'aurais dû le produire seul et oublier ces Américains à des années-lumière de mes idées et du nouveau script…

Le premier aurait pu les séduire mais le deuxième ?…

On s'était bien entendus pour *Frontière*…, mais le film n'avait rien de politique…

Santiago, en revanche, faisait partie des scénarios qui essayaient de poser des questions ou de répondre à certaines interrogations, et là, on changeait de registre ; entre les États-Unis et Cuba, même si les choses semblaient un tout petit peu s'arranger, on était loin d'un azur bleu marine sans nuages…

J'ai tellement travaillé sur *Santiago* que j'ai un disque dur d'un téraoctet plein jusqu'à la gueule d'ébauches, de photos, de vidéos, de messages, de commentaires, d'échanges d'e-mails avec Léa, Vincent, les Américains de Forever…

Sans oublier la version finale du nouveau script !

Depuis trois jours, je fouille, je trie, je passe en revue, j'essaie de trouver des pistes, des signes, des indications, des messages qui iraient dans le sens des affirmations de Janet… Non seulement je ne trouve rien qui puisse m'orienter vers la moindre piste ou le plus petit signe avant-coureur, mais, comme je relis aussi les derniers échanges avec Léa qui datent de cette année et qui sont plus que chaleureux, je finis par me demander si toute cette histoire n'est pas une vaste manipulation destinée à cacher la disparition volontaire de Léa, en faisant croire à un suicide que quelqu'un, sorti comme un diable d'une boîte, essaierait de me coller sur le dos !

Pour quelle raison ?

Je l'ignore.

Je sais, ça n'a aucun sens, mais à force de tourner en rond, on finit par imaginer tout et n'importe quoi…

Léa avait vu le scénario évoluer au fil de notre voyage à Cuba.

Elle était la première à faire des suggestions plus intéressantes les unes que les autres et, jour après jour, le film prenait une tout autre direction ; nous étions passés du road movie à quelque chose de beaucoup plus engagé…

Enrique m'avait prévenu.

Il ne fallait pas que je m'étonne si mon film bifurquait sous l'effet de vérités rétablies par des Cubains ou d'endroits parcourus !

Il ne pouvait pas avoir plus raison !

Je comprends que ce voyage aura été, pour Léa et moi, une déflagration, un retournement de la vision erronée que nous avions avant de partir…

Léa avait bien aimé le scénario qu'elle avait lu.

Il lui avait donné envie de faire le film mais, une fois sur place, ce que nous découvrions multipliait par cent notre besoin de parler du pays et des gens…

C'était presque devenu un film guidé par une voix off, beaucoup plus près de *Soy Cuba* de Kalatozov que de *Profession reporter* d'Antonioni…

On croit que les choses sont en béton, et on comprend que c'est le contraire !

Quand nous sommes rentrés de nos trois semaines sur place, Léa et moi avons tout récrit, parce qu'elle avait tant de suggestions à me faire que je me devais de l'associer à l'écriture…

Elle en rêvait depuis longtemps.

Ç'avait été l'occasion, pour elle, de se jeter dans le grand bain d'une belle manière, parce que sa façon de faire était souvent plus intéressante que la mienne…

J'avais une approche de cinéaste et elle d'être humain, cherchant à la fois à comprendre et à intégrer les choses dont on lui parlait, les choses et les personnes liées aux événements…

Ce qui nous avait marqués, c'était avant tout la dignité et la fierté des gens, heureux d'avoir récupéré leur identité après avoir été, pendant des années, considérés comme les habitants de la poubelle de l'Amérique, le troisième paradis des casinos après Las Vegas et Atlantic City…

Pas facile de vivre à cent kilomètres de Key West, de subir un embargo depuis les années 1960, de dépendre de l'URSS pour son principal approvisionnement et de se retrouver, un jour, presque sans rien parce que plus d'URSS et plus ce qui allait avec, comme le pétrole…

C'était tout ce que nous ne savions pas ou savions si mal qui nous avait fait changer notre fusil d'épaule…

Et c'est vrai que, souvent, nous nous étions dit que peut-être cette réécriture entraînerait la non-collaboration des Américains !

Et quand ils ont refusé de coproduire, même si ça nous a fait mal, personne n'a été surpris, ni Léa, ni moi ; elle avait même tendance à dire que tout était sa faute…

Alors, que Janet essaie de me coller le suicide de Léa sur le dos à la suite du recul de Forever Films n'avait aucun sens, puisque Léa avait été présente tout au long du parcours et avait même essayé de me convaincre de produire le film seul…

Quelque chose ne tournait pas rond dans cette histoire, et j'avais l'impression que ce que racontait Janet avait de moins en moins de sens…

J'ai retrouvé dans mon disque dur les photos du voyage et, en particulier, celles prises à Cayo Granma…

J'avais complètement oublié cette journée sur la petite île nichée dans la baie de Santiago…

C'était le moment de la rentrée scolaire et tous les enfants chantaient et dansaient dans les rues, vêtus de leurs uniformes rouges et blancs…

Léa était heureuse et ne donnait pas l'impression d'être à Cuba pour préparer un film, mais pour passer trois semaines de vacances avec son amoureux…

Nous étions en repérages et je ne regardais qu'elle, en l'imaginant à tel ou tel endroit…

J'ai l'impression qu'à ce moment crucial de la préparation du film, je ne pensais plus une seule seconde à l'histoire mais à la façon dont j'allais rendre Léa encore plus belle qu'elle n'était…

Dans la série de photos, il y a ces maisons sur pilotis, cette dame sur son rocking-chair, une des photos préférées de Léa, celle de ce monsieur qui va se baigner aidé par un jeune garçon, une autre des photos que Léa aimait bien…

J'ai imaginé une promenade à travers l'île au gré des vicissitudes passionnelles de l'héroïne, et quand je regarde les photos, je me rends compte que beaucoup d'endroits étaient possibles, tellement l'île est belle…

Je repense à Santiago de Cuba mais retrouve aussi les clichés des rues de Pinar del Río et de la vallée de Viñales…

Tellement dommage que notre envie de tout intellectualiser ait débouché sur l'impossibilité de tourner le film que nous rêvions de faire…

De là à imaginer son suicide après ce non des Américains, il y a un grand pas…

15

Huit ans auparavant

Enrique leur a trouvé une voiture à peu près en bon état, pas forcément une chose facile à Cuba, et a monté un itinéraire qui ressemble plus à un périple de vacanciers qu'aux repérages d'un film.

Léa n'a qu'une envie, se vider la tête après son tournage anglais et découvrir cette île où ils devraient poser leurs affaires dans quelques mois si tout suit son cours, si les Américains sont d'accord et si les endroits correspondent à ce qu'imagine Simon…

Il a écrit une histoire qui pourrait se passer n'importe où, sauf qu'il a choisi Cuba parce que, comme un certain nombre de jeunes dans les années 1960, l'arrivée de Castro et de ses fidèles, dont Che Guevara, l'a profondément marqué…

Les légendes ne se forgent jamais par hasard et, si le Che est devenu une icône, il y a des raisons, bonnes ou mauvaises, qui ont inspiré Simon.

Elle lui a posé la question après avoir lu et aimé le scénario, et c'est ce qu'elle a cru comprendre…

Leur itinéraire ne fait pas le tour de l'île mais Enrique a suivi les instructions de Simon ; il voulait mélanger travail et plaisir, et Enrique a éludé certains endroits au profit d'autres secteurs…

Léa n'a rien contre, surtout après son tournage anglais, facile mais physique ! Elle jouait une journaliste tentant d'échapper à certaines personnes issues d'une branche des services secrets de l'ex-Union soviétique…

Encore une héroïne qui pourrait ressembler à ces filles qu'elle a été dans un nombre conséquent de films français et américains, un de ces rôles qui lui donnent de plus en plus envie d'arrêter d'être actrice – ou, du moins, de jouer ce type de personnages !

Mais le contrat était signé depuis longtemps.

Pas question pour elle de ne pas honorer ses engagements…

Simon lui a souvent dit, en se moquant un peu, qu'elle aurait dû y penser avant et que quand le vin était tiré, il fallait le boire, toute la ribambelle des phrases toutes faites…

Leur vieille américaine est décapotable et, à part lorsqu'il pleut des seaux d'eau de pluie tropicale, ils roulent les cheveux au vent…

Tout est prétexte à un arrêt et à des images sur lesquelles Simon tient à ce que Léa soit en amorce, au premier plan ou tout au fond, selon la valeur choisie, les endroits, la lumière…

C'est un dépaysement total, qu'il s'agisse d'un incroyable cimetière à La Havane, avec la statue de la Milagrosa couverte d'offrandes, de fleurs et même de vêtements pour les nouveau-nés comme celui qu'elle porte sur son bras, ou du musée de la Révolution, qui déclenche chez eux une violente prise de conscience et l'envie de tout changer à l'écriture du film…

Bien sûr, on leur montre ce qu'on veut bien leur montrer, mais certaines personnes présentées par Enrique entrouvrent des pans de l'histoire de l'île inconnus des touristes et, de haltes en rencontres, leur vision se transforme, évolue, est bouleversée ; l'inattendu fait surface…

Parfois, ils ont l'impression d'être en 1959, juste après l'arrivée de Castro et la fuite de Batista ; d'autres fois, ils sont au cœur des années 2000, avec tout ce que le tourisme sous-entend pour pouvoir accueillir et faire de l'île ce qu'elle est…

Beaucoup de ceux qui viennent à Cuba se tremper les pieds et le corps dans l'eau tiède se fichent de l'histoire, de l'évolution, de cette lutte quotidienne pour retrouver une indépendance, au prix de sacrifices douloureux et malgré une dictature qui cache le mieux possible son nom, mais qui laisse souvent pointer le bout de son savoir-faire…

Elle est partie presque comme une touriste et, plus les jours passent, plus elle devient une autre, sans parler de Simon qui, depuis quelques jours, n'est plus le même…

Elle ne remerciera jamais assez Enrique de leur avoir ouvert d'autres horizons que ceux faits de ciel bleu, de mojitos et de cigares…

Ils passent trois jours à Cayo Largo, une petite île au sud de Cuba, et c'est d'un coup un retour à ce qui attire les touristes de tous bords, mais l'endroit et l'hôtel sont sublimes, la plage de sable blanc se prolonge sur des kilomètres, et l'eau chaude sans personne leur permet de donner libre cours à quelques étreintes qui feraient la joie des paparazzi…

Ici, à part de temps en temps quelques touristes européens, personne ne sait qui est Léa Solvéni, et ils profitent de Cayo Largo sans la moindre intrusion dans leur intimité…

Ils font même une excursion en catamaran, avec un équipage chargé de les chouchouter comme les bons vacanciers qu'ils sont supposés être…

Elle regarde autour d'elle le lagon à l'eau transparente et se dit que le temps devrait pouvoir s'arrêter, se figer, se mettre entre parenthèses, et qu'elle pourrait alors décider que plus rien n'existe à part l'instant présent, le bonheur présent, et que plus rien d'autre ne compte que sa peau sur sa peau et sa main dans la sienne…

Elle devient ou redevient une midinette mais assume, parce que la vie est trop courte pour ne pas profiter de la rareté d'un moment qu'on n'attendait pas, avec un homme qu'on n'attendait plus, dans un pays jamais prévu sur la carte d'un futur dont les contours semblaient tracés à l'avance depuis longtemps…

Elle sourit en pensant que pendant des années, à Massa, ils étaient l'un comme l'autre incapables de se dire ne serait-ce que bonjour en français, en italien, et pourquoi pas, comme plaisante Simon, en charabia…

La timidité, ce phénomène qui nous bloque, nous étreint, nous empêche de dire ou de faire…

Quelle serait sa vie s'ils ne s'étaient pas heurtés rue Delambre ?

Serait-elle la même ?

Peut-être ou peut-être pas.

Elle aurait envoyé promener Fortin et ses sautes d'humeur et aurait eu tort, elle le sait maintenant…

Pas de prix à Cannes pour elle, et Simon vivrait peut-être encore avec une Alexia *bis*, ou comme le presque célibataire qu'il peut être de temps en temps…

L'eau est tiède, presque chaude, sa main laisse un sillage dans la mer des Caraïbes et elle se dit qu'elle aimerait bien vivre ici ou pas loin, qu'elle est plus faite pour les chaleurs tropicales que pour les pluies ou les froideurs continentales…

Ce qui ne l'empêche pas de se sentir chez elle au Tiercent, dans cette retraite bretonne toute de granit vêtue…

Il faudrait d'ailleurs qu'elle présente la maison à Simon, peut-être qu'il s'y sentirait bien…

Elle ne sait toujours pas s'il aime la ville ou la campagne !

Elle sourit en pensant qu'il s'en fiche, puisqu'elle le sait heureux de rester chez lui, entre ses écritures, ses bouquins et ses films !

Simon l'ermite, capable de ne pas bouger et de ne faire qu'écrire des heures durant parce que jamais content de sa prose, ou se disant qu'on peut toujours mieux faire !

On peut parfois mieux faire, mais si on raisonne en permanence comme ça, on finit par ne rien faire du tout…

Ça la fait penser à ce musicien qui avait croisé sa vie pour quelques mois… Un talent fou, mais le doute non-stop…

Il avait enregistré quatre fois le même album, sans jamais le sortir, parce qu'il y avait toujours un détail qui ne lui plaisait pas…

Et c'était l'effet papillon ou château de cartes ; il changeait une toute petite chose qui n'avait l'air de rien, et en bout de ligne, tout l'équilibre de l'ensemble s'effondrait, et il recommençait, et le même phénomène se reproduisait…

Un puits sans fond.

Elle ne sait pas pourquoi, mais elle a d'un coup très envie de découvrir Santiago.

16

Aujourd'hui

Il fait presque beau sur Paris, mais je ne sors pas.

Six jours depuis cette folle journée en Bretagne !

Ma vie se promène entre une nouvelle idée qui me hante depuis des mois et que je voudrais développer, et ces pans de mon passé que je visite plusieurs fois par jour depuis bientôt une semaine, tant ma supposée culpabilité dans la disparition de Léa m'obsède.

Ce téléphone qui insiste et auquel je finis par répondre :

— Simon ?… C'est Janet !… Vous vous souvenez ? La pluie, la Bretagne, le vent et les cendres de Léa dispersées du haut de la falaise… Vous avez oublié ?…

Je reste silencieux quelques secondes.

Je ne m'attendais pas à ce que cette fille débarque de nouveau dans ma vie, surtout après avoir fichu la pagaille dans ma tête…

Je me retiens de ne pas l'envoyer promener…

— … Ah oui, Janet… Bien sûr… Que me vaut le plaisir ?

— Je pensais à Léa et à vous, et je me disais qu'on pourrait essayer de boire ce verre dont je vous avais parlé la semaine dernière, si jamais vous n'êtes pas trop pris ?...

— ... On trouve toujours du temps pour boire un verre avec une jolie femme...

Je ne sais pas ce qui m'a pris de lui sortir cette réponse de macho débile, alors qu'il y a vingt secondes, j'étais à deux doigts de lui raccrocher au nez !

Peut-être le besoin de m'aérer après ces balades dans mes archives...

Elle a une voix chaude, et je me souviens très bien l'avoir trouvée séduisante, même trempée dans son imper sous la pluie battante...

C'est ce qu'elle m'a balancé qui m'a perturbé, et le mot est faible !

— ... Merci pour le compliment inattendu... Je considère donc que c'est un oui ?... Ça vous va, La Coupole vers 19 heures demain, ou c'est trop de souvenirs et d'émotions ?

— ... Pourquoi La Coupole ? Vous aussi, vous habitez dans le quartier ?

Elle rit doucement :

— Non, pas du tout, j'ai une maison à Sèvres, ce qui n'est pas la porte à côté, mais nous allions souvent à La Coupole avec Léa puisqu'elle habitait rue Bréhat, et j'aime bien l'endroit...

— Va pour La Coupole, alors... Dommage que je n'aie plus la moindre photo à faire développer chez Picto, j'en aurais profité !...

— Alors, à demain, le premier arrivé cherche une table en terrasse…

Elle a raccroché sans ajouter le moindre mot, comme si elle avait pris rendez-vous chez un médecin ou un avocat…

Je ne sais pas pourquoi, cette fille me met mal à l'aise…

C'est une sensation indéfinissable, comme si quelque chose dans le personnage n'était pas clair et que ses comportements, réflexions énigmatiques faisaient partie d'un jeu ou d'un calcul, d'une vaste entreprise de manipulation organisée dans un but bien précis…

Je sais, c'est un discours de paranoïaque qui se méfie de tout, mais j'ai été tellement promené de-ci de-là par quelques filles très fortes en exercices du même genre que j'ai une grosse tendance à me méfier…

Plus je pense à Janet et à Léa, plus je me dis qu'elles n'étaient qu'amies ; Léa a toujours été attirée par les garçons, et même si elle pouvait trouver de la beauté et du charme à une fille, ce qui est tout à fait logique et normal, ça ne l'aurait pas fait changer d'avis…

À moins que je sois incapable de voir certaines choses qui semblent évidentes à d'autres…

La Coupole est toujours La Coupole.

Des années que je n'y suis plus revenu ; je me demande même si j'y ai remis les pieds depuis les chocolats froids à moitié bus de ce fameux mois de janvier…

Serge fait encore partie des serveurs mais, évidemment, il ne me reconnaît pas. Je ne suis personne, et il y a plus de dix ans qu'il m'a croisé avec Léa…

Je trouve une table un peu à l'écart, appuyée contre le mur droit de la terrasse… Je suis un peu en avance, venu à pied en remontant le boulevard Raspail…

En avril, ne te découvre pas d'un fil, mais ce printemps parisien est agréable et doux, et quand je vois Janet arriver, elle n'a pas grand-chose de très chaud sur elle : un jean, des Converse roses, un T-shirt avec la tête de Miles Davis et son imper qui, depuis, a séché mais semble toujours aussi froissé… En fait, cette fille donne l'impression de ne pas attacher la moindre importance à son accoutrement…

On dirait que, comme elle est belle et qu'elle le sait, elle se fout des apparences, et donc, les fringues avec lesquelles elle se trimballe semblent le cadet de ses soucis…

Mais peut-être qu'encore une fois, je me trompe, et qu'au contraire tout est étudié, choisi avec soin.

— Vous aimez Miles Davis ?

Elle me répond du tac au tac, en s'asseyant :

— Surtout *Kind of Blue*… Il n'a jamais fait mieux ou plus inspiré !

J'en reste con !… Je pensais qu'elle avait mis un T-shirt à l'effigie de Miles Davis comme ça, peut-être même sans rien savoir de son œuvre, et encore une fois, j'ai tout faux…

— Il y a quand même quelques autres albums magnifiques, non ?…

— Oui, mais rien qui arrive à la cheville de *Kind of Blue*… Même les artistes invités sont fantastiques !… Je peux aussi vous faire une heure sur Chet Baker ou Astor Piazzolla et Gerry Mulligan, si vous voulez ?…

— Vous vouliez qu'on boive un verre à La Coupole pour parler jazz ?

Avec un sourire désarmant, elle me sort :

— Je vous signale que c'est vous qui avez parlé de Miles Davis, pas moi… Ça doit être mon T-shirt !

— Ça nous fait déjà au moins un deuxième point commun, après l'affection ou l'amour que nous avions pour Léa…

— Vous savez ce que Gréco, qui était son amoureuse, a dit au sujet de Miles Davis ?

— Vous connaissez aussi les anecdotes de sa vie ?

— Juste celle-ci, parce qu'elle est très mignonne…

— Et donc ?

— Elle a dit qu'elle n'avait réalisé qu'il était noir qu'en rentrant avec lui aux États-Unis… Avant, ça ne lui avait même pas effleuré l'esprit, mais vu le racisme qui régnait là-bas dans les années 1950 et 1960, et qui ne semble pas en voie de disparition, ça n'a rien d'étonnant !

Elle est brillante, aussi intelligente que belle, désirable et dangereuse, le piège parfait pour un crétin dans mon genre…

— Non seulement, vous aimez le jazz, mais en plus vous êtes une militante des droits de l'homme et de la tolérance ? Je suis toujours heureux de croiser des gens qui ont les mêmes opinions que moi sur le sujet ! Même si beaucoup prétendent se sentir concernés, je connais assez peu de personnes qui s'en vantent…

— Je ne m'en vante pas, je suis comme ça depuis toujours, et la valeur des gens n'a jamais pour moi eu le moindre rapport avec la couleur de leur peau, le dieu qu'ils prient ou leur façon d'aimer…

Je la trouve de plus en plus intéressante… Nous commandons deux gin tonics, et elle reprend :

— Rien ne me choque plus que les jugements liés aux apparences, les délits de sale gueule, les contrôles d'identité dirigés surtout vers ceux qui sont différents et souvent supérieurs à nous… C'est d'ailleurs à une soirée caritative autour de ce sujet que j'ai rencontré Léa, il y aura douze ans maintenant ou un peu moins, je n'ai pas en tête la date exacte… Il s'agissait de lever des fonds pour aider certains pays d'Afrique, dont certains villages avaient besoin d'écoles ou de lieux pour se faire soigner. Comme j'ai créé une fondation baptisée La Main tendue et que j'ai de l'argent grâce à mon héritage – je vous en avais parlé quand vous m'aviez demandé si j'étais dans le cinéma –, eh bien, je faisais partie des organisateurs, et Léa des quelques personnes connues invitées pour mieux faire parler de l'événement…

— Nous ne nous étions pas encore heurtés rue Delambre !

Elle lève les yeux comme si elle cherchait ses mots pour ne pas répondre n'importe quoi :

— C'était à peu près un an avant ! Vous n'étiez pas encore dans le paysage… À ce moment-là, elle avait vraiment besoin d'une amie ou d'une confidente…

Je la regarde avec un petit sourire, avant de lui lancer :

— Et vous vous êtes engouffrée dans la brèche !…

Janet se met à me dévisager, avec à son tour un petit sourire aux lèvres…

— Franchement, Simon, quand elle disait qu'elle voulait arrêter le cinéma, vous y avez cru ?
— Pourquoi pas ?… Elle comptait sur *Santiago* pour lui redonner l'envie, une envie envolée malgré ses récompenses et les éloges des critiques… Elle voyait le temps passer et se disait qu'elle ne voulait pas vieillir actrice, qu'elle souhaitait qu'on lui laisse l'opportunité de faire autre chose, quelque chose qui se rapprocherait plus de ses rêves de jeune fille…

Comme le garçon a apporté les gin tonics, j'en bois une gorgée après avoir fait tourner les glaçons dans mon verre…

— On ne s'ennuie pas quand on ne fait rien, comme vous, quand on vit de ses rentes ?

J'espère qu'elle ne sera pas vexée par ma question, mais c'est vrai que vu ma tendance à vite m'ennuyer quand je ne fais rien, je suis toujours surpris de savoir que quelqu'un ne travaille pas et que ça ne lui crée pas de manque…

17

Sept ans auparavant

Au cinquième étage du 34, avenue des Champs-Élysées, des bureaux très anciens abritent les neuf personnes de Forever Films France... Ils sont basés à Los Angeles mais ont des antennes à Londres et à Paris, et leurs deux dirigeants passent beaucoup de temps en Europe.

Fred Patton nous rejoint dans le bureau très boisé de James Arthur.

Quand je parle de « boisé », c'est parce que je n'ai jamais vu ça !...

Tout, dans son bureau, est en bois, même le cendrier sur lequel il écrase ses éternels cigares qui empestent !

Il m'a un jour confié qu'il a fait venir chaque élément de Santa Fe, du bureau imposant jusqu'aux fauteuils et à la bibliothèque sur laquelle trônent cinq oscars et quatre Golden Globes...

Je me demande s'il se balade avec ses trophées, et s'il les met chaque fois en évidence dans les bureaux où il tient ses rendez-vous...

Il me fait rire !

Ceci étant, je peux le comprendre ; ce n'est pas négligeable, ces hommages de la profession cinématographique à des films dont, au départ, personne ne voulait, et qu'on considère aujourd'hui comme des œuvres marquantes ! Beau bras d'honneur à quelques-uns !...

Sans oublier toutes les récompenses récoltées depuis des années au festival créé par Redford à Sundance...

Ne manquent qu'une Palme d'or à Cannes, un Lion d'or à Venise et un Ours à Berlin...

Mais là, il faudrait une malle cabine pour trimballer ces statuettes et autres colifichets de bureau en bureau !

Il en est très fier.

Je devrais plutôt dire *ils* en sont très fiers, parce que ce sont leurs choix et leurs envies et leur acharnement qui ont permis la réalisation et le succès critique et public de tant de leurs films...

À une époque encore récente, tout film produit par Forever avait d'office le label « qualité » imprimé sur ses images...

Ils font partie de cette nouvelle génération de producteurs qui, sans vraiment tourner le dos à Hollywood, ont fait en sorte que ce soient les studios qui leur mangent dans la main et non l'inverse...

Eux et quelques autres, suivis par des metteurs en scène de talent, ont changé tous les principes de l'industrie cinématographique à Los Angeles depuis bientôt trente ans...

Sauf que, depuis quelques années, les règles changent encore !

Certains ont compris et intégré le fait que l'argent venait de plus en plus de l'adaptation de bandes dessinées, avec des épisodes qui se suivent et se ressemblent...

Ce n'est plus du cinéma mais, comme ils disent en anglais, de l'*entertainment*, de la distraction, et le fond n'a aucune importance !

Ce qui compte, c'est vendre le plus de billets possible !

Faire aujourd'hui des films comme Forever en produisait il y a quinze ans est de plus en plus compliqué…

Fred et James parlent français à la perfection.

On dirait Laurel et Hardy tant l'un est empâté alors que l'autre est mince comme un fil, et dans le couple, je me demande encore qui donne les ordres et qui obéit, à moins que ce ne soient les chaises tournantes, avec des décisions prises à tour de rôle par l'un et l'autre…

Ils sont mariés, mais je n'ai jamais eu l'occasion de croiser leurs familles puisqu'elles vivent à Los Angeles et viennent peu en France.

Nos relations, bien que chaleureuses, ont toujours été strictement professionnelles…

Nous avons failli coproduire trois films ensemble, mais n'avons été qu'au bout de *La Frontière d'avant-hier*…

J'avais tourné entre autres à Paris et à Changsha, dans la province du Hunan, au sud-ouest de la Chine…

Mon héroïne était chinoise et l'histoire se passait entre la France, la Chine et le Canada, avant de se conclure à Noirmoutier…

J'avais dû trop regarder la fin du *César et Rosalie* de Sautet, et je m'étais juré de tourner quelques scènes du film à Noirmoutier, n'imaginant pas la fin ailleurs…

Et déplacer toute une équipe autour du monde pendant cinq semaines coûtait beaucoup d'argent, même si je n'étais pas ruiné par le cachet des acteurs dont quelques-uns avaient accepté de travailler à un tarif plancher, parce qu'ils me connaissaient bien et que certains avaient envie de refaire un film avec moi.

J'avais donc fait lire le scénario à Fred et à James…

Ils n'avaient pas mis longtemps à donner leur accord, trois jours.

À la façon dont ils me regardent aujourd'hui, je sens que ça ne va pas se passer comme la fois précédente !…

James est assis derrière son bureau et Fred reste debout, appuyé d'une fesse sur le rebord de la bibliothèque.

Il tient le scénario de *Santiago* dans la main, le pose sur le bureau, refait un pas en arrière, s'appuie de nouveau contre la bibliothèque :

— C'est le script définitif ?… Ça ne ressemble plus trop à ce dont nous avions parlé au téléphone ?… Ou alors, je n'ai pas bien lu, ou il faut lire entre les lignes ?…

Il regarde James, qui hoche la tête et enchaîne :

— On l'a lu plusieurs fois avec James et on ne retrouve plus l'histoire que vous nous aviez racontée avant de partir en repérage à Cuba…

James prend la suite et m'enfonce :

— Simon, vous savez à quel point nous avons apprécié de travailler avec vous sur *La Frontière d'avant-hier*, mais avec cette version de *Santiago*, on ne va pas pouvoir vous suivre… C'est avant tout un hymne et un plaidoyer à la gloire de Cuba et de sa politique !... Si vous enlevez le côté militant de l'histoire, on peut changer d'avis et être à vos côtés, mais n'oubliez pas qu'au départ, Léa Solvéni devait jouer le rôle d'une fille toujours amoureuse de son amant disparu... Elle décide de partir à Cuba pour essayer de le retrouver, parce qu'ils ont vécu là-bas une histoire d'amour passionnée... Et puis c'est devenu, je ne sais pas pourquoi, un parcours qui semble suivre celui de Castro et ses soldats entre la Sierra Maestra et La Havane !

Je l'écoute sans être étonné. Je m'y attendais.
J'essaie quand même d'argumenter :

— James, si j'ai pensé à Forever, c'est parce que vous êtes quasiment les seuls aujourd'hui en mesure de porter au sommet un projet peut-être un peu plus compliqué que les scénarios standard et que grâce à vous, des films dont personne ne voulait ont pu se tourner et aller à la rencontre du grand public ! Votre approche et votre profond attachement au vrai cinéma et au droit d'exister de ces films différents, c'est la force de Forever, et ne me dites pas que *Santiago* n'entre pas dans la catégorie de ces œuvres que vous défendez si bien depuis des années ! Le scénario a évolué, c'est vrai, mais c'est parce que ce que nous avons découvert à Cuba nous a ouvert les yeux et que nous ne pouvons pas l'occulter !

Après avoir repris le scénario sur la table et en le feuilletant, Fred enchaîne :

— Vous vous rendez bien compte que, même pour un Américain qui pense que les États-Unis se sont comportés comme des aveugles et des ignorants avec Cuba depuis la mise en place de l'embargo, même pour des types comme James et moi qui sommes plutôt ouverts, il y a certaines limites difficiles à franchir, à moins d'avoir pris sa carte au Parti communiste ! La chasse aux sorcières façon McCarthy a beau être terminée, il reste quand même une grosse poignée d'Américains débiles pour qui Cuba, et surtout Castro restent les ennemis à abattre, au même titre que l'Iran et la Corée du Nord !...

Je commence à monter en pression :

— Vous ne pensez pas que vous poussez un peu le bouchon ?

— On voit bien que vous vivez en France et que vous n'avez pas la moindre idée de ce qu'il y a au fond de la tête d'un type du Wyoming, de l'Idaho ou du Nebraska qui ne sait même pas qu'il existe un autre pays que l'Amérique du Nord ; quelqu'un qui était prêt, il y a quelques années, à balancer des bombes atomiques sur le Koweït ou sur l'Irak, qui offre des armes à ses enfants comme cadeau de Noël dès qu'ils ont cinq ans et sont assez forts pour tenir un pistolet ou un revolver !

Je hausse les épaules, change de position sur mon fauteuil, suis à deux doigts de me lever pour mieux les affronter :

— Vous êtes à fond dans la caricature !

— Malheureusement, Simon, pas du tout, et vous verrez qu'un jour, à force de bêtise et de populisme, on aura à la Maison Blanche un baratineur milliardaire venu de l'immobilier, et pourquoi pas de la télé-réalité, quelqu'un qui sera en état de mentir effrontément à la population et qui sera suivi par toute cette frange de gens dont je parlais il y a un instant ! Comme, en Amérique du Nord, n'importe qui peut faire de la politique ou monter une église vu la crédulité des masses, plus rien ne saurait me surprendre, surtout dans les futures courses à la Maison Blanche... On a beau avoir Obama, je crains le pire pour la suite... Beaucoup de gens sont racistes et xénophobes chez nous, vous savez, et certains pensent même que l'esclavage était un bienfait – c'est vous dire le niveau !

Il est presque rouge tellement la tension est montée d'un coup... Il regarde James, qui approuve en souriant un peu et confirme de la tête avant de se tourner à son tour vers moi :

— Fred a raison... Vous ne savez pas ce que c'est, Simon, de s'efforcer de convaincre certaines personnes qui ont des idées préconçues sur tout, des gens persuadés que les États-Unis sont le plus grand pays du monde et que, dans tous les domaines, ce sont eux qui détiennent la vérité !... Je vous assure que vous n'avez pas la moindre idée !... Imaginons que nous décidions de coproduire *Santiago* ; nous dépendons quand même de financiers qui nous aident à mettre de l'argent sur la table, nous sommes scrutés par des critiques, des journalistes venus de tous les horizons, cinématographiques ou pas, et depuis 2001, c'est avec un microscope et non plus une loupe que les créateurs sont observés !... Il est très facile de répandre des rumeurs, de fausses informations et par exemple, pourquoi pas, de dire que Forever Films existe aujourd'hui grâce à de l'argent venu d'ex-URSS, et tant qu'à faire, des mafias russes ou chinoises… ou, n'hésitons pas, de Corée du Nord !

Je vois bien que la cause est entendue et que *Santiago* ne pourra pas se faire avec eux…

Que répondre à pareil discours ?

Je crois qu'ils sont aussi embêtés que moi, ou du moins en donnent l'impression. Mais ils doivent être contents de s'être ôté une épine du pied.

Reste à annoncer la mauvaise nouvelle à Léa.

18

Aujourd'hui

Janet a posé son imper sur le dossier de sa chaise…

Elle n'a toujours pas répondu à ma question qui, peut-être, la dérange…

Aucune importance.

Je ne suis là que parce qu'elle a suggéré de boire un verre ; je n'attends pas de réponse et rien de ce rendez-vous, n'ai qu'une envie, retourner à mes occupations et refermer cette parenthèse, peut-être charmante mais qui ne changera rien à ce que je ressens…

De plus en plus de monde à la terrasse de La Coupole, mais notre table est un peu excentrée, ce qui permet par moments d'échapper au bruit de fond des conversations.

— … Ce n'est pas parce que je vous ai dit que je ne faisais rien que c'est la stricte vérité… Disons que, si je fais des choses, je n'en parle pas, ou plutôt que je n'éprouve pas la nécessité ou le besoin d'en parler…

Moi qui pensais qu'elle avait perdu sa langue, je me suis encore trompé.

Assise de travers, elle me regarde en souriant après avoir croisé les jambes et s'être passé une main dans les cheveux.

Elle continue sur sa lancée :

— … Vous jugez toujours les gens sur les apparences ?… Vous vous dites, cette fille a de l'argent, elle m'a confié qu'elle ne faisait rien, et donc elle glande toute la sainte journée ?… Mais, Simon, pardonnez-moi mais, parfois, il faut aller voir derrière ce qu'on regarde et ce qu'on avale sans réfléchir !… Vous savez comme moi – et même mieux que moi, puisque vous êtes un homme de cinéma – que souvent, justement, les images qu'on nous laisse digérer sont trompeuses, certaines même fabriquées pour nous tromper… Figurez-vous que je suis médecin et qu'une fois ma thèse passée, après quelques années de pratique ici et en Afrique, j'ai décidé de ne plus exercer… Bizarre, non ? Oui, je vous l'accorde, mais c'est ce qui nous a rapprochées Léa et moi, la médecine ou l'idée d'aider les autres… Comme elle a interrompu ses études d'infirmière pour être actrice, elle me regardait peut-être un peu comme celle qu'elle aurait voulu être avant que la vie l'entraîne sur une autre route…

— C'est vrai qu'elle m'a souvent parlé de cette envie, et de cette impression d'avoir un peu raté sa vie et d'être passée à côté de ce qu'elle avait dans la tête depuis son adolescence, aider les autres…

Elle est médecin ?…

Décidément, cette fille est imprévisible !

À moins qu'elle me raconte des histoires ?

Dans quel intérêt ?

Pour être plus intéressante à mes yeux ?…

Ce que je sais, c'est qu'elle m'intrigue et que je commence à ne plus être dans le même état d'esprit qu'il y a dix minutes…

Elle pourrait même me séduire…

Elle n'a aucun effort à faire, juste rester comme elle est…

Ma vie sentimentale est un désert, et depuis que Léa a préféré mettre fin à notre relation et la transformer en une espèce d'amitié qui ne dirait pas son nom, je suis loin de collectionner les conquêtes et suis beaucoup plus intéressé par mon travail que par la recherche de l'âme sœur…

— Ça vous laisse sans voix ?

Je sursaute, je ne pensais déjà plus à ce qu'elle venait de me dire…

— … Non, pas du tout… En fait, je pensais à votre relation avec Léa, et je me disais que peut-être, c'était quelqu'un comme vous qu'elle rêvait de rencontrer, comme amie ou comme confidente, quelqu'un qui pourrait comprendre sa frustration mieux que moi, qui ne me rendais pas compte à quel point elle pouvait être profondément malheureuse…

— Profondément malheureuse ?… Je ne crois pas, puisqu'elle disait souvent que vous étiez la plus belle chose qui lui soit jamais arrivée – et donc, de ce côté-là, je peux vous rassurer et vous confirmer qu'elle était au contraire très heureuse d'avoir de nouveau croisé votre chemin !… Mais parfois, les filles préfèrent parler à leur mère et les femmes à des copines plutôt qu'à leurs maris ou leurs amants… C'était peut-être le cas de Léa, qui vous disait certaines choses et en gardait d'autres à partager avec moi…

J'hésite un peu avant de répondre :

— … J'avoue, j'aime tellement le cinéma que je n'étais pas d'accord avec son envie de tout plaquer alors que les demandes de films et les propositions de scénarios s'empilaient sur son bureau… Ce sera ce qui nous aura séparés, pas le manque d'amour ou de tendresse mais mon incompréhension devant ses envies véritables… *Santiago* aurait pu tout changer, mais hélas, vous connaissez la suite…

— Je suis certaine que vous auriez pu essayer de tourner ce film avec des moyens un peu moins importants, sans avoir besoin de coproducteurs américains ! Plus j'y pense, moins j'arrive à comprendre pourquoi, avec une histoire pareille située à Cuba, vous êtes allé demander de l'argent à des Américains ! Leur refus était couru d'avance !

Comme le serveur n'est pas loin et que je sens que la conversation risque de durer, je nous recommande deux gin tonics…

— Mais non, au contraire !… Sur le principe et vu le synopsis que je leur avais envoyé, ils étaient prêts à coproduire *Santiago* avec moi… C'est après que ça a mal tourné, quand, à la demande de Léa et à cause de ce que nous avons vu lors de notre voyage sur place, j'ai commencé à changer des choses et à écouter de plus en plus ses suggestions… Les Américains n'avaient pas du tout donné un accord de principe pour un scénario remanié à ce point ! C'est pour ça que, quand vous m'avez dit que j'étais responsable de son suicide lié au non-tournage de *Santiago,* j'ai été plus que surpris ! C'est elle qui a tenu à ce que le scénario d'origine soit remplacé par une nouvelle mouture ! Elle n'avait plus envie de se voir dans la version originale, alors que le deuxième script lui parlait...

Elle détourne les yeux, croise les mains, me regarde de nouveau avec un tout petit sourire...

— J'ai peut-être exagéré en disant ça... J'aimais tendrement Léa, et quand je vous ai vu, là, sous la pluie, j'ai pensé que vous aviez une responsabilité dans son suicide... Il fallait que je fasse porter le chapeau à quelqu'un, comme si je voulais la venger et lui dire que j'avais fait du mal à celui qui lui avait promis monts et merveilles !...

— Vous avez peut-être raison, après tout... Qui peut deviner ce qui se passe dans la tête de quelqu'un qui a envie d'en finir, quelqu'un qui ne laisse aucun indice, pas de lettre, pas de signe ?... On ne saura jamais si le fait de ne pas avoir pu monter ce film a été ou pas le vrai déclencheur...

— C'est une accumulation, une somme de choses, depuis ces rôles qu'elle ne pouvait plus supporter mais que son agent lui conseillait d'accepter, jusqu'à ce sentiment d'une vie pour rien... Et, bien sûr, votre absence, dont elle parlait souvent et qui lui pesait... Si on décide de se séparer de quelqu'un parce que l'histoire est finie, on se débarrasse de tout, on ne garde rien qui pourrait rappeler l'autre, mais dans son cas, elle avait des photos de vous deux partout, et très en évidence… Pour elle, vous étiez toujours là quelque part, mais peut-être avait-elle l'impression que vous ne pouviez plus autant veiller sur elle !

— J'étais là, on se parlait, on s'envoyait des messages plusieurs fois par mois, et je ne l'avais pas remplacée !…

— Et maintenant ?

— Maintenant quoi ?

— Vous pourriez la remplacer ?

— C'est une proposition ?

Elle me regarde rougir un peu et ne cache pas un sourire malicieux…

— Non… C'est une question… Je trouve cette conversation intéressante et je me dis qu'une autre fois on pourrait essayer de dîner ensemble, pour voir si nous n'avons pas encore des choses à partager…

— Pourquoi pas maintenant ?

19

La traversée dure cinq minutes…

Un grand pas pour franchir un peu d'eau, et on se retrouve ailleurs, cerné par des maisons de bois sur pilotis peintes en bleu ou en rose, en vert ou en jaune, couleurs criardes ou discrètes, monde à l'écart du monde, instants comme figés pour elle depuis sept ans dans les ruelles de Cayo Granma.

Elle retrouve le sentier où Simon a fait la photo du vieux monsieur sur le point de se baigner…

Elle se tourne un peu, jette un regard derrière elle, se dit qu'il suffirait d'un claquement de doigts pour que Simon soit là et que la vie recommence à l'endroit même où elle s'était arrêtée, comme un film qu'on met sur « pause » avant d'appuyer de nouveau sur le bouton « lecture »…

Le cinéma ne lui manque pas.

Elle ne compte plus les semaines depuis qu'elle est partie.

Envolée, cachée dans un autre univers, ce dont personne ne se doute puisque personne ne la sait encore vivante, à part Janet et deux ou trois intervenants qu'elle aura dû mettre dans la confidence pour que tout soit plausible…

Elle aura sauté le pas sans hésiter, empilant peu de choses dans un sac, bagage dérisoire pour un retrait du monde des vivants ou de sa vie d'avant, sa vie de star, d'apparences…

Un jour, elle refera surface.

Pas pour le cinéma mais pour recroiser Paris et la France, et ces coins de Toscane qui font partie de son existence.

Elle aurait aimé tourner *Santiago*.

Elle aimait bien l'histoire qui faisait d'elle le contraire d'une héroïne, cette histoire récrite avec Simon, encore plus belle, plus profonde, plus attachante, levant une partie du voile jeté sur la vérité de Cuba…

Combien d'heures passées dans les ruelles de Cayo Granma, à imaginer des plans dans la lumière changeante de cette île de pêcheurs juste en face de Santiago ?

Quand ils avaient décidé de modifier les dialogues et le contenu du film, Simon et elle avaient en fait écrit un presque monologue dit par sa voix off, comme si elle commentait son parcours et posait tout haut les questions qu'elle avait dans la tête…

Et les réflexions politiques avaient pris le pas sur les pensées amoureuses…

C'était logique, et tellement mieux pour elle et pour le film !

C'était d'ailleurs devenu la condition *sine qua non* pour que le tournage se fasse…

Elle avait, c'est vrai, aimé le scénario d'origine qui la débarrassait enfin de ses oripeaux d'héroïne à la noix, genre de fille destinée avant tout à jouer dans les thrillers et les films d'action ; elle n'avait rien eu contre au début, puisque ça lui avait permis d'accéder à la notoriété, d'être de temps en temps responsable du succès d'un film et en mesure de choisir ce qu'elle voulait tourner ; mais l'évidence était là : elle avait le choix entre la même chose et encore la même chose, à quelques exceptions près !...

Santiago allait enfin lui donner l'opportunité de montrer qu'elle était aussi une vraie comédienne, capable de déclencher des émotions au lieu de sauter d'une moto ou d'un avion !

Elle pensait souvent à Coluche.

Il avait, grâce au *Tchao Pantin* de Claude Berri, réussi un pari phénoménal, passer d'amuseur dérangeant à acteur déchirant pouvant tirer des larmes à chaque spectateur qu'il avait fait rire aux éclats...

C'était de cela qu'elle rêvait quand elle avait accepté *Santiago* : être crédible dans un rôle tout en retenue, en ressenti, réussir la transition entre celle qui n'a pas grand-chose à afficher à l'écran en dehors de sa beauté et de son charme et une actrice singulière, dont le jeu s'améliorerait peut-être au fil de scénarios aussi aboutis et réussis que celui de Simon !

Ce n'est plus la rentrée des classes aujourd'hui. Les quelques enfants qu'elle croise dans les ruelles sont toujours en rouge et blanc, mais ne chantent pas sur une musique qui pourrait aussi les faire danser...

Elle se souvient que pour la première fois, quand ils avaient été à Cayo Granma le jour de la rentrée des classes, elle avait vu Simon faire quelques pas de danse, lui qui se prétendait incapable de bouger autrement que comme un ours !

Elle avait ri à s'étouffer en le regardant…

Il lui avait avoué avoir dansé comme ça bien avant leur rencontre, lors de vacances à l'île Maurice où, un soir, il avait fumé deux pétards sous la pression amicale de potes déjantés…

Il avait, en plus des pétards, éclusé quelques margaritas !

Le lendemain, le mal de tête avait dépassé ses attentes.

Simon avait le don de la faire rire, et c'était un cadeau.

Souvent, il ne faisait pas exprès, mais ses attitudes étaient si inattendues et comiques qu'elle ne pouvait pas se retenir, et lui aussi en riait !

Elle s'installe à la terrasse du bar-restaurant où Simon lui avait reparlé de Massa et de leurs adolescences ; leur timidité maladive les avait empêchés de communiquer…

Il ne savait même pas qu'elle parlait un peu le français, qu'elle apprenait au lycée…

Ça ne lui était même pas venu à l'esprit qu'elle puisse parler une autre langue que l'italien !

Elle ne valait pas mieux que lui, puisqu'elle aurait très bien pu briser la glace et lui dire bonjour en français…

Une fois de plus, ils avaient ri en pensant à leur bêtise.

C'était la timidité, la responsable…

À quoi bon les regrets puisque la vie avait fait en sorte qu'ils se retrouvent par hasard, alors que, depuis longtemps, chacun avait suivi son chemin sans penser au devenir de l'autre !

Ils avaient dîné et dormi au-dessus du bar et fait l'amour comme s'ils se retrouvaient après une longue absence, alors que, depuis des semaines, ils ne se quittaient quasiment pas…

Comme celui de Santiago, l'hôtel n'a pas changé, à part pour la couleur…

Elle croit se souvenir qu'il était bleu, et maintenant il oscille entre le rose et le mauve, mais peut-être est-ce le soleil couchant…

Elle pensait revenir à Santiago ce soir mais hésite…

La dame de la réception lui a fait comprendre, avec le sourire et dans un anglais approximatif, qu'il y avait de la place et que, si elle voulait dormir ici, c'était sans problème…

Il faudrait que demain, elle lui demande s'il y a un dispensaire à Cayo Granma…

Elle pourrait lui poser la question maintenant, mais elle a la flemme de bouger…

Il sera toujours temps.

Elle n'a même pas donné de nouvelles à Janet.

C'est quand même grâce à elle qu'elle a pu disparaître et faire croire qu'elle avait mis fin à ses jours !

Peut-être une idiotie, quand elle y réfléchit !…

Pourquoi se faire passer pour morte après un suicide à la Marilyn quand elle aurait pu, simplement, décider de faire autre chose que du cinéma ?…

Janet est médecin. Si elle n'exerce pas, elle a de toute évidence gardé quelques relations dans le monde médical et ailleurs, des relations susceptibles d'arranger une disparition, même celle d'une actrice connue !

Son amie ne sait même pas qu'elle est à Cuba.

Elle a tenu à partir sans bruit et, grâce au faux passeport qu'elle lui a procuré, elle circule désormais sous le nom de Sara Clément. Rien à voir avec Léa Solvéni, surtout avec une perruque et d'énormes lunettes qui lui font des yeux de grenouille…

Elle ne sait d'ailleurs toujours pas comment Janet s'est débrouillée pour lui obtenir de vrais faux papiers, un passeport défiant toute inspection…

Elle lui a avoué, avec un petit clin d'œil, qu'elle avait quelques amis dans certains milieux qu'il valait mieux ne pas trop fréquenter…

Léa n'a jamais posé de questions.

Sa décision prise, elle en a parlé à Janet, qui a décidé de l'aider.

Le reste fait partie des méandres de la vie de son amie !

Léa s'est contentée de suivre ses instructions à la lettre, de lui fournir des photos d'identité avec sa nouvelle tête.

Le reste, Janet avait dit qu'elle s'en chargerait !

Tout a fonctionné et personne, nulle part, n'a posé de questions ou voulu en savoir plus long sur son identité.

Janet a même joint une carte de crédit à son nouveau nom, en précisant bien que le compte correspondant était largement provisionné !

Là encore, elle n'a pas cherché à comprendre.

Janet est médecin mais peut-être n'est-elle pas que ça, ou bien peut-être certains lui doivent-ils – ou lui devaient – quelques menus services…

La seule chose qui déprime Léa, c'est que Simon doit être sûr qu'elle est morte… Sa disparition a fait la une de tous les journaux, et il est même peut-être allé en Bretagne pour la supposée dispersion de ses cendres !

20

Douze ans auparavant

La salle de réception est juste en dessous du Louvre.

Drôle d'endroit où les stands côtoient les tables du buffet, où les petits-fours et les amuse-gueules s'étalent sur des mètres et des mètres…

Quelques serveurs proposent, plateaux à la main, des coupes de champagne et des jus de fruits.

De grandes affiches, avec de très belles photos en noir et blanc de villages et de visages africains, cernent la vaste pièce où se tient la soirée.

Il y a ce soir, parmi les gens qui se pressent devant le buffet, un mélange de femmes et d'hommes qu'elle ne connaît pas, des serviteurs de l'État et quelques visages connus venant d'univers variés, la télévision, le cinéma, la musique…

Une petite estrade au fond et un micro qui a servi à déclarer la soirée ouverte avant d'inviter la foule à visiter les stands – et surtout, à ne pas oublier de faire des dons pour aider le plus possible ceux qui en ont besoin, à quelques milliers de kilomètres de Paris.

Léa a tout de suite accepté l'invitation.

Elle n'aime pas particulièrement se montrer mais, si sa présence peut être un atout pour que des enfants africains puissent apprendre à lire et à écrire, et leurs parents avoir assez d'eau pour irriguer leurs cultures si difficiles à faire pousser sous la chaleur et sans pluies régulières, alors elle ne regrette pas d'être venue, bien que ce genre de cocktail l'ennuie.

Pas du tout sa tasse de thé, les mondanités et la promotion ; trois fois sur quatre, elle se force, parce qu'elle a conscience qu'elle ne peut échapper à certaines obligations, comme les émissions de radio ou de télévision autour de la sortie d'un de ses films...

Elle ne raffole pas des toasts au foie gras mais trouve son bonheur avec ceux au saumon... Elle évite le champagne, qui lui donne mal à la tête, et préfère le jus d'orange...

Depuis une heure qu'elle est là, elle n'a croisé personne qu'elle connaît vraiment bien ; elle a juste vu quelques visages qui lui souriaient pour lui dire bonjour.

— C'est bien que vous soyez venue !... On aurait besoin de plus de gens comme vous pour pouvoir aller au bout de nos envies...

Elle se tourne vers celle qui vient de lui adresser la parole, grande, belle, blonde aux cheveux presque courts mais un peu en vrac, une robe noire toute simple et des chaussures plates, des mocassins élégants...

Un petit collier très fin, pas de maquillage – ou alors, d'une discrétion exemplaire.
La grande classe.

— Excusez-moi, je ne me suis pas présentée, Janet Delage, je fais partie des organisateurs de cette soirée : en fait c'est moi qui, au départ, ai créé cette fondation.
— La Main tendue ? C'est vous ?...

Léa repose son verre sur le buffet et dévisage Janet...

— Quelle belle idée !... Je ne peux que vous dire bravo pour cette initiative, c'est si important de pouvoir faire ce genre de choses !...
— C'est mon idée au départ mais je ne suis pas seule à avoir monté le projet ; nous sommes quelques-uns à nous être réunis pour en discuter, y penser et faire en sorte qu'il existe... Bientôt cinq ans maintenant, je me demande d'ailleurs pourquoi vous n'avez pas fait partie des invités lors des soirées précédentes ?...
— Peut-être que j'ai été invitée mais que je ne pouvais pas être là parce que je tournais un film et que ça se passait loin de Paris !...
— Oui, peut-être. En tout cas, c'est un bonheur de vous avoir avec nous ce soir, d'abord parce que c'est important pour la fondation, et ensuite parce que j'aime beaucoup l'actrice que vous êtes...
— C'est très gentil...
— C'est sincère !... Je ne vais pas vous la faire fan de base, mais j'ai toujours trouvé que vous choisissiez bien vos rôles malgré le grand nombre de sollicitations que vous devez avoir...

— Mon agent fait un premier tri et ensuite me propose tel ou tel scénario… Ceci dit, je trouve qu'on a tendance à me proposer des personnages assez identiques… Enfin, c'est mon avis…

Janet la regarde avec un grand sourire, dit bonjour à quelqu'un qui lui fait un petit signe de la main, prend une coupe de champagne sur le plateau d'un serveur qui passe avant de répondre :

— Je ne suis pas d'accord avec vous, mais c'est vrai que je ne suis pas à votre place !… Ce n'est en tout cas pas du tout l'impression que j'ai quand je pense aux films que vous avez tournés… Je trouve au contraire que vos choix, jusqu'ici, ont été très judicieux… Aucune faute de goût, toujours l'élégance et la distinction… ce que vous dégagez, en fait !…

— Vous êtes très indulgente !… J'essaie de ne pas trop me compromettre et ce n'est pas toujours évident… Ce qui est peut-être le plus difficile, c'est de savoir ce qu'on peut représenter pour les gens… Et pour l'instant, j'ai l'impression que je suis une sorte d'aventurière ou de fille qui n'a peur de rien, mais je me vois mal continuer à jouer encore ce type de personnage pendant des années ! Mon rêve profond aurait été de travailler avec une ONG ou une fondation comme la vôtre…

Léa ne connaît pas cette inconnue qui se dit la créatrice de la fondation pour laquelle elle est là ce soir, mais elle se sent à l'aise en sa compagnie, comme si elle la fréquentait depuis longtemps et qu'elles étaient sur la même longueur d'onde…

Une évidence !

Elle a envie de lui parler sans trop réfléchir…

Janet lui tend une carte de visite et lui dit qu'elle doit rejoindre les autres membres de La Main tendue pour des photos et des entrevues avec la presse.

Elle ajoute que, si Léa le souhaite, elles pourraient déjeuner ou dîner ensemble, comme cela, Janet serait en mesure de lui donner plus de précisions sur l'utilisation de l'argent récolté par La Main tendue…

Léa lui répond que ce sera avec grand plaisir, avant de prendre la carte et de lui souhaiter une bonne fin de soirée…

Une heure plus tard, elle est rentrée chez elle et ne tarde pas à s'endormir en se disant que, pour une fois, cette soirée caritative n'était pas si désagréable et qu'elle s'y est peut-être fait une amie.

21

Sept ans auparavant

Elle a tenu à ce que je vienne rue Bréhat juste après le rendez-vous chez Forever…

J'adore son appartement dans cet immeuble à la façade Art déco tout à fait singulière.

Elle l'a décoré avec assez peu de choses, mais toujours de bon goût, reproductions de tableaux sur les murs, Miró, Nicolas de Staël, une affiche d'un cliché de Brassaï dans le brouillard de Paris, quelques photos qu'elle a faites et d'autres que j'ai prises quand nous étions à Cuba, qu'elle a tenu à agrandir pour les mettre dans l'escalier qui mène à la chambre…

Et puis, un peu partout, des photos de nous…

Cerise sur le gâteau, cinq affiches de Norman Rockwell, superbes !

L'appartement est en duplex, à deux pas du Luxembourg où elle aime aller courir !

Quel courage !

Le genre de motivation qui me dépasse. C'est comme ce que fait un ami proche qui habite en Bretagne, pas très loin de la maison de Léa, et qui, hiver comme été, prend son vélo pour faire une cinquantaine ou une soixantaine de kilomètres avant de rentrer chez lui, ravi !…

Quant à sa femme, qui souvent ne demande qu'à dormir, il la réveille parfois tôt le matin pour l'emmener marcher avec lui !

Je ne pourrais pas !

Il y a certaines choses pour lesquelles je me force même si je n'en raffole pas, comme me lever tôt pour écrire ou parce que j'ai un rendez-vous, mais ce que fait mon pote, là, c'est *no way*, désolé *sir*, impossible, une autre fois et dans une autre vie !..

Il est marin et ingénieur, s'occupe de réparer et d'entretenir des navires chargés de ravitailler les plates-formes pétrolières dans le monde entier. Quand il revient de ses périples qui peuvent durer de longues semaines, qu'il retrouve sa femme et sa maison, il a besoin de bouger, et les balades à vélo font partie de ses exercices favoris !…

Dans son cas, c'est compréhensible, mais surtout, qu'on ne me demande pas de faire pareil : je ne pourrais pas !

À ma tête, Léa comprend sans que j'aie rien à dire.

— Ils n'ont rien pigé, c'est ça ?

Elle est assise sur un coin du canapé, devant sa table basse, une infusion ou un thé à la main. Elle est calme, simplement triste pour moi…

— Je ne dirais pas ça !… Au contraire ! Ils ont très bien compris que nous ne marchions plus dans leurs clous et que beaucoup d'éléments avaient changé depuis nos premiers échanges et leur accord de principe !

— Pourtant, c'est leur spécialité, les films qui parlent de choses qui dérangent, il me semble ?… C'est bien pour ça que tu avais pensé à eux, non ?…

— Ils m'ont dit qu'ils avaient trop de projets en cours et que *Santiago* n'entrait pas dans leur agenda.

Elle écarte les bras, lève les yeux au ciel, change de position sur son canapé…

— Et tu les as crus ?…

Je ne vais pas tout lui dire pour l'instant…

Comme nous avons récrit le film ensemble, elle va penser que c'est sa faute…

— Je les ai crus sans les croire… Ils ont affirmé qu'ils aimaient bien le nouveau scénario, même avec ces changements, mais je ne peux évidemment pas dire si c'est vrai ou si c'est bidon… Je ne connais pas les projets sur lesquels ils travaillent ; je n'ai pas la moindre information sur leur planning ni sur leurs envies… En plus, ils dépendent d'autres interlocuteurs à Los Angeles, des banquiers, des juristes, des conseillers, que sais-je, et je n'ai aucune idée de ce qu'ils ont en tête…

Elle me fixe avec un drôle de petit sourire qui pourrait signifier qu'elle ne croit pas un mot de ce que je raconte…

Je préfère la laisser dans le doute que de tout lui avouer, d'abord parce qu'elle va le prendre pour elle et se dire qu'elle est responsable de la situation ; ensuite, parce qu'en vérité, tout est ma faute…

C'est moi qui ai choisi Forever en me disant que, quand on se fiait à leur palmarès et aux films qu'ils avaient montés et défendus depuis des années, ils étaient les seuls qui pourraient faire confiance à un réalisateur français voulant tourner un film un peu différent à Cuba…

J'avais embarqué Léa dans cette histoire et je lui avais écrit un rôle sur mesure pour lui redonner confiance en son talent, et pour que revienne, plus forte que jamais, son envie de faire du cinéma !

Je m'étais planté.

J'aurais dû considérer que je pouvais produire ce film seul, comme je faisais d'habitude, réduire l'équipe, le temps de tournage, pour que le budget diminue d'autant…

J'avais eu les yeux plus grands que le ventre…

— Et donc, tu laisses tomber ?… Tu ne vas pas te battre, chercher quelqu'un d'autre pour monter le projet avec toi ?… Il n'y a pas que Forever au monde, si ?…

— Bien sûr que non, mais j'avoue que reprendre des recherches, ça m'épuise à l'avance ! Tu ne sais pas ce que c'est de devoir convaincre des gars, d'ici ou d'ailleurs, que ton projet est formidable, en précisant que j'ai la chance d'avoir déjà l'accord de Léa Solvéni et quelques autres, que le film va faire un malheur et leur rapporter beaucoup d'argent…

— Tu dois pouvoir le produire tout seul, tu n'as pas besoin de chercher un coproducteur, ta société a les reins assez solides, non ?

C'est l'heure de la question qui fâche…

Elle ne sait rien des finances de Michka Films…

La société a un peu d'argent, mais comme je n'ai pas eu de gros succès depuis deux ans maintenant, ce serait risqué de se lancer tête baissée dans un projet comme *Santiago* sans garantie de sortie ni de distribution…

Tant que je n'avais pas de star dans mes films, qu'ils soient distribués ou que parfois ils sortent directement en DVD ne me travaillait pas plus que ça, mais là, ce n'était plus du tout la même histoire !

Santiago tournait autour de Léa Solvéni.

C'est bien joli de faire un film, même un film qui ne coûte pas très cher, et avec le numérique, aujourd'hui, c'est plus possible qu'avant, mais ça ne veut pas dire qu'il va plaire assez aux distributeurs pour être mis sur le marché…

Je ne tiens pas à passer directement de la case « tournage » à la case « sortie confidentielle en DVD », sans envisager la case « salles de cinémas dans toute la France »…

Je ne peux pas entraîner Léa dans une aventure pareille !

Ça ferait un tort considérable à sa carrière alors que c'est le contraire que je désire pour elle, lui redonner l'envie…

Je mets du temps à lui répondre :

— En ce moment, Michka n'a pas les moyens de produire *Santiago* sans apport extérieur ! C'est infaisable, et je ne veux surtout pas t'embarquer dans une histoire mal ficelée ni te faire dépendre du bon vouloir de crétins qui ne partageraient pas notre vision !

— J'ai envie de faire *Santiago* avec toi ! Tu le sais, non ? Qui te dit que le prochain film de Simon Le Goff va sortir directement en DVD en oubliant les salles de cinéma ? C'est vraiment dans ta tête, cette espèce de doute qui remet tout en question ! Tu dis que j'ai un certain talent et moi je réponds que toi, tu as un talent évident, flagrant, que le scénario que nous avons récrit pour *Santiago* est formidable, que plein de gens te soutiennent et t'aiment, depuis les acteurs jusqu'à l'équipe technique, que je suis même certaine que, si tu leur demandais de travailler en participation, quelques-uns accepteraient rien que pour le plaisir d'être avec toi dans un nouveau projet, et…

— Ça ne change rien, Léa, rien du tout ! Même si le film nous coutait zéro euro, ce n'est pas pour ça qu'il pourrait être distribué ! Avec Forever, c'était autre chose… Ils ont des moyens de pression, ils sont une force, beaucoup de distributeurs les suivent, et pour un film, c'est une garantie de sortie et de visibilité… Je radote, mais il n'est pas question pour moi d'embarquer Léa Solvéni, prix de la meilleure actrice à Cannes, dans un film dont on ne sait pas s'il verra le jour sur les écrans !

Elle me regarde avec tendresse, reprend sa tasse qu'elle avait posée sur la table pendant la conversation, boit une gorgée sûrement tiède, la repose, se lève, vient vers moi qui, depuis le début, suis resté debout les mains appuyées contre le dossier d'un fauteuil, me prend dans ses bras et me serre très fort.

— On va y réfléchir calmement, on n'est pas pressés, on a le scénario, et nos talents éventuels ne vont pas s'envoler du jour au lendemain… On va prendre le temps, et si on ne fait pas *Santiago* on en fera un autre qu'on aura aussi écrit tous les deux, si tu veux, avec dedans un personnage de fille que j'aurai envie d'être et que tu auras envie de filmer…

22

Aujourd'hui

Elle dort contre moi, et jamais je n'aurais imaginé que j'étais un mec aussi facile !

Je me fais rire.

J'ai presque honte de m'être laissé avoir aussi vite.

Quand je lui ai proposé de dîner, il y a quelques heures, les dés étaient jetés. Dès le départ, ils étaient pipés.

Dès qu'elle est venue me parler sous la pluie, au-dessus de Cancale, la suite était écrite…

Elle savait l'image et le charme qu'elle dégageait, et à qui elle s'adressait ; faire en sorte que je m'intéresse à elle était enfantin…

Aucun moyen d'y échapper, je le sentais depuis le départ.

C'est pour ça que j'étais si mal à l'aise et que je me disais que son personnage me dérangeait !

Elle avait déjà bousculé mes repères !

Le dîner s'était passé au même endroit, à La Coupole ; il avait juste fallu que nous fassions des prodiges pour que les assiettes tiennent sur la petite table ronde sans faire tomber les verres !

Nous sommes retournés chez moi en marchant le long du boulevard Raspail, nous tenant la main comme des collégiens...

Je me suis laissé faire et je ne regrette rien.

L'amour était agréable, plutôt tendre que passionné, comme une découverte, ce qui ne m'étonne pas étant donné ma vie très sage depuis trois ans...

Je n'avais plus l'habitude du cœur qui bat trop vite, beaucoup trop vite, et de ce plaisir qui chaque seconde ne demande qu'à exister !

Elle est plus que belle, mais ça, depuis le début, sous la pluie, je le sais.

Ce qui me surprend, c'est de voir à quel point tout semble simple, cette complicité, sa façon de répondre du tac au tac comme quand nous parlions de Miles Davis, son humour et sa façon de se moquer de moi, un peu comme se moquait Léa...

Ce n'est pas pour rien qu'elles étaient amies...

Et si Léa n'était pas morte ?

L'idée la plus farfelue de l'année, je sais !

Ça vient de me traverser l'esprit...

Si toute cette histoire n'était qu'une pure invention pour qu'elle puisse disparaître, sortir de l'univers du cinéma la tête haute, dans son aura de star ?...

Pourquoi est-ce que je pense à ça maintenant ?

Je dois être très perturbé pour que des idées pareilles me vrillent la tête...

Mais je crois savoir ce qui me titille !...

Depuis le début, je trouve étrange que Janet n'ait jamais semblé très attristée par la disparition de son amie !

Elle ne sautait pas de joie, bien sûr, mais elle n'avait pas l'air dévastée non plus !…

Pourtant, douze ans ou plus d'amitié, ce n'est pas rien, ça marque, ça laisse des traces, des parfums, des images à jamais installées dans nos mémoires et parfois dans nos rêves…

Douze ans d'amitié effacés du jour au lendemain, ça creuse des sillons de larmes sur les joues, ça fait des trous sans fond dans le cœur, et quand on se réveille, c'est le vide et le « plus jamais » qui nous interpellent et nous parlent…

Douze ans d'amitié, ça ne veut surtout pas dire se précipiter dans les bras et dans le lit de celui que votre amie a aimé pendant des années, même avec quelques coupures de courant, quelques semaines ou quelques mois l'un sans l'autre, pour des raisons diverses, jamais liées au manque d'amour…

Elle se tourne dans le lit.

Je la regarde, et mes idées continuent leur chemin dans ma tête.

Je sais que je suis le plus beau mec du monde, mais quand même !

Tout est allé trop vite, chaque instant a été préparé, calculé, un événement après l'autre, et chacun des mots de Janet a été prononcé dans un but précis !

Ou alors, mes vieux démons refont surface et me disent de me méfier encore et encore des instants trop beaux pour être vrais…

Les coups d'un soir, ça existe depuis la nuit des temps, et chacun repart chez soi en sachant à quoi s'en tenir…

Mais avec Janet, ça n'a rien à voir, de mon côté rien n'était planifié...

J'étais dans ma routine quand elle avait appelé pour qu'on se voie...

Même le rendez-vous à La Coupole n'avait rien d'une aventure d'un soir ; l'échange avait été très agréable, intéressant, et c'est moi qui avais saisi la balle au bond, balle envoyée avec un grand sourire par Janet !

Je n'étais pas obligé de me ruer dessus !...

J'aurais très bien pu lui proposer qu'on se retrouve un autre jour, mais j'avais foncé !

Si elle a tout prévu, elle est très forte, et je me suis fait prendre à la ligne qu'elle avait laissée traîner dans l'eau calme avec un appât aussi doux que sa façon de vous regarder les yeux un peu fermés, comme s'il fallait moins de lumière pour que le piège se referme...

Si elle a tout prévu, c'est qu'il y a une raison.

Mais laquelle ?

Venir me dire, au moment de l'hommage à Léa, que je suis responsable de sa mort, qu'elle a voulu disparaître parce que je n'étais plus dans sa vie et qu'elle ne pouvait plus le supporter ?

Ça ne rime à rien.

À La Coupole, elle a d'ailleurs reconnu avoir peut-être exagéré, que les mots avaient dépassé sa pensée, qu'il ne fallait surtout pas prendre ce qu'elle disait au pied de la lettre...

Si elle voulait me faire du mal, elle ne serait pas ici cette nuit, ou alors pour peaufiner le piège ?

L'idée la plus folle de toutes me troue le cerveau : et si jamais c'était un coup monté par Léa et Janet ?

Pas notre rencontre et notre nuit d'amour, mais l'annonce du suicide de Léa !...

Léa a envie de disparaître mais pas de mourir, juste qu'on l'oublie et que sa disparition en pleine gloire puisse, d'un coup, la faire entrer dans la légende, comme James Dean, pour prendre un exemple d'immortalité après trois films dont deux inoubliables et un presque raté !

Imaginons !

Elle demande à son amie médecin, sa confidente qui connaît beaucoup de monde, en particulier dans le milieu médical, de monter une disparition bidon en récupérant – c'est très faisable quand on sait à qui s'adresser – un corps à la morgue, de l'enfermer dans un cercueil qu'on fera brûler en disant que c'est celui de Léa.

Elle avait d'ailleurs exigé qu'on ne la voie jamais dans son linceul...

Quelqu'un organise la magouille, s'occupe des papiers, du certificat de décès et du permis d'inhumer, la cohorte des choses qui coûtent de l'argent, mais entre Léa et Janet, l'argent n'est pas un souci... et la disparition de Léa Solvéni, dont on affirme qu'elle s'est donné la mort, se passe comme prévu !

— Tu es toujours là ?

La voix de Janet, comme un murmure, un ronronnement, et l'imbécile que je suis qui craque en un instant, séduit de nouveau par son timbre mal réveillé...

— Je te signale quand même que tu es chez moi et que je n'ai pas pour habitude de m'enfuir après une nuit troublante avec une femme qui ne l'est pas moins…

Incorrigible !

— Jolie façon de me dire bonjour… Je te retourne le compliment… Pour une surprise, c'est une belle surprise ! L'imprévu dans toute sa splendeur… Moi qui croyais être partie boire un verre à La Coupole, j'avoue que je suis quand même étonnée !
— C'est généralement ce qui risque d'arriver quand on décide d'aborder un être irrésistible !

Décidément, je me surpasse, ça doit être l'effet « brève rencontre »…
Elle s'approche très, très près, et me murmure :

— Tu ne doutes vraiment de rien… Mais pour le côté irrésistible, je dois dire que je suis d'accord…

Elle m'embrasse tout doucement avant d'insister de plus en plus et arrive ce qui doit arriver, le cœur qui bat de plus en plus fort, et le plaisir qui ne demande qu'une chose, avoir de nouveau droit de séjour.

23

Onze ans auparavant

L'amitié se sera vite installée.

C'est Léa qui, en rentrant des États-Unis, a eu envie de revoir Janet, et elles ont décidé d'aller à un vernissage au quartier Latin, dans une galerie de la rue du Dragon où, pour une fois, les tableaux exposés sortent de la laideur parfois habituelle de certaines œuvres présentées comme des symboles de l'art actuel et de la modernité…

Elles se sont retrouvées là-bas ; Janet a réussi à trouver une place pour son Range Rover à proximité, un vrai coup de chance.

Léa est, une fois de plus, venue à pied, mais rue Bréhat-rue du Dragon, ça prend à peine vingt minutes…

Janet apprécie elle aussi les tableaux et se met à parler des peintres qu'elle aime bien, quelques-uns font aussi partie des favoris de Léa…

Et puis elles décident d'aller manger des sushis à côté, dans un restaurant japonais blotti dans une impasse croisant la rue de Rennes…

La salle de restaurant est presque vide, il est encore tôt ; le vernissage était à 18 heures et elles n'y sont restées qu'un peu plus d'une heure…

Elles n'ont pas réservé, mais la salle est encore vide et, comme le patron a reconnu Léa, il les guide vers une table dans un box un peu à l'écart.

Elles commandent toutes les deux des bières japonaises qu'on leur apporte rapidement avec les menus.

— Ça t'ennuie si on se tutoie ? Déjà que je n'en plus des mondanités, si en plus on doit se vouvoyer, ça va finir par être compliqué !

Janet éclate de rire :

— J'allais te le proposer… J'ai vécu quelques mois au Québec, et là-bas, tout le monde se tutoie… J'ai gardé l'habitude et, certaines fois, je fais des efforts pour continuer le vouvoiement, parce que si je me laisse aller je tutoie à tout-va !

Cette fois, c'est Léa qui rit :

— Je me suis d'ailleurs toujours demandé comment faisaient les anglophones pour séparer le vouvoiement du tutoiement, puisqu'ils utilisent « *you* » pour dire indifféremment « tu » et « vous »…

— Peut-être que ça dépend de l'intonation ou de la situation ? Difficile à dire, il faudrait qu'on demande à une personne du cru de nous briefer !

Cette fois, elles rient ensemble avant de jeter un œil sur la carte, de faire signe au serveur et de commander des assortiments de sushis et sashimis…

C'est Janet qui a proposé le restaurant à Léa, elle y est déjà venue il y a quelques mois et n'a pas été déçue.

— On n'a pas eu trop le temps de parler, l'autre fois, au Louvre… Je ne sais même pas ce que tu fais dans la vie…

— Je suis médecin, mais je n'exerce plus, alors je vis de mes rentes…

— Tu vis de tes rentes ? À ton âge ?

— J'ai hérité d'énormément d'argent et je peux vivre sans travailler… Alors c'est ce que je fais, tout en essayant quand même de participer à des actions humanitaires comme ce que tu as pu voir l'an dernier ! C'est pour ça que j'ai eu envie de créer La Main tendue, pour employer cet argent à bon escient… Et puis, en quelque sorte, je reste dans l'univers de la médecine !

Une nouvelle fois, Léa découvre qu'elle se sent bien avec Janet.

Elle la trouve sympa, directe et par moments très drôle, comme elle a pu en juger devant un ou deux tableaux du vernissage…

— Et toi, toujours cette envie d'arrêter le cinéma ? Pourtant, tu es en train de tourner un film, il me semble ?

— Je viens de finir. Je suis rentrée de Los Angeles il y a une semaine, je travaillais avec Drew Alister qui ne fait pas dans le calme ni le suggéré ! J'ai encore mal partout vu le nombre de scènes un peu physiques qu'il m'a écrites… Comme, en plus, je n'ai pas envie d'être doublée, je fais souvent certaines cascades moi-même…

— Tu fais tes cascades ?

Janet la regarde, effarée…

— Pas toutes, parce que les assurances s'opposent à ce que je prenne le moindre risque, ce que je peux tout à fait comprendre, vu l'argent en jeu ! Si jamais tu te blesses, le film s'arrête ; là, c'est la catastrophe, mais j'aime bien en faire certaines, me dépenser, et quand je suis à Paris, par exemple, j'essaie de courir au moins trois fois par semaine au jardin du Luxembourg !… J'aime autant les vraies scènes dramatiques où toute l'émotion doit se lire sur ton visage que les courses poursuites délirantes avec des voitures à conduire parfois à contre-sens, en prenant tous les risques ! J'ai besoin des deux mais, comme je te l'ai dit quand nous nous sommes rencontrées au Louvre, je trouve que les scénaristes et les réalisateurs sont en train de m'enfermer dans un personnage qui me ressemble de moins en moins, et c'est de là que vient mon envie de faire autre chose…

Janet pose la main sur la sienne, la tapote doucement et la retire :

— Je te comprends très bien… C'est compliqué d'être enfermée dans un personnage qui t'échappe, surtout quand tu te sens à l'aise dans les rôles qui te permettent vraiment de jouer la comédie !… Mais je me souviens t'avoir répondu que je n'avais pas le sentiment que ce que tu ressentais était justifié, et j'ai même ajouté, je crois, qu'en vérité je ne pouvais pas savoir, puisque je n'étais pas à ta place !…

Léa hésite un peu avant de répondre, boit une gorgée de bière alors que le serveur dépose de belles assiettes d'assortiments de sashimis et sushis… Elles ont bien fait d'arriver tôt, le service est ultra rapide bien que, depuis quelques minutes, des clients aient franchi la porte.

— Tu sais, quand j'étais jeune, j'ai commencé en Italie des études d'infirmière… C'était ce que j'avais envie de faire, soigner et aider les autres… Le cinéma est arrivé par hasard dans ma vie et je ne le regrette pas mais, de temps en temps, je me dis que le temps passe, que je vieillis, les rôles vont se raréfier, et s'il me reste une opportunité d'aller au bout de mes rêves, je ne dois plus attendre, sinon, il sera trop tard !

Janet s'agite sur sa chaise, secoue la tête tout en fixant Léa :

— Mais justement, si le temps passe, c'est bien pour toi !… Comme je ne suis pas la seule à penser que tu es une vraie actrice, on risque au contraire de te proposer des rôles évoluant vers des personnages intéressants, de plus en plus proches de ce que tu as envie d'être !

Léa regarde Janet avec un petit sourire avant de lui répondre :

— Peut-être que tu as raison, mais peut-être pas !... Il suffit qu'un ou deux producteurs perdent de l'argent avec moi pour que je me retrouve, du jour au lendemain, sur la liste de celles avec qui il ne faut surtout pas travailler, un peu comme ces actrices qui ont refusé de coucher avec certains décideurs et qui ont vu leur carrière s'arrêter net !

Janet la regarde, effondrée, secoue la tête...

— C'est vraiment très difficile, ce métier du cinéma, surtout quand tu es acteur !

— Il faut qu'on nous désire, qu'on ait envie de faire un bout de chemin avec nous... C'est la même chose pour les réalisateurs ! Si tu savais le nombre de metteurs en scène archiconnus et multirécompensés qui rament pour essayer de monter des films n'entrant pas toujours dans les nouveaux critères instaurés par Hollywood, tu me dirais que je suis folle, mais c'est la stricte vérité ; de plus, quand on veut faire du vrai cinéma, un cinéma qui dit des choses ou véhicule des vérités et des émotions, c'est le parcours du combattant !... J'en ai parlé un soir, longuement, avec Drew qui, bien qu'américain, parle très bien le français, et ce qu'il m'a révélé m'a fait tomber de ma chaise !... Il a été obligé par la production, ou par le studio, ou par les deux, d'élaguer son scénario pour que les scènes d'action prennent le pas sur la vraie dramaturgie de l'histoire, que j'avais trouvée très intéressante !... Pour pouvoir tourner et obtenir, comme ils disent là-bas, la *green light*, il a dû passer sous leurs fourches caudines et accepter qu'après, il y ait peut-être des coupes supplémentaires au montage !... Sur ce coup-là, il n'a pas eu le *final cut*, c'est-à-dire le droit de monter le film comme il veut... Ce sera le producteur qui décidera... Avec cette façon de procéder, quelquefois, certains acteurs qui n'étaient là que pour quelques scènes ont eu la mauvaise surprise de voir leurs apparitions coupées au montage, malgré le souhait du metteur en scène ! Heureusement, grâce à son nom, Drew a pu sauver une grosse partie du script, mais il me disait qu'avant, les patrons des studios, dans les années 1930, 1940, 1950 et même 1960, même s'ils étaient loin d'être parfaits, ces gens-là éprouvaient un amour absolu pour le cinéma et savaient ce que c'était de faire un film intéressant !... Aujourd'hui, une majorité des patrons de studios sont des financiers, et l'art est le cadet de leurs soucis ! Ce qui compte, c'est combien ça coûte et surtout combien ça rapporte !

— ... Ce n'est d'ailleurs pas un hasard s'il reste tant de chefs-d'œuvre de ces années-là !

— Tu as raison !... Le cinéma voulait dire quelque chose à cette époque d'avant la télévision, Internet et les réseaux sociaux, et, comme disait si bien Godard, quand on va au cinéma, on lève la tête pour regarder l'écran, et quand on regarde la télévision, on la baisse !

— Belle phrase !... Tu partirais en Afrique avec moi, là, maintenant ? En tout bien tout honneur, je te rassure tout de suite ! Je dois aller à Gorée, en face de Dakar... J'ai pas envie d'y aller seule... Je t'invite, j'aimerais bien te montrer quelque chose.

24

Aujourd'hui

Je n'aurais jamais pensé qu'il serait si facile à avoir.

Dieu merci, Léa ne sait rien de notre rencontre !

Je perdrais tout crédit auprès d'elle si je la revoyais, passerais pour ce que, d'ailleurs, je suis, une fille capable de n'importe quoi pour arriver à ses fins…

Je pensais séduire Simon pour me venger de Léa, de son amour pour lui et de son amitié pour moi – seulement de l'amitié à mon égard, au lieu de l'amour fou que j'attendais en échange de celui que j'éprouvais pour elle… Ce pourrait être l'arroseuse arrosée, non pas que je sois déjà amoureuse de Simon, mais je suis loin d'être indifférente à son existence et commence à m'en vouloir d'avoir cherché à lui faire du mal…

Je suis rentrée à Sèvres depuis deux jours, sans rien dire…

Je lui ai juste laissé un mot sur un post-it, et j'ai déjà comme un manque, comme si quelque chose d'imprévu m'avait fait un bien fou avant de s'envoler sans prévenir !…

Je comprends mieux pourquoi Léa était amoureuse de lui…

C'est un mec bien, et par les temps qui courent, ce n'est pas évident à trouver ; ça ne pousse pas entre deux pavés dans la rue, il n'y a pas d'élevages, ça se saurait !…

Elle n'avait pas fait exprès, mais elle avait trouvé le bon, celui susceptible d'être à la fois l'amant et l'ami, la tendresse et la fermeté et, surtout, de vous faire rire…

Elle me disait souvent qu'elle riait beaucoup avec lui, et je confirme…

Ce type est drôle, a gardé un peu de la naïveté et de l'innocence d'un adolescent !

À première vue, une fille intelligente ou maligne pourrait en faire ce qu'elle veut, sauf que ce n'est peut-être pas du tout le cas, et que je ne sais pas s'il est brut de pomme ou si, lui aussi, il cache son jeu !

J'ai beau me dire que le séduire était facile, rien ne me prouve que, de son côté, il n'a pas une idée derrière la tête…

Je ne suis pas certaine qu'il ait cru au suicide de Léa.

Nous n'en avons pas parlé, on ne se connaît un peu que depuis à peu près une semaine, et mentionner Léa aurait été la dernière des idioties ; vous séduisez quelqu'un et, aussitôt, vous commencez à lui parler de son ex qu'il croit morte, et à laquelle il pense forcément de temps en temps.

Je ne sais même plus si j'ai toujours envie de lui suggérer de reprendre la production de *Santiago* – avec mon aide financière et pourquoi pas artistique, en m'incluant dans le rôle phare !

J'y avais pensé il y a quelques semaines, mais j'avoue que l'idée ne me séduit plus autant…

Envolées, les bouffées de haine ou de jalousie.

Je regarde Lucky, mon colley barbu qui, dès que je suis dans les parages, me fait des yeux d'amoureux et me relève le bras avec son museau si j'ai le malheur d'être dans un fauteuil et qu'il passe par là…

Léa l'aimait bien comme elle aimait cette maison sur la butte, trop grande pour moi mais que mes grands-parents avaient fait construire il y a très longtemps…

Mille mètres carrés habitables, et je vis dans les cent du premier étage…

Restent neuf cents qui ne me servent à rien, puisque au contraire de mes parents, qui en avaient hérité avant de me la laisser, je ne donne pas de réceptions…

Les gens m'ennuient, depuis toujours.

Léa, elle, ne m'ennuyait pas, au contraire.

J'aurais aimé qu'elle me regarde de la même façon que moi quand j'avais la chance d'être en sa compagnie…

Pendant les deux premières années, j'ai cru qu'une histoire d'amour entre nous pourrait être possible, et puis, un jour, rue Delambre, elle a heurté Simon, ou Simon l'a heurtée, qu'importe, le résultat a été le même…

Tout ce que j'avais petit à petit tissé comme une toile, tout ce que j'avais construit s'est affaissé à cause de cette rencontre…

Elle m'en avait même parlé tout de suite après, m'avait téléphoné de La Coupole pour tout raconter à sa meilleure amie, sa confidente dont elle ne soupçonnait peut-être pas qu'elle l'aimait autant !

Et j'ai tout écouté, tout avalé.

Je l'ai même félicitée en lui disant que c'était génial, une histoire pareille !

Je n'en pensais pas un mot, et j'ai commencé à les maudire, parce que j'étais la truffe, l'inutile, celle qui était là pour écouter et consoler, mais que Léa n'aimerait jamais !

C'est vrai que j'ai toujours été un peu givrée, un peu caractérielle, très manipulatrice, et combien de mecs et de filles, à la fac de médecine, s'en souviennent encore ?

J'allumais les mecs, je flirtais avec les nanas, faisais croire, juste par jeu ! J'adorais voir la tête que tous faisaient en découvrant certaines fausses vérités que je faisais fuiter pour qu'elles soient dévastatrices et que je puisse régner sur mon petit monde…

Mon frère Laurent est comme ça lui aussi, et en plus il a mal tourné, si on peut dire ! Il est chef d'une certaine brigade anti-drogue dont j'ai la faiblesse de penser qu'elle ne fait pas que dans le conforme à la loi !

Quant à lui, n'en parlons pas !

Il dit que ça l'amuse, qu'il a l'impression de jouer dans *The Shield*, sa série culte !

Ceci étant, heureusement qu'il était là pour me rendre service quand Léa m'a suppliée de l'aider à disparaître !

Laurent m'a promis qu'il allait gérer et aider sa petite sœur chérie !

Et il l'a fait !

Je ne sais pas comment, mais il l'a fait, et ça n'a rien coûté ou presque ; il aura fallu glisser quelques subsides à deux ou trois individus, mais sinon, il a mené l'affaire de bout en bout et personne n'a bronché.

Le cadavre de Léa Solvéni a soi-disant été découvert chez elle par sa femme de ménage qui avait la clé de l'appartement rue Bréhat…

Elle s'est ouvert les veines dans sa baignoire !

Version officielle, affaire classée, jeu, set et match, merci Laurent, entre toi et moi ce sera à jamais.

Je ne sais même pas où elle est partie, cette garce !

Je lui ai donné son nouveau passeport, la carte de crédit sur un compte ouvert pour elle au nom du passeport par une connaissance de mon frère, j'ai mis 200 000 euros sur le compte, la maison ne recule devant aucun sacrifice, et je me suis dit qu'elle finirait par me donner de ses nouvelles… J'attends toujours un coup de fil, un e-mail, un message ou, pourquoi pas, une carte postale !

Mais le silence est d'or, et Janet peut toujours attendre ; elle était là pour aider, point final en forme d'ingratitude, amitié aux abonnés absents !

En même temps, c'est Léa qui a raison.

Si j'étais à sa place et que je voulais disparaître, je passerais au moins six mois enfermée dans le silence…

Elle est star, elle est censée être morte, c'est plus prudent pour l'instant de silence garder pour ne pas risquer de déclencher une alerte quelconque chez qui que ce soit !

Je n'arrive toujours pas à comprendre pourquoi elle a voulu faire croire à son suicide alors qu'elle aurait pu tirer un trait sur sa carrière et décider de suivre un autre chemin !

Les gens sont bizarres…

Elle aimait bien la maison de Sèvres.

Elle y était venue trois ou quatre fois.

Moi, en revanche, je n'avais jamais été invitée rue Bréhat.

Nous avions beau avoir passé dix jours ensemble au Sénégal, dont huit à Gorée, même si je faisais quand même partie des amis rares et intimes, jamais je n'avais mis les pieds chez elle…

Il n'y avait aucune raison pour ça, ou alors elle considérait que c'était son royaume et que personne ne devait y venir…

En revanche, elle m'avait invitée un week-end dans sa maison du Tiercent en Bretagne, pas très loin d'où elle avait, paraît-il, souhaité qu'on disperse ses cendres !

Autant rester dans le crédible !

La cérémonie à Cancale était à une soixantaine de kilomètres de sa maison, et c'était tout à fait logique qu'elle ait écrit quelque part que, si jamais on devait lui rendre hommage, elle aimerait que ce soit à cet endroit où elle venait souvent prendre le soleil et manger ses huîtres préférées.

Je parle de Léa et je pense encore à Simon, à croire qu'il m'a empoisonnée avec un filtre que je n'attendais pas.

Je voulais le piéger et c'est lui qui commence à m'obséder.

Il va falloir que je remette mes pendules à l'heure avant d'être détraquée.

Je m'attendais à beaucoup de choses, mais pas à ça.

Je vais demander à Lucky de me consoler.

25

Elle est retournée à Santiago par le dernier ferry…

Elle a décidé de ne pas dormir à Cayo Granma.

Elle avait pourtant aimé la nuit qu'ils y avaient passée…

Elle reviendra pour se renseigner au sujet du dispensaire.

La villa Amigos de Orietta, où elle habite maintenant à Santiago, domine la mer et la Sierra Maestra, et le couple qui l'a accueillie est charmant ; ils sont parents d'un artiste plasticien vivant à Montréal et d'un cardiologue habitant près de chez eux, à Santiago…

Il y a quelques-unes de ses créations dans la maison…

Cet endroit est magnifique, elle s'y sent plus que bien…

Elle l'a choisi par hasard, en marchant dans la rue, parce qu'elle voulait déménager de cet hôtel et de cette chambre qui lui rappelaient trop de souvenirs…

Elle avait tenu à revenir au E San Basilio, n'avait pas bien réalisé à quel point chaque parcelle de l'hôtel raviverait une blessure qu'elle pensait à jamais enfouie, mais qui ne demandait qu'à se rouvrir.

C'était arrivé.

Presque mot pour mot l'histoire que racontait leur film, et presque image pour image le défilé des pages écrites ensemble !

Elle pensait les dégâts bien moindres, mais ce voyage avec Simon avait laissé des traces…

Elle a décidé de prendre un taxi pour se rendre au château San Pedro de la Roca…

Simon voulait y tourner quelques plans et n'avait qu'une question en tête pendant leur visite : comment virer de cet endroit incroyable les touristes qui risquaient d'être dans le champ de la caméra ?…

Il voulait la suivre à la Steadicam, avec une équipe plus que réduite, mais ça n'aurait pas résolu le problème !

Il se voyait mal expliquer aux autorités et aux responsables de la citadelle qu'il avait besoin de quelques coins du château pour lui seul pendant une heure ou deux, tel ou tel jour…

Le scénario précisait qu'elle devait être seule pour certaines promenades dans ses souvenirs…

Il voulait faire les choses discrètement, mais dans ce cas précis, la solution n'était pas évidente !

À moins de tourner très tôt ou très tard, avant l'arrivée et après le départ des visiteurs…

Ce n'était pas lui qui gérait les problèmes de ce genre lors des tournages, mais comme il avait tenu à faire les repérages sans assistant ni directeur de la photo, pour pouvoir profiter de presque vacances avec Léa, à lui de réfléchir aux possibilités, selon les endroits visités…

Et d'un coup, elle repense à Gorée, cette île en face de Dakar d'où étaient partis tant d'esclaves à destination des Amériques, du Nord ou centrale, sans oublier les colonies de la mer des Caraïbes…

Les canons de la citadelle de Santiago lui rappellent ceux qu'elle avait croisés là-bas…

Elle se demande, encore aujourd'hui, comment elle a pu accepter de partir au Sénégal avec une fille qu'elle venait de rencontrer, quelqu'un qui de toute évidence la draguait alors qu'elle savait que Léa n'était pas intéressée…

Elle, d'habitude si méfiante, lui a fait confiance sans hésiter…

À sa décharge, il fallait bien admettre que Janet était une copine parfaite, et qu'en plus elle lui changeait les idées quand elle voyait la vie en gris, malgré les bonnes choses qui se passaient dans sa carrière…

Pour la vie personnelle, c'était autre chose !

Waterloo morne plaine ou un truc du même genre, à croire qu'elle faisait peur aux garçons maintenant qu'elle était un peu connue !

On s'imagine parfois que certains hommes ont envie d'être avec des filles stars pour pouvoir profiter de leur renommée…

En ce qui la concernait, c'était loin d'être le cas !

Elle avait eu quelques brèves aventures avec des partenaires sur certains de ses films, mais jamais rien de sérieux…

Quand elle avait rencontré Janet, Simon n'existait pas encore dans sa vie. Il n'avait pas encore décidé de déposer des rouleaux de pellicules 24/36 chez Pictorial Service, rue Delambre, à quatre pas de la rue Bréhat !

Elle s'assoit et, pendant de longues minutes, regarde la mer.

Elle aime l'eau, déteste la montagne !

Les sommets enneigés l'oppressent, les océans et les bras de mer la font respirer.

Chaque instant de la visite avec Simon lui revient…

Elle se souvient qu'il avait fait une photo de trois enfants assis côte à côte sur les murailles, jambes pendantes face à la mer, là encore un cliché avec un gros téléobjectif, pour enlever le côté un peu banal de l'image…

Simon ne faisait, pendant ces repérages, que des photos avec deux objectifs, un très grand angle de 18 mm et un gros 500 mm à miroir…

Il lui avait expliqué que jamais, ou en tout cas le moins possible, il n'utilisait d'objectifs standard…

Sa vision, même dans les films, ne s'accordait pas avec les objectifs normaux…

Comme sa vision du ciel bleu, dont il accentuait toujours la teinte avec un filtre polarisant !

Pour lui, une photo avec un 50 mm était, la plupart du temps, plate, inintéressante, à moins qu'il s'y déroule un événement spécial, mais pour le cadre, le minimum, c'était 28 mm… Même chose pour les téléobjectifs !

Pas moins qu'une focale de 200 mm ! En dessous, il avait tendance à trouver que ça n'écrasait pas assez ! Il lui avait expliqué tout ça, assis sur les pierres de la citadelle, ses deux Nikon analogiques autour du cou.

Comme elle s'intéressait de plus en plus à l'image, tournages obligent, elle posait des questions, et Simon lui avait répondu en se fondant sur ses appareils photo analogiques au format 24/36…

À l'époque, on était aux balbutiements du numérique qu'on trouve aujourd'hui partout, y compris dans les téléphones !

Elle a très envie d'y aller mais se demande si, avec cette chaleur, elle aura le courage de retourner à la caserne de Moncada, berceau de la Révolution cubaine, attaquée sans succès en 1953 par Fidel Castro et son frère entourés de quelques révolutionnaires plus que motivés…

Elle se souvient de cette visite presque silencieuse, qui avait ajouté encore un élément à l'édifice grandissant dans leurs têtes et dans leurs cœurs, depuis leur promenade au musée de la Révolution de La Havane.

Quand elle a décidé de tirer un trait sur Léa Solvéni et cette image d'Épinal désormais sans rapport avec elle, la première destination qui s'est imposée a été Cuba, et ensuite, son voyage au Sénégal s'est immiscé dans la course, parce que ce qu'elle avait ressenti à Gorée avait un air de similitude avec leurs découvertes cubaines…

Rien à faire contre l'émotion…

C'est comme les idées.

Vous pouvez torturer et tuer, les idées survivent !…

Parfois, quelques décennies plus tard, on comprend qu'elles n'étaient peut-être pas exactement ce qu'on pensait.

D'autres, comme celles qui parlent de liberté, finissent toujours par s'imposer !

Même chose pour la justice.

Ou l'égalité.

Tout ce qui l'avait interpellée au Sénégal et à Cuba.

Il faut qu'elle retourne à Cayo Granma pour voir si dispensaire il y a…

D'ailleurs, là encore, elle se rend compte qu'elle a pensé être infirmière ou aide-soignante à Cayo Granma sans même savoir s'il y avait sur place un endroit pour s'occuper des malades…

Peut-être que les médecins sont à Santiago et que, dès qu'il y a une urgence, on transporte les gens dans un hôpital de l'autre côté du bras de mer…

Elle a suivi son instinct, et il lui soufflait que Cuba et Cayo Granma étaient des endroits où personne n'irait jamais la chercher !

Faire de sa vie quelque chose d'utile !

Tout est parti de là…

Elle était certaine d'avoir entendu ou lu quelque part qu'on cherchait des aides dans le domaine médical sur la petite île…

Mais peut-être était-ce Enrique qui lui en avait parlé, sept ans plus tôt ?

Mais pourquoi auraient-ils évoqué le sujet, alors qu'ils étaient en pleins repérages pour le film ?

Il y a sept ans, Léa Solveni n'avait pas envie de disparaître, de changer d'identité, ni de ne plus vivre avec Simon tout en le souhaitant quand même dans les parages !

26

Onze ans auparavant

Le vol Paris-Dakar aura duré cinq heures.

Janet a tenu à ce qu'elles voyagent en première classe, d'abord parce que c'est confortable et qu'elle a les moyens, ensuite parce qu'elle a décidé d'inviter Léa et n'oublie pas que son amie est une actrice connue que les gens regardent, dont ils parlent. Il est hors de question qu'elle soit au milieu des touristes dans ce vol bondé.

Elle a réservé deux chambres à la Résidence Adama, un hôtel qu'elle connaît bien et dans lequel elle a ses habitudes quand elle vient à Gorée…

Et elle est venue souvent, depuis une dizaine d'années maintenant, d'abord quand elle avait voulu partir au Sénégal, juste après l'obtention de son diplôme de médecin, dans le cadre de la coopération, pour faire partie d'une équipe à l'hôpital de Dakar ; on lui avait laissé le choix entre Abidjan, Libreville et Dakar, et elle avait opté pour Dakar.

Ensuite, la vie avait fait que Gorée était presque devenu une partie de son existence…

Les formalités se sont passées vite.

Elles sont sorties les premières de l'avion et n'ont pas attendu de bagages, puisqu'elles sont parties avec de petites valises sur roulettes !

Pas beaucoup de bagages parce qu'assez peu de vêtements !

Elles ne sont pas venues pour de folles soirées jet-set mais pour un séjour court, dans un but bien précis…

Beaucoup de gens ont reconnu et salué Léa, mais personne n'est venu les ennuyer…

Elles prennent un taxi jusqu'à l'embarcadère pour Gorée, que Léa découvre depuis le bord du quai…

L'île est si proche qu'on a l'impression de pouvoir la toucher du doigt…

Depuis que Janet lui a proposé de partir avec elle, Léa a cherché à approfondir ce qu'elle savait de l'endroit, une île au large de Dakar d'où sont partis tant et tant de pauvres gens arrachés à leur vie, comme depuis d'autres endroits d'Afrique pendant des siècles…

Il ne faisait pas bon être noir, à cette époque…

Pas plus maintenant, d'ailleurs !…

Les choses ont heureusement changé et, grâce à Lincoln, l'esclavage a été aboli en Amérique du Nord, mais quand on lit des livres à ce sujet ou qu'on regarde des films qui parlent de cette époque, on ne peut qu'halluciner !

Léa regarde l'île s'approcher et Janet lui sourit.

Elle est heureuse d'être là de nouveau, un peu comme si elle revenait chez elle…

Elle lui a confié dans l'avion qu'entre elle et Gorée, c'était une étrange histoire, qu'elle lui raconterait plus tard…

Le bateau est bondé de gens venus d'univers différents…

Le français le dispute à l'anglais, à l'espagnol et à quelques langues dont elle ne comprend pas un mot…

Les rires fusent. Ces gens sont en vacances et ils ont décidé d'inclure Gorée dans leur périple, peut-être parce que quelqu'un, dans une agence de voyages, leur a suggéré le détour, à moins que ce ne soit à la suite du voyage d'un ami…

Pour d'autres, vu la couleur de leur peau, la raison est peut-être tout autre, et plus personnelle.

Beaucoup de monde sur le ponton quand ils arrivent, des touristes qui attendent la navette pour repartir et aussi des curieux, pour qui l'arrivée et le départ du bateau sont toujours une petite distraction dans leur vie ennuyeuse…

Et des enfants, des tas d'enfants qui, bien sûr, demandent quelques francs CFA à échanger contre des stylos, des feutres, ou pour, disent-ils, acheter des cahiers.

Léa se laisse faire et donne de l'argent à une petite fille qui lui tend un stylo…

Janet a beau lui dire qu'elle se fait avoir, que le stylo ne fonctionne pas ou qu'il ne va pas marcher longtemps, même si, pour l'instant, il semble être en bon état, Léa s'en moque et donne un billet de cinq cents francs CFA à la petite fille, heureuse du bon tour joué à la touriste accompagnant la blondinette qu'elle a déjà souvent vue à Gorée et qui, chaque fois, ne lui donne rien mais lui fait un grand sourire !

L'hôtel est à deux pas.

Elles y sont en trois minutes, après avoir traversé la grande place à la terre aussi ocre que les murs de certaines maisons…

Elles posent leurs affaires dans leurs chambres contiguës.

De grands balcons surplombent la mer et elles se donnent rendez-vous sur la terrasse pour boire un verre, dans la lumière orange du jour qui décline…

— Si tu savais comme je suis heureuse que tu aies accepté de m'accompagner… Il y a quelques bonnes raisons à ma présence ici, et je voulais les partager avec toi… D'autant plus que, d'habitude, quand je viens à Gorée, je suis seule… Je ne sais pas pourquoi, je n'ai jamais voulu que quelqu'un vienne avec moi ! Et puis, je t'ai vue à la soirée pour la fondation et je me suis dit qu'il fallait que tu m'accompagnes…

— Merci pour l'invitation, je suis d'autant plus flattée… C'est sublime, ici, malgré le poids de l'Histoire… Même s'il y a trop de touristes !

— Heureusement qu'ils sont là, parce que le Sénégal est pauvre, et ce sont ces gens venus du monde entier qui font vivre Gorée…

Janet boit une bière et Léa sirote un verre de très bon rosé…

Sans la regarder, Janet lui dit doucement :

— Tu ne sais pas grand-chose de moi, et j'ai pourtant l'impression qu'on se connaît depuis toujours…

— Non, tu as raison, je ne sais rien, en fait, à part que tu es médecin, que tu as créé La Main tendue parce que tu as hérité d'un monceau d'argent… J'ai l'impression, mais je peux me tromper, que tu aimes bien les filles, ce qui n'est pas mon cas, et voilà, je crois qu'on a fait le tour !…

Léa a dit ça avec un grand sourire, allongée dans son transat, les yeux fixés sur un réverbère un peu cassé dont on pourrait dire qu'il a la tête penchée…

Elle se tourne vers Janet, qui la regarde elle aussi avec un sourire…

— Oui, c'est vrai, j'aime bien les filles, mais ça ne changera rien entre nous… Tu es avant tout mon amie, même si on s'est croisées il y a peu de temps, et concernant ta non-attirance pour le sexe prétendu faible, je me suis fait une raison !… Mais il faut que tu saches d'où vient ce monceau d'argent dont tu parles…

Léa la dévisage en haussant les épaules :

— Je n'en ai rien à faire, ça ne me regarde pas, c'est ton argent et je me contrefiche qu'il vienne des Martiens, de la traite des Blanches ou du trafic de sucre en poudre !… Comme pour l'instant, je n'ai pas beaucoup vu la police te poser des questions, j'imagine que la deuxième option n'est pas la bonne, donc… reste le sucre en poudre !

Janet éclate de rire et retourne à sa bière… Quelques secondes s'écoulent avant qu'elle se décide à répondre :

— Tu as presque raison, tu sais…

— De quoi tu parles ?

— De la traite des Blanches !

— C'est quoi ce délire ?

— Tu sais où je suis née et où j'ai grandi ?…

— Pas du tout !… On a parlé d'un certain nombre de sujets depuis qu'on se connaît, mais pas de lieux de naissance !

— Je suis née et j'ai grandi à Nantes…

— Et ?

— C'est de là que partaient beaucoup des bateaux français qui faisaient la navette entre l'Afrique et certaines îles des Caraïbes…

— Et ?

— Ces bateaux transportaient des esclaves… Des enfants, des femmes et des hommes pour les plantations de la Guadeloupe, de la Martinique et d'Amérique du Nord, même si un grand nombre de ceux d'Amérique du Nord venaient de Gambie…

Léa a changé de couleur, est soudain un peu pâle alors que, jusque-là, elle avait bonne mine.

Elle pose son verre sur la table devant elle et fixe Janet.

— Qu'est-ce que tu cherches à me dire avec cette histoire de naissance et d'enfance à Nantes ?

— C'est de là que vient mon héritage ! Le monceau d'argent que tu évoques vient du trafic des êtres humains, et depuis que j'ai compris ça, je ne sais pas quoi faire pour rembourser ma dette ou m'excuser des horreurs commises par mes ancêtres… Ma famille possédait une dizaine de navires négriers et a gagné des fortunes de la fin du XVIIe siècle jusqu'en 1848 ! Plus de quatre mille voyages depuis Nantes !…

— Tu ne vas quand même pas me dire que tu te sens responsable d'événements qui se sont passés il y a des siècles !

— Pas des siècles ! En Amérique, l'esclavage a duré jusqu'en 1865, je crois, et chez nous, je ne sais pas jusqu'à quand les navires ont continué à faire leurs immondes navettes, malgré l'abolition officielle de l'esclavage en France, qui date de 1848 ! C'était avant-hier, et quand j'y pense, je trouve ça inimaginable ! Alors, tout l'argent dont j'ai hérité venant de là, tu peux comprendre que j'ai honte, et c'est pour ça que je m'efforce de faire des choses qui vont dans la bonne direction ! J'ai un frère, Laurent… Il est flic. Il a lui aussi hérité de tombereaux d'argent mais son origine ne le gêne pas, il dit même qu'il n'en a absolument rien à faire !… J'ai tendance à croire qu'il en a investi une partie dans des entreprises louches, avec des gens qui ne le sont pas moins ! Quand je lui en parle, il hurle de rire et me dit qu'il sait très bien ce qu'il fait, et qu'il est à l'abri vu son statut de commissaire !…

Léa continue à regarder Janet, sans sourire.

Elle se lève après avoir terminé son verre de rosé, embrasse Janet sur la joue…

— On en reparle au petit déjeuner… Je n'ai pas faim, on a trop mangé dans l'avion et j'ai envie d'être en forme pour avoir les yeux grands ouverts demain… Je crois que j'ai beaucoup de choses à découvrir…

— Moi non plus, je n'ai pas faim… Dors bien…

27

Aujourd'hui

Janet n'est pas restée longtemps.

Pendant que j'étais sous la douche et après avoir bu un café avec moi, elle est partie sans rien dire, m'a laissé un mot griffonné sur un post-it de mon bureau, collé en plein milieu du miroir de l'entrée…

Juste : *Tu sais où me trouver si jamais je suis parvenue à me rendre indispensable…*

Cette fille est incroyable…

Une soirée et une nuit géniales, quelques murmures à triple sens au matin avant d'autres tendresses, et elle s'en va en écrivant des syllabes sur un bout de papier jaune !

Pas une parole d'au-revoir, pas un passage par la salle de bains pour partager une douche qui aurait pu dégénérer !

Attitude presque normale dans nombre de cas de figure !

Mais pas avec Janet.

Comme si nous étions redevenus deux étrangers !…

Je ne sais à peu près rien d'elle, si ce n'est qu'elle est médecin et qu'elle n'exerce plus…

Elle adore Miles Davis, a un gros faible pour Chet Baker et quelques autres, habite Sèvres…

Je sais, en plus, qu'elle a rencontré Léa à une soirée caritative qu'elle avait initiée autour d'une fondation appelée La Main tendue, destinée à aider des gens d'Afrique…

Je me souviens que Léa m'avait confié que cette fille avait beaucoup d'argent, un héritage disait-elle, et elle ajoutait qu'elle en avait honte !…

Est-ce que c'est de l'argent volé, de l'argent sale, de l'argent blanchi ?

Nous n'avons évidemment pas parlé de ça avec Janet à La Coupole.

Nous avions quelques autres sujets de conversation, du jazz à la médecine qu'elle disait avoir abandonnée après ses années d'études et trois ans dans la coopération à Dakar…

C'est drôle qu'elle ait cité Dakar, parce que Léa et moi y sommes passés pendant des vacances au Sénégal, avachis deux semaines au Club Med de Cap Skirring, au sud du pays…

C'était quelques mois avant Cuba, et nous avions découvert et visité Gorée le temps d'un après-midi, à la toute fin de notre séjour…

Nous savions l'un et l'autre ce que pouvait représenter Gorée, mais cette excursion nous avait bouleversés…

Cuba avait fait le reste en ce qui concernait les prises de conscience.

Je suis d'ailleurs retombé ce matin sur une photo de Léa prise à Gorée, devant un escalier à double sens menant au premier étage de la maison des esclaves…

Léa est sublime sur la photo.

Elle n'a pas l'air très gai, mais c'est compréhensible vu l'endroit.

Ça me fait penser que j'aurais peut-être dû tourner certaines scènes de *Santiago* à Gorée ; l'héroïne aurait pu commencer à chercher sur l'île son fiancé disparu, ce qui aurait encore augmenté le prix de l'ensemble !

Il aurait bien sûr fallu récrire l'histoire, pour que ce détour par Gorée se justifie…

Rétrospectivement, mauvaise idée, étant donné l'accueil de Forever et leur refus de cautionner notre scénario.

Si, en plus, j'en avais rajouté une couche sur l'esclavage… !

Pour peu que l'un des deux patrons de la boîte américaine ait été du Sud, ç'aurait été parfait !

Depuis ce matin, j'ai recommencé à parcourir mes archives, pour encore chercher une piste, un signe…

Je tombe sur des vieux fax d'elle, des tas de fax dont certains presque effacés par le temps…

Contrairement à ce que les vendeurs prétendaient, l'encre des fax disparaît, et aucune sauvegarde n'est possible, au contraire des e-mails d'aujourd'hui.

Certains sont drôles, d'autres tristes voire désespérés…

Et soudain, un fax plutôt bien conservé, que j'avais oublié…

Léa termine sa prose en se demandant si la vie vaut la peine d'être vécue, consciente malgré tout de la chance qu'elle a de faire ce qu'elle aime et de m'avoir retrouvé…

À la date du lendemain, un autre fax, lui aussi très lisible, où elle me supplie de l'excuser d'avoir la veille été si défaitiste et déprimée, où elle écrit que le soleil brille de nouveau puisque le tournage se termine !

Ça date de l'époque où elle jouait dans ce film de Fortin qui lui avait rapporté un prix d'interprétation à Cannes, entre autres…

Elle avait eu raison de s'accrocher et de m'écouter quand je lui disais de ne pas laisser tomber !

Je me souviens qu'elle m'avait avoué en riant avoir dégotté un fax à l'hôtel qui les logeait pendant le tournage, et avoir réussi à convaincre quelqu'un de le lui installer dans sa chambre !

Tous ces progrès techniques ont tué les lettres !

Quel plaisir d'en recevoir une venant de quelqu'un qui comptait, à la grande différence des enveloppes d'aujourd'hui, ne renfermant que des factures et des rappels !…

Sauf que les fax et les e-mails sont immédiats, et c'est pratique et souvent rassurant, en particulier quand quelqu'un que vous aimez est en déplacement…

Je ne sais pas pourquoi, je me mets à fouiller dans une boîte en fer-blanc déposée dans l'un des grands tiroirs de mon bureau…

Des clés, des tas de clés dont j'ignore d'où elles viennent, à part celles accrochées à des porte-clés d'hôtels avec le nom de l'établissement écrit dessus…

Léa prétendait que j'étais fou de vouloir tout garder comme je le faisais et, parfois, elle virait des choses qui ne me servaient plus, des objets, des vêtements dont elle savait que je n'en avais pas la moindre utilité.

Elle le faisait sans me poser de questions, se disant que je ne m'en rendrais jamais compte !

On ne vivait pas ensemble mais chacun avait des affaires chez l'autre, et j'ai d'ailleurs l'impression que certains de mes pulls d'hiver sont restés sur ses étagères !

Je prends les clés, essaie de me souvenir d'où elles viennent, trouve un trousseau de vingt-trois petites clés de cadenas avec des numéros écrits dessus, et il me revient que j'avais, un jour, décidé de déménager en mettant tout ce qui importait dans une vingtaine de sacs…

J'avais donc acheté vingt-trois sacs en toile et les cadenas pour les fermer, numérotés comme les clés correspondantes pour pouvoir reconnaître les cadenas, et je n'avais finalement pas déménagé, mais j'avais tout gardé…

C'était peu après notre séparation, mais le terme est inexact.

Personne ne vivait avec personne, et nous étions restés bons amis jusqu'à la fin…

La fin…

Je n'y pensais même plus, et me reviennent en pleine figure les derniers événements, l'annonce de sa disparition, la Bretagne et cette falaise au-dessus de Cancale, la rencontre avec Janet…

Est-ce que je n'avais pas un double des clés de chez elle ?

Elle tenait absolument à ce que j'aie les clés de la rue Bréhat et de la maison du Tiercent…

D'ailleurs, que va-t-il se passer avec ces deux endroits ?

Un testament, des dernières volontés ?

Les événements sont si récents que je n'y ai même pas pensé…

C'est logique, ça ne me regarde pas, je n'étais plus vraiment dans sa vie.

Je fouille les clés, retourne la boîte sur la moquette et remets les clés dedans, une à une.

Accrochées à un petit porte-clés où j'avais glissé une photo rigolote de Léa, les clés du Tiercent !

Je n'ai pas celles de Paris, je me contenterai de la Bretagne.

Je devrais aller y faire un tour.

Peut-être que j'apprendrai ou trouverai des choses qui pourraient m'aider dans cette enquête un peu bizarre sur ma responsabilité dans le suicide de Léa.

Sauf que, j'en suis certain, elle n'est pas morte.

28

En fait, ce n'était pas une bonne idée de disparaître comme ça.

Elle doit manquer terriblement à quelques personnes, dont Janet et peut-être Simon…

Elle est revenue ce matin à Cayo Granma, a refait le tour de l'île pour encore une fois s'imprégner de son ambiance, de ses odeurs, de sa lumière différente…

Elle est allée boire un thé à la terrasse de l'hôtel où Simon et elle avaient dormi lors des repérages de *Santiago*, et a fini par demander à la dame de la réception s'il y avait un médecin ou un petit hôpital sur l'île…

À la tête qu'elle a faite, elle a vu qu'elle la croyait malade !

Dans un anglais approximatif, elle l'a tant bien que mal rassurée, et c'est à ce moment-là que la dame lui a expliqué que le dernier médecin était parti de Cayo Granma l'année dernière pour prendre sa retraite et n'avait pas été remplacé…

Tout ce qui avait un rapport avec la médecine se trouvait à Santiago.

Quand quelqu'un était malade, s'il en était capable, il prenait le ferry pour traverser le bras de mer jusqu'à la ville…

Elle a ri toute seule, d'un coup !

Cette histoire lui rappelait un film québécois très drôle qui s'intitulait *La Grande Séduction*, dans lequel les habitants d'un petit village du nom de Sainte-Marie-la-Mauderne rivalisaient d'astuce et d'inventivité pour qu'un médecin s'installe sur place…

Hilarant !

Même processus, peut-être !

Deux semaines ou presque qu'elle est à Cuba et qu'elle marche sur ses traces, sur leurs traces…

Elle pense constamment à Simon…

Elle aurait dû le prévenir, ou demander à Janet de s'en occuper, mais le mal est fait et, si elle sort de l'ombre, quelques personnes auront de gros soucis par sa faute !

D'abord Janet, qui a tout organisé et fait en sorte qu'on croie à son suicide ; ensuite, ceux qui ont bien voulu se laisser convaincre de l'aider !

Malgré la chaleur, elle est retournée à la Moncada.

Même émotion que la première fois.…

Elle a tenu à revoir la tombe de José Martí au cimetière Santa Ifigenia…

Sans lui, on peut penser que la révolution et l'indépendance de Cuba n'auraient jamais été…

Simon et elle en avaient parlé en écrivant le nouveau scénario de *Santiago*, et elle comprend de mieux en mieux pourquoi les gens de Forever se sont étranglés en lisant la deuxième version du film…

Ils y avaient glissé tout ce qui les avait fait réfléchir.

Elle aimerait repartir à Gorée, d'autant plus qu'une amie actrice y loue une maison depuis l'année dernière…

Elle l'y avait invitée après le tournage d'un film où elles jouaient le rôle de deux sœurs, mais elle n'avait pas pu faire le voyage…

Elle s'appelle Aurore Selvin, et elles sont devenues très proches pendant cet épisode américain un peu moins agité que d'habitude…

Fréderic Lawrence fait plutôt partie des réalisateurs posés qui ne considèrent pas que Léa Solvéni n'est bonne qu'à jouer les James Bond girls !

Elle avait vu un reportage sur Aurore il y a quelques mois…

Elle expliquait qu'elle avait tenu à revenir à Gorée parce qu'elle et ses parents y avaient habité pendant son enfance, et que cette île l'avait marquée…

Là-bas, même si des gens croient la reconnaître, ils pourront toujours penser qu'elle n'est pas Léa Solvéni, qu'elle lui ressemble c'est tout, et que des sosies de gens célèbres, il y en a partout…

D'ailleurs, quand elle met ses lunettes façon grenouille aux yeux écarquillés, ça ne viendrait à l'esprit de personne de la prendre pour Léa…

Le risque en vaut peut-être la chandelle ?…

Il va falloir qu'elle mette à plat les éventuelles options qui lui restent, surtout qu'elle aimerait aussi retrouver son appartement de Paris et sa maison du Tiercent.

Il fallait y penser avant, ma vieille, lui aurait dit Simon !

Toujours la phrase juste pour remonter le moral !

Disparaître quand on est inconnu fait partie des choses envisageables…

Quand on est star ou un peu célèbre, rien à voir !

Elle sait qu'elle a glissé la main dans un engrenage dont il ne va pas être facile de sortir…

Si elle décide de réapparaître, on pourra toujours dire qu'elle a pété un plomb sous la pression et inventé cette histoire de toutes pièces…

Tout dépend comment on présentera la chose.

Dans les années glorieuses des studios d'Hollywood, les stars avaient à leur disposition des batteries d'attachés de presse pour résoudre le moindre problème et faire en sorte que l'image de l'actrice ou de l'acteur reste intacte…

Ce n'est plus le cas aujourd'hui.

En fait, elle ne risque rien, ou pas grand-chose.

Elle ne dénoncera personne et affirmera que ses faux papiers ont été fabriqués par des relations un peu louches qui lui ont proposé leur aide moyennant de l'argent !

Elle n'avait pas mesuré les conséquences.

Sa carrière sera fichue, mais un jour, certains comprendront son désarroi, comme ils l'avaient fait pour Greta Garbo ou Gene Tierney, incapables à un moment de supporter la pression et de se voir vieillir à l'écran…

Jamais simple de regarder les années passer !

Jamais évident quand on est madame ou monsieur lambda, mais quand on porte un nom connu, très compliqué…

Votre image d'avant est partout sur les réseaux sociaux, les archives de journaux, et vous la prenez en pleine figure quand un rédacteur décide de faire un papier sur vous à propos de l'avant, du présent ou de l'après…

C'est encore plus difficile pour une actrice parce qu'au départ, sa carrière est souvent boostée par son apparence, et plus les années s'écoulent, plus ce qui attirait le regard s'atténue, avant de peu à peu disparaître…

Rares sont les actrices qui acceptent de voir le temps passer…

Jeanne Moreau en était capable, mais elle avait en elle cette lumière que très peu de personnes possèdent, une aura, un charisme qui résistent à l'épreuve du temps !

C'est peut-être moins compliqué pour les filles qui sont dans la musique… Dans leur cas, c'est avant tout la voix qui est susceptible de toucher et d'émouvoir…

Difficile de se faire une idée…

Elle n'a pas d'amie musicienne, et n'a jamais cherché à savoir si cette fuite du temps les concernait autant que les actrices…

Elle n'a même plus envie de se renseigner au sujet des dispensaires…

Elle était pourtant motivée en arrivant à Cuba, mais réalise aujourd'hui que ce n'est pas simple de tout laisser…

Elle est partie comme une idiote, sans réfléchir, en abandonnant ceux qu'elle aimait, sans oublier l'appartement de la rue Bréhat et la maison du Tiercent.

Une pulsion suicidaire, sans passage à l'acte !

Elle a confondu la vie avec le cinéma, sans imaginer un seul instant que, même si elle n'avait plus la foi et la pêche pour assumer le fait d'être une actrice connue, il y avait une autre partie de son existence aussi importante que le septième art !

Elle reprochait à Simon de ne pas comprendre son désir d'arrêter le cinéma, ou du moins d'essayer d'appréhender une autre palette de rôles…

Il ne comprenait pas, mais c'était sa faute à elle ; elle avait oublié de faire le distinguo entre cette vie publique pesante et une vie normale, ne lui parlait que de ce parcours d'actrice connue en laissant de côté l'autre facette, le plaisir évident d'être avec lui, d'aller ensemble marcher au Luxembourg ou dans la campagne, acheter du pain, une vie comme celle d'autres gens…

Cette autre facette l'effleurait parfois quand elle pensait à l'écriture ou à l'envie d'aider les autres, mais la seule conclusion débile qu'elle avait tirée de ses réflexions, c'était qu'elle devait disparaître à jamais, alors qu'elle aurait pu appeler son agent et lui dire qu'elle arrêtait ou avait besoin de recul pour penser à l'avenir…

Il n'aurait évidemment pas compris, mais c'est ce qu'elle aurait dû faire, au lieu de foncer comme une tarée vers ce genre d'aller sans retour !

Elle tient à retourner à Pinar del Río, pour voir si les charrettes tirées par des chevaux côtoient toujours les vieilles américaines, les motos et les side-cars…

Et pourquoi pas un détour par la Cueva del Indio, dans la vallée de Viñales, tout à côté ?…

Une grotte incroyable où Simon avait fait des photos ratées, contrairement à son habitude ; elle n'en a pas besoin pour se souvenir des centaines de stalactites plongeant du plafond !

Sur la route entre La Havane et Pinar del Río, il avait aussi fait une photo étrange d'un homme tirant un cheval dans un champ…

Ils étaient très loin.

Au moins deux cents mètres !

Ils s'étaient arrêtés au bord de la route pour regarder le travail de deux autres hommes extrayant du jus de cannes à sucre avec une drôle de machine à broyer les fibres.

Tout au fond du champ derrière eux, à un endroit où personne ne pouvait les entendre, l'homme et le cheval étaient passés.

L'animal avait tourné la tête pour regarder droit au fond du gros téléobjectif de Simon, comme pour lui dire : « Je t'ai vu, tu sais !… »

29

Onze ans auparavant

Les enfants ne les suivent plus partout.

Ils reconnaissent Janet et la laissent tranquille.

La petite fille d'hier, celle à qui Léa a donné un billet de cinq cents francs, la croise sur la place et lui fait un grand sourire avec un clin d'œil…

Janet a mis un short militaire et Léa un pantalon docker avec deux grandes poches…

T-shirt blanc pour Léa, chemise rouge en lin pour Janet…

Quelques artisans, sous un arbre énorme, vendent du tissu et des chapeaux de paille, mais elles n'achètent rien…

Une vieille dame s'approche de Janet et la prend dans ses bras.

Le vieux monsieur tout sourires qui l'accompagne fait la même chose, et Janet leur présente Léa.

Et elle les présente à Léa : M. et Mme Djéma.

Ils sont heureux de voir Janet.

C'est flagrant…

Deux minutes plus tard, alors qu'elles sont reparties et qu'elles marchent lentement dans les ruelles en longeant les façades ocre et un peu orange de certaines maisons, une jeune femme court vers Janet et l'embrasse plusieurs fois sur les deux joues, lui éparpille les cheveux en riant et la prend par la main avant de faire quelques pas avec elle.

Elles s'arrêtent tout à côté de l'entrée de la Maison des esclaves.

Léa ne le savait pas, mais Janet lui dit comment s'appelle l'endroit après lui avoir présenté la jeune femme, elle aussi tout sourires…

Léa a besoin de parler…

— Ils t'aiment drôlement, ces gens ! Tu connais tout le monde, ici ! On dirait qu'ils font partie de ta famille !

Janet la regarde, écarte les bras avant de répondre :

— C'est tout à fait ça !… Ils font partie de ma famille et moi de la leur ! Depuis longtemps, maintenant… Je ne peux pas dire « depuis toujours », mais c'est quand même l'impression que j'ai chaque fois que je reviens… Je les connais depuis l'époque où je travaillais à l'hôpital de Dakar, juste après mes études de médecine…

— C'est génial, ils ont l'air tellement contents de te voir !…

— Et moi donc !… Je te le dis, c'est ma famille maintenant, et ça ne changera plus… Et il n'y a pas que ça, mais c'était une partie de ce que je voulais que tu voies en m'accompagnant ici…

— Tu voulais que je voie ces gens ?

— Et d'autres choses aussi… Je te montrerai tout à l'heure.

Beaucoup de touristes dans la Maison des esclaves…

Bien que des rumeurs persistantes affirment qu'en fait, très peu d'esclaves partaient d'ici, le bâtiment, avec ses geôles, ses grilles et sa porte sur la mer est devenu depuis des années le symbole de cette ignominie, de cette déportation de centaines de milliers d'êtres humains grâce auxquels l'économie de certains pays pouvait devenir florissante…

Les bateaux négriers partaient beaucoup plus de Guinée et d'Angola, mais le Sénégal n'était pas à la traîne dans cette histoire immonde…

Elles parcourent les lieux, écoutent un guide raconter l'histoire de l'esclavage et de Gorée à un groupe de touristes attentifs…

On a beau lire certains articles, certains livres, on imagine difficilement la vérité de ce qui a pu se passer entre ces murs comme ailleurs en Afrique de l'Ouest !

Collés sur un des murs près de l'entrée, quelques écrits de Léopold Senghor, de Charles Péguy et des articles racontant, photos à l'appui, les détails de ce qui s'est passé ici…

Léa est tétanisée. Aucun mot ne sort de sa bouche, aucun regard vers Janet, elles n'ont pas besoin d'échanges pour se comprendre ; Léa imaginait mais n'aurait jamais cru que l'esclavage avait eu autant d'ampleur et avait duré si longtemps…

D'ailleurs, l'esclavage continue dans d'autres pays, sous d'autres formes, avec d'autres populations…

On en parle moins ou pas du tout, mais il existe !

Quand elles ressortent, elles prennent le sentier qui mène en haut des fortifications dominant la mer…

Léa rompt le silence :

— Cet endroit est bouleversant ! Tellement chargé, et si calme malgré les touristes !

Elles se sont arrêtées juste à côté d'un vieux canon rouillé, abandonné par une armée quelconque…

Janet la regarde, presque les larmes aux yeux…

— Certains événements ne donnent pas envie de parler… Quand on a un minimum de réflexion, on en arrive à se demander comment tout ça a pu être possible ! Mais l'être humain est capable de choses inimaginables… Ce qui s'est passé pendant la Seconde Guerre mondiale avec les camps et les déportations en est aussi un bel exemple, un peu plus proche de nous ! Tu comprends pourquoi j'ai si honte d'avoir hérité de cet argent ?… Et regarde, tu vois les trois maisons un peu excentrées, là, juste dans le prolongement de l'escalier qui redescend des remparts ? Tu les vois ? En fait, c'est une seule maison divisée en trois petites habitations…

Léa tend le bras pour montrer un point précis à Janet…

— Tu parles de celles avec la barrière bleue autour du petit jardin ?

— Oui, exactement…

— Et ?

— Elles étaient en très mauvais état quand je les ai achetées pour la famille de cette jeune femme qui est venue m'embrasser, juste après que ses parents m'ont serrée dans leurs bras…

— Tu leur as acheté ?

— Je les ai achetées et j'ai financé tous les travaux pour qu'elles soient comme neuves… Et tous les ans, je leur verse de l'argent pour qu'ils ne manquent de rien…

— Mais pourquoi eux ?

— Je les ai rencontrés et soignés quand je travaillais à l'hôpital de Dakar et ils m'ont invitée chez eux, à Gorée… Nous sommes devenus amis et, un jour, comme ils se faisaient exploiter par un sale con qui leur extorquait je ne sais plus combien de francs CFA pour le loyer alors que la maison était insalubre, je suis allé voir le type et je lui ai donné une somme d'argent conséquente pour que la maison soit à la famille Djéma. Après, j'ai fait venir une entreprise pour tout remettre à neuf !

— Incroyable !

— C'est pour ça que j'ai le sentiment que nous sommes de la même tribu, de la même terre… Tu comprends mieux, maintenant ?

Léa regarde Janet avec d'autres yeux, pas des yeux d'amoureuse, loin de là, mais un regard admiratif teinté d'un profond respect…

— Et comme ça, j'ai l'impression de rembourser un tout petit peu de la dette de ma famille… Je sais bien que ce n'est pas plus qu'une goutte d'eau, mais ce que je fais pour les Djéma me soulage par moments… Et puis, il y a La Main tendue qui me permet aussi d'essayer de rendre d'autres services, dans d'autres pays d'Afrique…

Elles continuent d'avancer le long des remparts…

— Je ne savais pas qu'on pouvait acheter des maisons ou des terres sans être sénégalais…

— Peut-être que ça a changé, mais à l'époque où je l'ai fait, personne n'a rien trouvé à redire, d'autant plus que c'était pour les Djéma… D'ailleurs, c'est rigolo que tu aies acheté un stylo à leur petite fille ! Elle est très forte, elle est aussi bonne à l'école que pour truander les touristes dans ton genre !

Léa hurle de rire :

— J'aurais pu lui donner 1 000 francs CFA, rien pour moi et beaucoup pour eux !

— C'est ce que je me suis dit quand je leur ai offert la maison et que j'ai tenu à la faire refaire entièrement… Ce qui est drôle, c'est que personne n'a été jaloux, certains auraient pu se dire : « Pourquoi les Djéma et pas nous ? », mais non, en fait ils se connaissent tous et ils profitent aussi de l'endroit… Je leur ai même offert un grand poste de télé avec une parabole, pour que tout le monde puisse regarder les matchs de foot ! Ils adorent le foot, ici, et l'équipe nationale fait partie des meilleures formations d'Afrique !

— Tu es incroyable ! Quand je t'entends et que je pense à ce que moi je fais, vautrée dans cette vie d'actrice à la con où, de film en film, j'amasse de l'argent juste pour amasser, alors que je rêvais d'aider les autres !…

Janet la regarde sans rire et commence à gesticuler, à secouer la tête, à se tourner vers elle, à marcher à reculons avant de reprendre une marche normale pendant qu'elles redescendent des remparts…

— Tu dis n'importe quoi ! Tu ne réalises pas à quel point tu peux rendre les gens heureux, leur faire oublier pendant deux heures ou plus leurs petites misères, leur vie quotidienne qui s'essouffle et s'englue parfois dans l'angoisse et qui, grâce à toi, change un peu de couleur !!! Arrête de délirer et de te prendre pour une inutile ! Moi, j'ai un vrai compte à régler avec la vie, avec le comportement inhumain de membres de ma famille, des comptes à régler avec cet argent gagné avec le sang, les larmes, et la souffrance de milliers de pauvres gens traités comme des moins que rien, juste pour que certaines engeances puissent profiter de l'existence ! Il n'y a aucune comparaison possible avec ta vie et ce que tu représentes pour des dizaines de milliers de personnes qui t'apprécient et qui t'aiment…

— Sauf que tu fais exactement ce qu'un jour, j'aurais aimé faire : aider les autres…

— Mais tu les aides tellement, sans le savoir !…

30

Aujourd'hui

Neuf heures vingt-trois. Je suis en train de regarder des photos de Léa que j'ai faites à Cuba quand le téléphone me fait sursauter…

Numéro inconnu.

Je réponds.

— Monsieur Le Goff ?

La voix d'une femme, posée, professionnelle :

— Le cabinet de Me Noguès, notaire. Me Noguès aimerait vous rencontrer… Quand est-ce possible pour vous ?

— C'est à quel sujet ?

— Au sujet du testament de Léa Solvéni !

Je me pince. Elle me parle de quoi, cette bonne femme ?

— Monsieur Le Goff ? Vous êtes toujours là ?…

— … Oui, bien sûr, excusez-moi, je ne m'attendais pas à ça…

— Désolée de vous déranger…

— Non, non ce n'est rien… Je peux aujourd'hui, en fin de journée, si c'est possible ?

— Dix-huit heures quinze, ça vous irait ?

— Pas de souci, vous pouvez me donner l'adresse ?

— Oui, bien sûr, c'est au 11, rue de Liège, dans le IXe arrondissement… Elle croise la rue de Clichy… C'est au fond de la cour…

— D'accord pour 18 h 15, à tout à l'heure !

J'en reste sans voix. Léa a rédigé un testament et m'a mis dedans ?

C'est incompréhensible.

On met dans ce genre d'écrit des gens proches, ou sa famille…

Officiellement, nous n'étions plus ensemble depuis trois ans, même si toujours amis…

De là à figurer dans son testament !

J'ai demandé au taxi de me laisser au coin de la rue de Liège.

Je vais faire à pied le chemin qui reste, ça va m'aérer.

J'ai failli marcher depuis le boulevard Raspail avant de me dire que ça faisait quand même une belle trotte, et que je n'avais pas le courage.

L'étude de Me Noguès est bien au fond de la cour.

Je n'ai jamais aimé les notaires ni les huissiers, et pourtant, les deux professions n'ont aucun rapport !

Ça fait partie de mes fixettes !

Chacun ses tocs…

Les huissiers m'ont à jamais traumatisé depuis que, dans mon enfance, l'un d'entre eux est venu à 6 heures du matin avec un commissaire de police sonner chez mes parents pour ce qu'ils appelaient une saisie conservatoire…

C'était ma mère qui m'avait expliqué les pourquoi et comment…

À dix ans, ce genre d'expérience laisse des traces, et pour les notaires, c'est autre chose…

J'ai depuis toujours le sentiment que leur nom est lié aux obsèques, enterrements et crémations, rien que des mots avenants et guillerets, si ce n'est glamour !

Si on réfléchit bien, c'est aussi quand on achète une maison ou un appartement qu'on se pointe chez ces braves gens pour qu'ils puissent rédiger les actes et barboter une belle commission au passage…

C'est la fille du téléphone qui m'accueille dans une entrée aussi agréable que les catacombes, en me disant que Me Nogués va me recevoir, le temps pour lui de finir un coup de téléphone.

Si son bureau est aussi gai et lumineux que l'entrée, ça doit être des vacances de travailler dans les parages…

La porte de son bureau s'ouvre et le maître en question s'avance vers moi, grand et mince, la cinquantaine bien conservée, légèrement hâlé, habillé d'un costume bleu foncé plutôt bien coupé…

Il semblerait qu'il ait encore tous ses cheveux, ou presque…

Ils ne sont pas encore blancs mais en prennent le chemin…

Il me tend la main, serre la mienne et me demande de le suivre.

J'avoue que je me suis trompé.

Sa pièce est très claire, meublée simplement, mais les deux fauteuils club qui font face à une belle table en bois massif donnent à l'ensemble une allure agréable et chaude.
Il va s'asseoir dans un fauteuil au dossier assez haut et me montre un des deux autres fauteuils en me disant de me mettre à mon aise.
Il me demande si je souhaite boire quelque chose, de l'eau, un café ?
En fait, je n'ai qu'une envie, en finir et rentrer chez moi pour me remettre à piocher dans mes archives et faire avancer mon enquête !
Ma responsabilité dans le suicide de Léa.
Un dossier est posé devant lui.

— Monsieur Le Goff… Mlle Solvéni, qui m'avait mandaté pour gérer certaines de ses affaires, a souhaité faire un testament l'année dernière, et c'est pourquoi je me suis permis de vous demander de venir me voir…
— Je ne savais pas qu'elle avait un notaire… enfin, je m'en doutais, puisqu'elle avait un appartement et une maison en Bretagne, mais comme elle ne m'a jamais parlé de vous, ça m'avait échappé !
— C'est pas grave, c'est normal, on ne pense pas aux notaires dans la vie de tous les jours, quand rien de particulier ne se passe ! Elle avait souhaité mettre quelques personnes dans son testament ; enfin, quand je dis « quelques personnes », je précise : deux seulement, une amie et vous.

Je ne me vois pas mais je dois faire une drôle de tête…
Une amie et moi ?
Qu'est-ce que j'ai à voir là-dedans ?

Une amie, je peux comprendre, et d'ailleurs, je ne serais pas loin de penser que ce pourrait être Janet, mais moi ?

— Elle a souhaité vous léguer sa maison en Bretagne, dans un endroit qui se nomme…
— Le Tiercent, je sais, je connais la maison, j'y suis allé plusieurs fois avec elle…

Me Machin-Chose me regarde, les yeux ronds, avec un simili-sourire…

— Eh bien, vous voilà l'heureux propriétaire d'un manoir en Bretagne, à une quarantaine de kilomètres de Rennes et à une heure de Saint-Malo…
— … et de Cancale et de Dinard, je sais tout ça… J'ai des papiers à signer ?
— Vous pouvez laisser votre adresse à Pauline en sortant et elle vous enverra les différents documents que vous aurez à parapher et à signer… On peut aussi le faire maintenant, si vous avez la patience d'attendre…
— … Non, je préfère qu'elle me les envoie ; j'étais en train de faire quelque chose au moment où il a fallu que je parte pour venir ici !

Il me fixe en riant franchement…

— Vous n'aimez pas les notaires, je me trompe ?

Je me sens rougir un peu, me tortille sur mon fauteuil…

— Je ne raffole pas de toutes ces professions liées au juridique… Je n'y peux rien, j'ai toujours été comme ça…

— Nous sommes loin du cinéma, c'est vrai ! Évidemment, vous l'ignorez, mais votre nom m'est tout à fait familier…

— Familier ? Comment ça ?

— J'aime beaucoup le cinéma et j'ai vu quelques-uns de vos films récents et anciens… Mlle Solvéni m'avait dit, il y a quelques années, qu'elle devait tourner avec vous mais que ça n'avait pas pu se faire, je crois…

Je vais quand même lui répondre, c'est un minimum…

— J'ai eu des soucis de coproduction avec des Américains… En même temps, on devait tourner à Cuba un film qui parlait beaucoup de l'épopée Castro-Che Guevara ! Bref, les Américains ne trépignaient pas d'impatience pour que ça se fasse dans la minute, et le projet est tombé à l'eau !

— Dommage ! Un film de vous avec elle aurait sûrement été touchant et intéressant… Merci encore de vous être déplacé…

Il se lève pour me raccompagner jusqu'au bureau de Pauline, à qui je donne mon adresse avant de repartir…

Il m'aurait presque réconcilié avec les notaires, ce maître-là !

31

Cinq ans auparavant

La déception a fini par être digérée…

Léa a signé pour deux films depuis que *Santiago* n'a pas pu se faire, sans grand enthousiasme, mais les deux réalisateurs ont écrit pour elle des rôles un peu différents, et elle a accepté…

Deux mois à Sydney pour le premier, neuf semaines à Los Angeles pour l'autre…

Elle m'a proposé de l'accompagner ou de la rejoindre sur l'un des deux films.

J'ai fini par dire oui pour le tournage américain…

La production lui a loué une maison à Montecito, juste à côté de Santa Barbara… Une partie des extérieurs va se passer dans la région, et comme la maison est au bord de la plage, c'est agréable…

Une voiture la récupère tôt le matin et la raccompagne en fin de journée… Je pensais que ce serait des vacances mais, hélas, comme elle a un des premiers rôles du film, elle est sur presque tous les plans et, donc, elle a très peu de jours off…

En revanche, en ce qui me concerne, j'ai le temps de peaufiner l'écriture d'un nouveau projet de long-métrage que j'espère bien mener à bout et pouvoir financer seul…

J'en profite aussi pour faire de longues balades sur la plage en ce mois de septembre très chaud.

Je fais quelques photos pour ne pas perdre la main…

L'eau du Pacifique est glaciale, autant que celle de l'Atlantique en France, et c'est une surprise ; je m'attendais à une mer chaude, mais ce n'est tellement pas le cas que des phoques ou des otaries – je ne fais pas bien la différence – se font câliner par le soleil sur les rochers au bord de la grève !

Quand je prends mon courage à deux mains, je me baigne, juste devant la maison reliée à la plage par un escalier arrondi dont les rambardes et les marches en bois épousent la dune devant la terrasse.

Le week-end, quand Léa ne tourne pas, elle se baigne aussi mais ne soigne pas son bronzage, sinon, plus le film va avancer, plus elle va avoir la peau foncée, ce qui va poser des problèmes de raccords !

Pour les vacances, on attendra.

La nuit est tombée depuis une heure et nous sommes sur la terrasse en train de boire un pinot noir californien, vin presque noir tant sa couleur rouge est foncée !

Un goût étonnant…

Il fait encore chaud mais le vent qui vient de la mer, juste devant nous, arrive à rafraîchir l'atmosphère…

— Tu viendrais avec moi au Tiercent, après le tournage ?

— Au Tiercent ?…

Elle me regarde avec un grand sourire… Elle m'a pris par surprise !

C'est la première fois qu'elle m'invite dans sa retraite !

— Oui, au Tiercent !… Allô, la Terre ! Tu te souviens que j'ai une maison en Bretagne !!?…

— Oui, bien sûr… C'est quand tu veux, j'adorerais être présenté à tes vieilles pierres…

Elle tend les deux mains, paumes vers le ciel, pour que je tape dessus…

Elle a les yeux qui brillent, se réjouit à l'avance de retrouver sa maison et, peut-être, que j'y vienne avec elle…

— On ira manger des huîtres et des crevettes et des bulots à Cancale !… Ce sont les meilleures huîtres du monde ! Je ne le dis pas trop fort sinon je vais me faire des ennemis du côté de la Vendée ou du Sud-Ouest, mais ce sont quand même les meilleures !… Tu aimes les huîtres, j'espère ? Sinon, tu me regarderas les avaler sur le môle qui descend vers la mer !

— Le môle ?

— Oui… C'est un quai qui descend vers la Manche et les bassins ostréicoles ; il y a de petits stands où on vend des huîtres consommables sur place ! Les gens jettent les coquilles vides dans l'eau, devant la digue sur laquelle ils s'assoient pour manger… Vivement le dernier jour de tournage ! J'aime bien les Américains, mais retourner en Bretagne commence à me manquer… J'ai envie de retrouver ma maison !… Certains amis me disaient qu'il ferait plus beau en Toscane, mais j'ai besoin du vent et de ce crachin qu'on ne trouve qu'en Bretagne… Et puis, il y a tellement d'endroits sublimes dans cette région ! Tu ne connais pas du tout ?

Je cherche dans mes souvenirs, mais pas grand-chose ne me revient…

— En fait, non… Quand j'étais enfant, mes parents allaient plutôt dans le Sud ; ils avaient des amis, pas très loin de Pézenas ou d'Uzès, je ne me souviens plus très bien, mais la Bretagne ne faisait pas partie de leurs destinations privilégiées… J'ai dû y aller à deux ou trois reprises quand j'étais enfant… Et plus tard, je suis allé plusieurs fois à Belle-Ile, parce que j'ai adoré l'endroit !…

— Tu ne sais pas ce que tu as manqué !… Un jour, si tu veux, on ira tout au bout, vers la presqu'île de Crozon… Il y a un endroit qui s'appelle Camaret, et un peu plus au nord, le cap Saint-Mathieu et son phare, quasiment en face de l'île d'Ouessant…

— Tu es déjà allée à Ouessant ? Il paraît que c'est étrange et beau…

— Non, jamais, mais on pourrait le faire aussi… On part du Conquet, il me semble, et on traverse, en croisant les doigts pour que la mer ne soit pas trop mauvaise et qu'on puisse revenir !… Ce qui est drôle, c'est que beaucoup de gens aimeraient bien voir Ouessant un jour de tempête pour les vagues dantesques et les murs d'embruns, sans penser que, si tempête il y a, le retour est reporté à la fin des hostilités ! Quand tu n'as pas la patience d'attendre que la mer se soit calmée, le voyage doit être pénible pour ton estomac…

Je ne lui dis pas, mais moi aussi j'en ai soupé de la Californie et de son tournage américain…

Presque un mois que je suis là.

J'ai fait l'impasse sur les deux premières semaines…

Comme j'ai voulu voir de près leur façon de travailler, un matin, je suis monté dans la voiture de la production avec elle, juste par curiosité…

Jeffrey Davis, le réalisateur, n'était pas du tout désagréable.

Léa m'a présenté à l'équipe, et je suis resté abasourdi par le déploiement de forces !

Le metteur en scène est général d'un corps d'armée !

Quand certains acteurs racontent avoir une préférence pour les tournages français, en voyant ce que je vois, je peux les comprendre !

C'est surréaliste !

Une ville montée de toutes pièces entre le désert de Mojave et le Pacifique, à cheval sur la faille de San Andreas.

Je me mets d'ailleurs à flipper en pensant à l'éventualité d'un tremblement de terre sur le lieu de tournage, et préfère ne pas imaginer les conséquences !

Des centaines de personnes, des dizaines de véhicules sur le terrain…

Léa n'est qu'un pion dans ce dispositif, même si le *motor-home* qui lui sert de loge est énorme et prouve qu'elle est une des stars du film dont une autre partie se tournera à Ensenada, au Mexique, et la fin en studio, à Los Angeles…

— Je suis sûre que tu vas aimer ma maison et que ma maison va t'aimer… Elle me parle, tu sais, me dit du bien ou du mal de telle ou telle personne, ressent les bonnes et les mauvaises vibrations… Quand je l'ai vue, ça a été comme si elle me faisait un petit signe pour me dire de m'occuper d'elle…

Je la regarde en riant :

— On est dans « Objets inanimés avez-vous donc une âme »…

— … « Qui s'attache à notre âme et la force d'aimer »…

J'en reste sans voix !

— Tu cites Lamartine ?… Moi qui croyais être un des rares à savoir d'où est tirée cette citation !…

— Eh bien, tu t'es trompé !… Étudié au lycée pendant mes cours de français… Comme quoi, parfois, les profs de langue enseignent des textes intéressants aux élèves… C'est aussi pendant ces cours que j'ai découvert *L'Écume des jours*, *L'Automne à Pékin* et *L'Herbe rouge* de Boris Vian, entre autres !

Je suis soufflé, et le mot est faible.

Nous sommes en Californie, à quelques kilomètres de Santa Barbara, et Léa Solvéni, actrice italienne vivant en France, me parle de Lamartine et de Boris Vian…

— Tu sais très bien que j'ai un amour profond pour ta langue, et être obligée de tourner certains films en anglais me donne encore plus envie de repartir vers ma Bretagne d'adoption pour y entendre des mots de français !

— Tu sais, je suis venu pour être avec toi, mais moi aussi je n'ai qu'une envie, prendre l'avion en sens inverse et découvrir une autre parcelle de ton univers…

— Tu vas adorer !

32

Aujourd'hui

Elle est retournée à Pinar del Río.

Les charrettes tirées par des chevaux côtoient toujours les vieilles américaines rafistolées avec les moyens du bord.

Une lumière entre le gris et le mauve sur la ville.

Pluie tropicale violente et passagère, gouttes presque tièdes.

Pour échapper à l'averse, elle marche sous les arcades.

Elle passe devant une boutique et se souvient : Simon y avait fait une photo étrange d'un gros ventilateur semblant observer les étagères, presque vides à l'époque…

Plus elle réfléchit et plus elle en est certaine : elle doit joindre Aurore Selvin.

Elle pourrait peut-être lui prêter sa maison de Gorée, ou l'y accueillir, si jamais elle ne tourne pas et qu'elle y est.

Elle ne sait pas si c'est une bonne idée de lui parler directement.

Aurore croit forcément que Léa est morte ! Tout le monde le croit !

Elle va penser à une mauvaise blague.

Il faut que quelqu'un lui explique ce qui est arrivé, ses erreurs de jugement, l'idée folle qui lui a traversé l'esprit parce qu'un jour, elle en a eu marre de sa vie...

Elle pourrait demander à Janet sans lui préciser où elle est, pour être certaine qu'elle n'essaiera pas de venir la rejoindre...

Trois semaines depuis son départ de Paris.

Deux phases dans sa vie récente...

D'abord, elle est heureuse de s'enfuir, de tirer un trait, se dit qu'elle sera ravie de ne plus faire de cinéma et d'être libre, libre d'exister autrement, de remettre ses pas dans ces chemins partagés avec Simon à Cuba ou ailleurs...

Elle y croit.

Sa vie va changer, elle sera elle-même et pourra aider ceux qui en ont besoin...

Quand Janet lui a demandé de l'accompagner à Gorée, elle a réalisé à quel point son existence était vide, creuse, sans références, sans but...

Et puis elle a retrouvé Simon et a eu le sentiment de vivre pour quelque chose, pour quelqu'un...

Elle n'aurait jamais pensé que sa présence réveillerait cette partie d'elle-même qui semblait endormie à jamais !

Quand elle arrive à Cuba, qu'elle retrouve les endroits que Simon et elle ont découverts ensemble, elle est certaine que cette phase va durer, à tel point que devenir infirmière ou même aide-soignante à Cayo Granma lui semble un quotidien rêvé, en accord avec ses désirs…

Maintenant, elle est dans le deuxième mouvement du concerto, le mouvement lent et triste où chaque note, chaque harmonie déclenchent un sanglot ou un soupir difficile à retenir…

Simon lui manque.

Elle qui ne supportait pas de rester sans nouvelles quand il partait faire un repérage ou tourner, elle imagine dans quel état il peut être depuis qu'il a appris sa disparition, ce suicide inventé comme s'il était indispensable à une vie d'actrice de cinéma un peu dépassée par l'ampleur de son succès !…

Comment a-t-elle pu être aussi bête, ne pas réfléchir davantage aux conséquences ?…

La première erreur date d'il y a trois ans, quand elle a décidé de se séparer de Simon sans aucune bonne raison !

Juste la sensation qu'il ne comprenait rien aux doutes qui chaque jour faisaient leur chemin dans sa tête, qu'il se fichait de ce qui la hantait, ce qui lui donnait le sentiment d'être passée à côté de sa vie, malgré les belles choses traversées grâce à ses rôles…

Peut-être que le non-tournage de *Santiago* a été, sans qu'elle le sache, un accélérateur, et que de là est née une incompréhension mutuelle qui n'a fait que s'aggraver…

Elle comptait sur *Santiago* pour sortir de son personnage, changer d'image, et le fait que le film ne se fasse pas a été plus déstabilisant qu'elle ne le croyait…

Pourtant, elle se doutait bien qu'ils allaient au-devant d'un refus des Américains, vu ce qu'ils avaient changé dans le scénario, et leur recul ne l'a pas surprise…

C'est le moment où les choses ont commencé à partir en vrille dans sa tête, elle s'en est rendu compte trop tard…

Les mots étaient dits, le mal était fait.

Elle aimerait tant revenir en arrière, rayer ces trois ans…

Simon avait vu juste.

Malgré tout ce qu'elle a pu croire et affirmer, elle est faite pour le cinéma…

Ne pas tourner lui manque autant que la présence de Simon.

Une autre forme de manque, une petite pièce qui resterait cachée et empêcherait de finir un puzzle.

Reste que l'idée de vieillir dans un monde régi par la jeunesse et la beauté est loin d'être évidente à gérer…

C'est l'éternelle histoire du miroir à qui la reine demande chaque jour de lui dire qu'elle est belle, et qui un matin finit par lui répondre qu'elle est un tout petit peu moins belle que la veille….

Juste un tout petit peu !…

Quelle drôle d'idée de fonder sa vie sur les apparences, l'image, la lumière, le factice et les paillettes…

Si Aurore peut l'accueillir à Gorée, elle va faire le point, et peut-être qu'après elle aura le courage de dire ce qui doit être dit, d'avouer qu'elle a perdu les pédales et inventé cette disparition parce qu'elle ne pouvait plus regarder sa vie en face.

En ajoutant, bien sûr, que la rupture avec quelqu'un qui lui était cher a eu beaucoup d'importance dans tout ce fatras !

Si elle est capable d'aller au bout de cette épreuve et qu'on lui pardonne sa folie passagère, elle doit à nouveau séduire Simon et croiser les doigts pour qu'il comprenne…

Pas simple !

Il a dû être anéanti par l'annonce de son suicide…

Il est forcément allé en Bretagne pour l'hommage qu'ils ont dû lui rendre quelque part sur les falaises de Cancale, puisqu'elle avait bien précisé que, si un jour hommage il devait y avoir, ça devait se passer à cet endroit.

Elle avait ajouté qu'elle ne voulait pas de tombe, pas de cimetière, juste des cendres dispersées au vent de la Manche !

Il faisait à coup sûr partie de ceux venus de Paris, mais pas à l'invitation de Janet ou de son agent…

Aucun des deux ne savait que Simon et elle étaient restés proches, et l'inviter comme s'il faisait partie des intimes ou de ceux avec qui elle avait l'habitude de travailler n'aurait eu aucun sens.

Il va se sentir humilié, trahi, se dire qu'elle ne l'a jamais jugé digne de confiance.

Peut-être qu'il a rencontré Janet.

Si c'est le cas, ou que Janet l'a joint, pas sûr que celle-ci lui en parle !

Léa sait d'avance que Janet va lui dire qu'elle est cinglée, qu'elle n'a aucune notion des risques qu'elle a pris pour faire croire à son suicide, qu'on ne peut pas prétendre qu'on est mort et ensuite dire : oups, excusez-moi, *fake news*, court-circuit dans ma tête, trop pris de drogues ou d'alcool, cerveau à l'envers…

Janet va la détester.

Léa ne sait pas qui l'a aidée, mais si Janet a dépensé de l'argent pour mettre en scène cette fable – et c'est certain qu'elle l'a fait –, elle ne récupèrera jamais ses billes !

Autre solution, elle se tait, elle contacte Aurore elle-même en croisant les doigts pour qu'elle ait la patience de l'écouter jusqu'au bout lui raconter ses délires, et elle oublie Janet…

Mais vivre à Gorée, dans son fief, fera que tôt ou tard elle sera au courant de sa présence et débarquera !

Invraisemblable, la voie sans issue dans laquelle elle a eu la faiblesse de se fourrer en pensant qu'elle s'y sentirait bien !…

En plus, et ce n'est pas anodin, elle sait qu'elle va être la risée du public et des médias, sans parler des réseaux sociaux où la rigolade va être virale !

Même ceux qui ne la connaissaient pas vont la découvrir, et dans des conditions qu'elle aurait souhaitées différentes…

Si elle est en mesure de reconquérir Simon, elle pourra peut-être le convaincre d'essayer de remettre *Santiago* sur pied sans l'aide d'un coproducteur…

Qui sait…

Avec le numérique, si on s'y prend bien, on peut faire en sorte de diminuer vraiment les budgets…

Elle a tellement aimé écrire ce film avec lui et parcourir Cuba pour trouver les bons endroits où tourner qu'avec le recul, elle trouve idiot d'enterrer un projet intéressant à cause de l'esprit étriqué de soi-disant coproducteurs américains !

33

Sa maison à Sèvres est immense.

C'est la première fois qu'elle m'invite chez elle.

Depuis que nous nous voyons, elle vient toujours boulevard Raspail…

De là, nous marchons beaucoup dans le quartier Latin tout proche, ses cinémas et ses restaurants, ses bars et ses librairies…

Certaines boutiques que j'aimais ont disparu, mais une partie du charme demeure quand on prend la peine de sortir un peu des grands axes…

Sa maison est grande comme dix fois mon appartement !

Elle en occupe un étage.

Celui au-dessus est vide, à part une pièce qu'elle a voulu transformer en atelier de peinture…

Quelques toiles abstraites sur les murs de ce qui pourrait, dans une maison normale, s'apparenter à un salon prolongé par une terrasse en pierre, dominant de plusieurs mètres le jardin qui s'étend derrière…

Des toiles et un chevalet, plusieurs grandes boîtes de tubes de peinture à l'huile, des pots, des pinceaux, des chiffons en vrac sur des planches posées sur des tréteaux…

Aucun autre meuble.

Dans le salon, à l'étage en dessous, une table de ping-pong, deux canapés et une énorme porte coulissante en bois le séparant de ce qui pourrait être une salle à manger avec, là aussi, des planches sur des tréteaux en guise de table !

— Je déteste les meubles… J'ai donné tous ceux de mes parents à Emmaüs, j'ai racheté deux trois trucs mais je n'ai besoin de rien et je vis dans ma cuisine parce que c'est pratique, et que c'est le seul endroit que je trouve sympa dans la maison…

Ce qu'elle appelle « cuisine » est divisé en deux volumes très grands, un avec l'indispensable, du réfrigérateur au four et au lave-vaisselle ; l'autre avec une banquette semi-rectangulaire entourant une vraie table en bois, face à une grande baie vitrée…

Il y a, dans le jardin de devant, une autre maison, celle des gardiens, un couple de Portugais et leur petit garçon.

Ils y vivent à l'année, prennent rarement des vacances, étaient là quand Janet a récupéré la demeure parce qu'ils gardaient déjà les lieux quand ses parents étaient vivants…

Elle trouvait qu'ils avaient de bonnes têtes, elle leur a demandé de rester.

— C'est pas un peu sinistre de vivre presque sans aucun meuble ?

Elle hausse les épaules, me dévisage l'air de dire que je ne comprends décidément rien à rien !…

À Cancale, elle m'avait déjà confié que je ne pigeais rien aux femmes ; pourquoi s'arrêter en si bon chemin ?

— C'est pas plus sinistre que de vivre entouré de choses dont on sait qu'elles ne servent à rien, ou qu'on ne les utilisera qu'une fois, qu'on les a achetées juste pour les avoir, et que depuis qu'on les a, on s'en fout !… J'ai vécu dans un luxe outrancier quand mes parents étaient de ce monde… Un jour, j'ai décidé de faire table rase…

— Et qu'est-ce qui a déclenché ça, si ce n'est pas indiscret ?

— C'est indiscret… Nous ne sommes pas assez intimes, que je sache, même si faire l'amour en écoutant Miles Davis peut créer des liens… Mais pour moi, ce n'est pas ça, être intimes… Un jour, peut-être, quand nous nous serons débarrassés des fantômes, si on y arrive !

— Tu parles de Léa ?

— Je parle de Léa et de tout ce qui se rattache à elle…

— Est-ce que c'est toi qui as hérité de la rue Bréhat ? Le notaire a dit « une amie »… Moi, j'ai décroché Le Tiercent…

— Me Machin-Chose ne te l'a pas précisé ?

— Non, secret professionnel, j'imagine… Il m'a juste parlé d'une amie… Je vois que toi aussi tu l'appelles par son pseudonyme ?

Pour le coup, elle éclate de rire…

— Je n'aime pas ces gens-là ! Certaines professions me donnent envie de m'enfuir… Les maîtres notaires et les maîtres huissiers, et aussi les maîtres avocats !... J'en ai tellement croisé grâce à mes parents, protégés en permanence par un troupeau de ces maîtres en tout genre...

— Moi aussi, ce sont mes parents qui m'ont vacciné, mais pas exactement dans les mêmes circonstances ! Dettes et factures impayées...

Elle s'approche de moi, me serre tendrement contre elle et me murmure :

— Et si on parlait d'autre chose que d'huissiers et de notaires ?

— Je ne demande pas mieux... Je te signale que cette fois, contrairement à ce qui s'est passé à La Coupole, c'est toi qui as commencé !

Je l'écarte doucement de moi, lui prends les deux mains, la regarde dans les yeux...

— Tu crois vraiment qu'elle est morte, Léa ?

Elle perd ses couleurs...

On dirait qu'elle vient de croiser le diable !

Elle retire ses mains :

— C'est quoi, ce délire ?...

— Tu as vu son corps ?...

— Bien sûr que non ! Personne n'a pu, elle avait spécifié il y a longtemps que s'il lui arrivait quelque chose, elle ne voulait personne à l'hôpital ou aux pompes funèbres !... Elle souhaitait être incinérée dans la foulée...

— Je sais, elle m'en avait parlé… Donc, si on délirait, on pourrait se dire qu'elle n'est pas morte et qu'elle est quelque part, en train de vivre une autre vie ?

Elle me dévisage, effarée :

— Tu es complètement à côté de la plaque ! On peut tout imaginer, dans ce cas-là !… Pourquoi, et surtout comment elle aurait fait ça ?…
— Elle avait des amis, de l'argent, des relations… tout est possible, *open bar* !…

Janet se décompose…

— Mais comment tu peux penser des choses pareilles ? Et pourquoi ? Surtout, pourquoi ?…
— J'en sais rien ! Parce qu'elle était mal dans sa peau, qu'elle ne se supportait plus, qu'elle se voyait vieillir, qu'elle se sentait seule… Il y a mille raisons, mais je ne crois pas une seule seconde qu'elle ait pu se suicider, et je vais même plus loin, je ne la vois pas, ne serait-ce qu'envisager de se suicider !… Jamais de la vie, pas une seconde !…
— Et, donc… ?
— Rien… Je pense tout haut…

Janet s'est assise sur la banquette de la cuisine, boit de l'eau minérale à même le goulot d'une bouteille posée sur la table…
J'ai peut-être mis le doigt où il ne fallait pas, posé la question qu'on élude, détruit les petites vibrations agréables qui commençaient à poindre entre Janet et moi…

Peut-être…

Elle repose la bouteille, se passe la main dans les cheveux, reprend la bouteille, reboit au goulot…

— Tu es un drôle de mec, quand même…

— Pourquoi ça ?

Je me suis assis sur la banquette mais de l'autre côté, en diagonale ; elle a retrouvé des couleurs…

— Il y a cinq minutes, je t'ai dit, et tu étais d'accord, que nous serions intimes une fois nos fantômes enfermés à jamais dans des oubliettes… et toi, dans la foulée, tu me demandes si Léa est vraiment morte !… Tu n'es même pas un drôle de mec, tu es à la masse !

— J'écris des films… Peut-être que cette histoire m'inspire, va savoir ?…

— Ça, pour t'inspirer, ça t'inspire ! Et maintenant, allons plus loin dans ton raisonnement… Si elle n'est pas morte, elle est où ?…

Je réfléchis une seconde, prends la bouteille d'eau sur la table, bois moi aussi au goulot, regarde de nouveau Janet dans les yeux :

— Où elle veut, au bout du monde ou à quatre pâtés de maisons, en Chine, à l'île de Pâques, à Courbevoie… Ce ne sont pas les endroits qui manquent…

— Et pour aller là où tu dis, elle avait besoin de faire croire qu'elle était morte ? Elle pouvait pas juste prendre une valise ou un sac, un passeport, une carte de crédit et de l'argent liquide, et monter dans le premier avion ?…

— C'est peut-être plus facile d'entrer dans la légende quand on meurt… Il y a des tas d'exemples, alors que décider de se mettre à l'écart, c'est pas du tout glamour !

34

Il va me rendre folle.

Je sens que ça monte.

Il n'a pas voulu rester à Sèvres, vient de repartir en train.

Il n'avait pas pris sa voiture.

On a marché jusqu'à la gare où j'étais venue le chercher, sans beaucoup parler.

Cette histoire le travaille et l'affaire est entendue : il ne croit pas un seul instant au suicide de Léa, il va tout faire pour prouver qu'il n'a pas eu lieu et la retrouver…

Comment ?

Je n'en ai pas la moindre idée.

Il ne va pas demander à la police d'ouvrir une enquête pour exhumer son cercueil et voir si elle est à l'intérieur, puisque pas de tombe, pas de catafalque, juste des cendres dans le vent…

Mais il va fouiller, chercher…

J'ai l'impression qu'ils étaient toujours en contact, qu'ils échangeaient encore…

Pourtant, tout avait bien commencé.

Le plan fonctionnait et j'étais partie pour faire découvrir à Simon quelques plaisirs !

J'allais me faire prier, mais pas trop, et petit à petit, augmenter la pression pour qu'un jour il soit brisé, désemparé parce que je serais partie, vengeance oblige…

Je n'avais pas prévu deux éléments : primo, sans le vouloir, plus le temps passe et plus je m'attache à lui, et je ne pensais pas que ça m'arriverait !

Deuzio, même si je le sentais suspicieux, je n'aurais jamais songé qu'il ne croirait pas à la mort de Léa, alors que les médias et les journaux affirmaient qu'elle avait choisi de mettre fin à ses jours, sans signes avant-coureurs.

Ils étaient séparés depuis trois ans maintenant, et dans ma tête, c'était suffisant pour passer à autre chose !

Je me suis trompée lourdement.

Je n'ai pas dit mon dernier mot.

J'ai plus d'un tour dans mon sac, mais je ne sais plus si j'ai toujours envie de le faire souffrir parce qu'au fil des jours, les désirs de vengeance se diluent, et surtout, surtout, cet attachement imprévu s'installe et me met plus que mal à l'aise…

Simon est un type bien, et lui faire du mal est loin d'être la première chose qui me vient à l'esprit quand je le vois…

J'ai envie de lui faire du bien, pour que peut-être il s'attache à moi, parce que vivre seule dans une maison de mille mètres carrés avec des millions d'euros sur des comptes en banque ne rend pas toujours heureuse…

Léa parlait souvent du vide de sa vie.

Je n'ai jamais fait allusion au vide de la mienne !

Je lui parlais de la honte et du dégoût que j'éprouvais quand il m'arrivait de penser aux agissements de ma famille, mais je n'ai jamais évoqué les abysses dans lesquels je m'enfonce, ce trou sans fond que je m'efforce de combler à travers La Main tendue et le bien que j'ai décidé de faire aux Djéma, à Gorée.

Alors je voyage, je gamberge, je lis, je peins, en tout cas j'essaie.

Parfois, je trouve le résultat intéressant, et le plus souvent, pas du tout !

Il y a des toiles que Léa aimait bien, en particulier une accrochée dans ma chambre, rouge avec comme des allées dorées, comme un chemin ou plutôt deux routes parallèles s'enfonçant dans le rouge vif…

J'ai essayé, parfois, de mélanger peintures et matières, paille, brindilles, pâtes, et quelquefois le résultat était étonnant…

C'est fou le talent de certains peintres que j'adore !

Moi, je n'en ai que très peu et j'en suis bien consciente…

Je peins pour me changer les idées, c'est tout…

La seule chose dont je ne me sors pas trop mal, c'est la manipulation, la comédie, faire croire ; mais ces temps-ci, on dirait que cette partie de ma personnalité est en perdition !…

Simon ne sait rien du parcours de mes ancêtres, rien de cet argent venu de la traite des Noirs et que je traîne comme un boulet, rien de cet esclavage béni par quelques-uns, dont mes arrière-grands-parents…

Rien de mon bug au cerveau, qui vient peut-être de là…

Combien de fois ai-je entendu mon grand-père regretter le bon temps !

J'étais trop petite pour répliquer, et mon éducation avait été fondée sur la discrétion et le respect des anciens, même s'ils étaient de sales cons…

C'est plus tard que j'ai pris conscience de ces horreurs, et que je me suis fixé comme but d'essayer de rembourser l'énorme dette laissée par les miens…

J'ai souvent pensé que j'étais à la fois une fille bien et un monstre…

C'est vrai, je n'ai jamais tué personne, mais j'ai réussi à faire le vide autour de moi, et les quelques filles ou garçons qui sont passés par mon lit parce que j'avais envie de partager avec eux quelques moments de plaisir parfois simulé, ces quelques personnes sont reparties cassées, peut-être à jamais, après avoir croisé mon chemin !

J'y aurai pris un plaisir fou.

Je serais incapable de faire le moindre mal à un animal, et ce n'est pas mon chien Lucky qui me démentirait, mais réduire quelqu'un en miettes juste par plaisir, par jeu, pour montrer que je suis plus brillante, j'adore !…

Je séduis et je détruis, depuis longtemps, sauf que maintenant je n'ai plus envie de faire du mal à Simon, comme je le souhaitais au départ !

Je voudrais qu'il raye Léa de sa mémoire, pas pour lui voler le rôle de *Santiago* mais parce que je commence à être consciente que je tiens à lui, et c'est l'une des premières fois de ma vie que j'éprouve ce sentiment…

J'aimerais que, dans *Santiago*, il puisse inclure un passage par Gorée, parce que d'après ce que je sais du film, et j'en connais quelques bribes racontées par Léa, l'héroïne est sur les traces de son amant disparu et pourrait entamer la recherche à Gorée. Suffirait d'ajouter un passage dans le scénario…

On en avait parlé plusieurs fois, avec Léa, quand on repensait à notre voyage…

Et puis, plus on parlera de Gorée, mieux ce sera…

Me Noguès m'a appelée deux jours avant Simon, et quand je suis allée le voir à son cabinet, rue de Liège, il m'a signifié que je venais d'hériter de l'appartement de la rue Bréhat !

Je ne pouvais que lui dire merci, en essayant de paraître émue !

Je sais que Léa va finir par revenir.

Je ne peux pas m'approprier le logement de quelqu'un qui est toujours vivant…

Le risque, c'est Simon.

S'il me parle de l'appartement, en me suggérant par exemple de le revendre, ou d'y passer du temps avec moi, qu'est-ce que je vais pouvoir répondre ?

Même chose s'il me propose de partager avec lui la maison du Tiercent…

Je nous vois mal installés tous les deux là-bas, et Léa arrivant un matin et nous découvrant dans ses meubles, pour peu que nous ayons décidé de les garder !

Ridicule et impossible…

Même pour lui faire du mal…

De toute façon, pour que ce genre de situation se présente, il nous faudrait déjà être ensemble ; vu l'évolution de la situation, ça n'en prend pas le chemin…

Procéder par ordre.

D'abord, tout faire pour que Simon s'attache à moi, et c'est loin d'être garanti…

Pour l'instant, je l'attire, et c'est différent…

Il faudrait déjà que j'arrive à lui sortir Mlle Solvéni de la tête, ce qui, si je suis assez maligne, peut être faisable ; mais lui prouver qu'elle est bien morte, c'est une autre histoire, compliquée, parce que nous n'avons aucune preuve !

Pas de corps, pas de lettre d'explication ou d'adieu, pas de témoignage, à part celui qu'on a inventé et qui parle d'une femme de ménage la découvrant chez elle…

Ça pourrait ressembler à l'un des plus beaux défis de ma vie, cette histoire insensée !

Tout est sa faute !

Si elle n'avait pas voulu disparaître, rien ne serait arrivé.

Mais je n'aurais pas rencontré Simon, et ç'aurait été dommage.

Maintenant, récupérer Léa, en espérant qu'elle me fasse encore confiance, et m'arranger pour qu'elle ne revienne jamais traîner par ici. Jamais.

35

Cinq ans auparavant

Après dix jours à Ensenada, dans une autre maison bordant le Pacifique beaucoup plus chaud qu'à Montecito, nous retournons à Los Angeles pour que Léa boucle son tournage...

On lui a proposé deux hôtels, le Westwood Marquis à Westwood, en bordure de l'UCLA, l'université de Californie, ou l'hôtel Beverly Hills... à Beverly Hills, à deux pas de la maison où Billy Wilder a tourné *Sunset Boulevard*. Elle a décliné les deux offres et demandé une suite au Château Marmont parce que l'endroit lui rappelle des souvenirs, et que quelques stars de la musique et du cinéma y ont souvent posé leurs sacs ou leurs amours clandestines...

Léa sait tout du Château Marmont et me raconte en détail qui faisait quoi, avec qui et quand !...

Si elle ne s'intéressait pas au cinéma à une certaine époque, question potins, elle est loin d'être en retard !...

Ça nous fait rire.

Pour la production, elle est une star, et la suite est grande, meublée à l'américaine, mais avec la vue sur Sunset Boulevard d'un côté et sur les collines de l'autre côté…

Elle a beau avoir été refaite à neuf, subsistent les vibrations, comme si l'endroit était toujours habité par quelque acteur ou actrice mythique…

J'avais découvert le Château Marmont à vingt-deux ans, quand, de San Francisco à Los Angeles, j'avais parcouru la Californie avec une amie…

Nous avions joué les parfaits touristes, le long de la Pacific Coast Highway, cette route qui longe le Pacifique du Mexique au Canada en passant par Big Sur, Carmel et Monterey…

Être aujourd'hui de nouveau dans cet hôtel, qui appartient à l'histoire du cinéma et de la musique, est assez étrange…

Elle tourne la fin du film dans le studio 20 de la Warner, à Burbank, et je décide un matin d'y aller avec elle.

Galère en arrivant à la guérite de l'entrée.

Je ne suis pas sur la liste des visiteurs, et le vigile ne veut pas me laisser entrer.

Nous avons beau être dans une voiture de la production, le mec ne veut rien savoir, et Léa n'arrive pas à lui expliquer quoi que ce soit. D'abord, il ne la connaît pas ; ici, les actrices françaises sont inconnues des Américains qui ne sont pas dans le cinéma ; et ensuite, depuis les attentats de 2001, entrer sur le moindre territoire appartenant aux médias ou au septième art relève du parcours du combattant quand vous n'êtes pas accrédité, carte à l'appui, ou que votre nom n'apparaît sur aucune liste !

Le vigile finit par appeler le studio 20. Quelqu'un du film débarque et explique à l'abruti borné que je suis le petit ami d'une des actrices et que, si elle n'entre pas, et elle n'est pas le moins du monde décidée à le faire sans moi, la production va perdre un temps fou et la facture sera lourde…

Après que la personne du film l'a menacé de lui envoyer ladite facture, le vigile finit par me laisser passer après avoir écrit mon nom sur la liste des visiteurs, en me demandant de signer en face de mon heure d'arrivée…

Léa est morte de rire.

Moi, un peu moins.

J'ai l'impression d'être un intrus et que, dans ce monde-là, on ne vit qu'avec un nom sur une liste ou un badge au revers d'une poche ou d'une veste.

Le studio est immense.

Je me retrouve d'un coup dans un de ces films des années 1940 ou 1950, me disant que peut-être je vais croiser Ingrid Bergman ou Humphrey Bogart, John Huston ou Michael Curtiz…

Si le Château Marmont fait immédiatement replonger dans les poncifs de toute une époque, que dire quand on a la chance d'être sur l'un des plateaux de tournage de films d'anthologie produits par la Warner et dirigés par des réalisateurs de légende…

Je me case sur une chaise en toile, dans un coin.

Léa m'a demandé si je préférais rester dans sa loge, dehors, une caravane immense alignée à côté d'autres véhicules identiques… mais venir à la Warner pour rester dans une loge, non merci !

Quand je recommencerai mes tournages dans l'Hexagone, je repenserai avec émotion à ce genre de moments, encore plus marquants quand on est cinéaste…

Je retrouve certaines personnes croisées sur le tournage à côté de Montecito, et même Jeffrey Davis vient me saluer, ajoutant avec un grand sourire, dans un français approximatif mais compréhensible, que Léa est formidable ; il en rajoute une couche, le pouce en l'air, au cas où je n'aurais pas bien compris !

L'équipe travaille vite.

Tout est précis, fidèle aux désirs du réalisateur et du chef opérateur secondés par une noria de techniciens…

Je compte quatre caméras synchronisées pour avoir des axes différents et, entre deux prises, Léa me précise que, pour certaines scènes tournées au Mexique, ils avaient parfois six caméras et deux drones !

Je suis vraiment un tout petit joueur, et je comprends pourquoi les acteurs français aiment rentrer à la maison après une expérience américaine, parce que, de toute évidence, on ne fait pas du cinéma de la même façon !

Surtout quand il s'agit de grosses productions, et Léa a été engagée pour être une actrice française dans une grosse production !

Je sais très bien, aussi, que beaucoup de cinéastes de la nouvelle génération tournent avec de très petits moyens pour se sentir plus libres et ne plus dépendre de certains producteurs qui se mêlent de tout, même sans savoir de quoi ils parlent !

Dans un coin du studio divisé en trois, un fond vert pour tourner des scènes où seront rajoutés des effets spéciaux.

Je suis surpris de voir avec quelle facilité Léa est capable de jouer seule mais comme si elle était face à un partenaire, ou au bord d'un précipice ou d'un toit de building…

Elle qui disait que Jeffrey Davis lui avait écrit un rôle la sortant de son image de journaliste ou d'aventurière, ou de membre de certains services secrets ; je suis étonné par le peu de dialogues et la débauche d'actions qui l'impliquent tout au long de la journée…

Pas étonnant qu'elle rêve de Bretagne et de calme…

Je sors du studio pour parcourir les lieux…

Rien ne semble avoir changé depuis les années triomphales du cinéma américain géré par Irving Thalberg, les frères Warner, Darryl Zanuck ou Samuel Goldwyn…

David O. Selznick aussi devait se sentir chez lui dans un environnement pareil, parsemé de petits bâtiments où des escaliers mènent à des salles de montage et de post-production…

J'ai, là encore, comme au Château Marmont, l'impression d'être au cœur d'un film, de découvrir pas après pas un univers qui m'a, un jour, donné l'envie de faire du cinéma…

Même si Hollywood a changé et que je croise des petits trains et des wagonnets remplis de touristes, je sens dans l'air une drôle d'ambiance, comme un prolongement de ce qui ne pourra jamais disparaître, l'âme du cinéma américain…

Ce doit être exactement le même feeling sur les terrains des studios Paramount ou Universal, touristes et petits trains ou pas…

Je croise Clint Eastwood, solitaire, un peu voûté, descendant lentement l'un des escaliers menant au premier étage de bungalows dispersés sur le terrain des studios…

J'en reste bouche bée !

Qu'on l'aime ou pas, il est l'un des plus grands acteurs et réalisateurs vivants…

Je trouve, et ça n'engage que moi, certains de ses films moins réussis que d'autres mais, dans l'ensemble, il aura marqué de son aura l'épopée du cinéma, depuis ses rôles diversement reçus dans *Dirty Harry* et autres films du même acabit, jusqu'à ses réalisations formidables, d'*Unforgiven* à *The Bridges of Madison County*…

Je le regarde s'éloigner.

Il rejoint une femme en bas des marches.

Elle le prend par le bras et l'aide à s'asseoir dans une petite voiture électrique, semblable à celles qu'on trouve sur les golfs…

C'est aussi pour des moments identiques que les touristes viennent si nombreux visiter les studios américains, juste au cas où ils croiseraient l'une des stars qui les font rêver !

Tandis que la voiturette s'éloigne, je retourne au studio, où la personne à la porte me fait un grand sourire avant de s'effacer pour que je rejoigne le tournage…

Ça change du vigile de l'entrée.

Je vis grâce à Léa des moments rares, différents de mon quotidien même s'il est, lui aussi, cinématographique…

J'en suis bien conscient, et quand elle dit qu'elle veut arrêter le cinéma, j'ai parfois du mal à la suivre…

À se demander si elle a bien la notion de sa chance ?

Mais je parle en tant qu'amoureux du cinéma…

Elle dit souvent que c'est le cinéma qui l'a choisie, et pas le contraire…

Partant de là, je peux comprendre ses envies d'autre chose, sa peur de l'instant à venir, et l'éternelle impression de n'être rien dans cet univers qui se sert de sa beauté, de son charme et de son talent pour écrire et filmer des histoires, lui donnant souvent le sentiment de la déposséder d'une partie d'elle-même…

Comme ces personnes qui ne veulent pas qu'on les prenne en photo parce qu'elles ont la certitude de se faire voler leur âme…

36

Aujourd'hui

L'autoroute depuis Paris.

Presque l'automne.

J'ai décidé de continuer mes recherches en Bretagne, dans cette maison où elle venait souvent se reposer.

Je pourrai peut-être trouver un signe, un indice…

Il fait encore beau.

Deux heures ou un peu plus jusqu'à Caen, puis direction Rennes *via* l'A84, sortie Gosné pour prendre la petite route entre champs, étang et forêts, jusqu'à la bifurcation vers Le Tiercent…

C'est une grande bâtisse en granit, au fond d'un parc.

Je suis déjà venu ici plusieurs fois, et chaque parcelle de ces murs est inscrite dans ma mémoire…

Quelle idée de me laisser cette maison !

Jamais je ne vivrai ici…

J'aime trop Paris.

Elle le savait…

Endroit sublime, pourtant.

Presque un manoir dans lequel Léa a disposé des objets, des tableaux et des photos auxquels elle tient…

Une partie rue Bréhat, l'autre ici.

J'ai l'impression d'être un voleur de vie, je ne me sens pas le droit de piétiner son univers...

Quatre chambres et une salle de bains à l'étage, une très grande double pièce au rez-de-chaussée donnant sur un jardin dont l'herbe aurait bien besoin d'être tondue, les haies taillées...

Combien de temps, déjà, depuis qu'elle s'est soi-disant donnée la mort ?

Quatre, cinq semaines ?

Je ne suis plus capable de compter, comme s'il s'était passé tant de choses, depuis Cancale et cet hommage surréaliste, que je perds la notion du passage des jours...

En fait, un peu moins de cinq semaines...

Quatre ou quatre et demi.

J'ai l'impression que c'était hier quand je suis venu ici la première fois, pour qu'elle me présente sa maison...

Déjà cinq ans, pourtant !

Nous rentrions à peine de Los Angeles et, à Montecito, je lui avais promis de l'accompagner au Tiercent...

Le tournage du film de Jeffrey Davis s'était bien terminé.

On avait même bu du Dom Pérignon sur le plateau, avec toute l'équipe, pour fêter son dernier plan, et nous étions rentrés au Château Marmont pas soûls, mais bien imbibés...

Nous avions prolongé un peu le séjour, loué une Thunderbird pour aller à Monument Valley, n'étions pas pressés.

Quand nous sommes arrivés à Kayenta pour prendre une chambre à l'Holiday Inn du coin, c'était comme le début de courtes vacances…

Le lendemain, j'ai vraiment eu l'impression de plonger dans les westerns de John Ford et de revivre le plan d'ouverture de *La Prisonnière du désert*…

Des studios de la Warner à Monument Valley, la boucle était bouclée.

Du cinéma noir aux westerns, j'avais fait le grand voyage dans l'univers d'un certain cinéma américain…

La photo est sur l'un des murs de sa chambre.

Elle ne l'a pas enlevée.

Elle et moi devant les *mesas* de Monument Valley, photo prise par un des Navajos chargés de la surveillance du parc…

Léa et moi, et les pierres rouges éternelles.

Manquent juste une diligence et un nuage de poussière pour être dans le film…

Tout est en place dans la maison.

Rien qui puisse faire penser que Léa Solvéni en avait marre de la vie.

D'autres photos de nous sur des meubles, un peu partout, comme si je vivais ici avec elle et que nous étions absents pour quelques jours…

Personne ne pourrait imaginer que nous n'étions plus ensemble…

Des images de nous, partout, et quelques photos de Léa seule…

Je me souviens lui avoir demandé qui avait pris les photos d'elle à Gorée, et qu'elle m'avait répondu « Janet »…

It's a Small World, c'est un petit monde, comme dit la chanson qu'on entend quand on fait un certain petit tour en bateau à Disneyland…

Le parcours s'appelle d'ailleurs « A Small World », je crois…

Vingt-deux ans à l'époque de ma visite dans le parc de l'empereur du dessin animé, j'ai pu oublier certains détails !

Sur son bureau, un gros agenda Mulberry en cuir.

Je le lui avais offert pour son anniversaire ou pour un Noël…

En ce monde asservi à Internet, elle continuait à beaucoup écrire à la main, dans ce gros agenda ou dans un autre Mulberry, plus petit, qui ne la quittait quasiment jamais…

Elle aimait bien noter ses rendez-vous ou ses commentaires à l'ancienne…

Son stylo est à côté.

J'ouvre le Mulberry et je parcours les dates récentes.

Quelques rendez-vous.

En marge d'une page, d'une écriture très lisible, une seule ligne : *penser à chercher une femme de ménage pour Bréhat…*

Je reste scotché, incapable de bouger, la bouche ouverte…

C'est écrit une semaine avant la prétendue découverte de son corps par sa femme de ménage…

Il y a la date en face.

Mensonge en bonne et due forme ; tout le monde a accepté cette version !

C'est écrit noir sur blanc : une semaine avant les faits, elle n'a pas de femme de ménage et elle est au Tiercent !

Toute l'histoire est bidon, truquée de A à Z par des gens compétents, capables de maquiller la disparition de quelqu'un en suicide sans que personne n'y trouve à redire !

Deux solutions.

Elle est morte assassinée, et son corps a été brûlé ou décomposé par des produits quelconques ; ou alors, elle a décidé du jour au lendemain de déguerpir, a demandé de l'aide à quelqu'un de son entourage bardé de relations et en mesure de remplir la mission.

On nage en plein polar !

Aucune preuve matérielle, à part le message dans l'agenda…

Pas de quoi ouvrir une enquête…

Juste des suspicions, et la presque certitude que Janet n'est pas étrangère à ce qui se passe…

J'hésite à en parler à la gendarmerie ou à la police…

Pas envie d'attirer l'attention avant d'avoir un peu réfléchi et cherché où elle aurait pu aller se perdre, si c'est ce qu'elle a fait.

Je n'ai pas assez tenu compte des messages entendus à l'époque où nous étions ensemble.

Trois années ont passé.

Elle a tourné quelques films, mais peut-être que le mal n'a fait qu'empirer, et qu'à un certain moment, elle n'a plus accepté que sa vie continue de la même façon…

Si Janet est au courant, elle n'en dira rien.

Si elle est l'instigatrice de cette manipulation, avec la complicité de Léa et d'autres, il ne faut surtout pas que Léa réapparaisse, parce que la vie de Janet va s'effondrer !

Mensonge, faux témoignage, dissimulations en tout genre…

Sans parler des complicités, évidentes, forcément nombreuses et haut placées, puisque en mesure de monter un dossier crédible de suicide, un certificat de décès authentique avant la crémation et la dispersion de cendres au-dessus de la Manche !

Janet est très forte.

Si elle est responsable de ce qui s'est passé, elle est douée et ne perd jamais son sang-froid, ment les yeux dans les yeux sans l'ombre d'un frémissement du visage, sans le moindre signe d'énervement…

Ceci dit, quand je lui ai demandé l'autre jour à Sèvres si Léa était vraiment morte, elle s'est décomposée, a perdu ses couleurs, comme vidée de son sang…

Quand on est une personne célèbre, la seule façon de disparaître, c'est de se cacher ou de partir loin, mais pour ça, il faut changer de tête, et celle de Léa Solvéni est très connue.

Donc, ça signifie nouveaux papiers qui correspondent à un nouveau visage, ce qui entraîne au minimum perruque ou changement de coupe de cheveux et de couleur, lunettes et accessoires qui modifient l'apparence mais doivent aussi correspondre aux photos des nouveaux papiers…

Grosse préparation en amont…

Je n'arrive pas à réaliser à quel point il faut être mal dans sa peau pour en arriver là, d'autant plus que je l'ai souvent vue depuis notre séparation, et chaque fois, elle semblait en forme.

Nous discutions beaucoup au téléphone ou dans un de nos restaurants favoris…

Je dirais même que, malgré les apparences et nos vies séparées, elle m'aimait toujours.

Pas de photo de quelqu'un d'autre dans la maison, et aucun vêtement dans les placards…

Je retrouve même des choses qui m'appartiennent et que j'avais oubliées, un jean, un pull à col roulé noir, une veste en laine très chaude que je mettais parfois pour l'accompagner dans ses balades sur les chemins entre Le Tiercent et Saint-Marc-le-Blanc…

J'erre dans cette maison que Léa souhaitait me faire aimer…

Je fais le tour du jardin et, encore une fois, je n'ai pas le sentiment que Léa n'est plus là…

Bien sûr, tout a un peu poussé, mais la maison et le parc semblent l'attendre, à croire qu'elle va un jour pointer son nez parce qu'elle aura changé d'avis et décidé de remettre ses pendules à l'heure, quel que soit le prix à payer !

37

Quatrième jour au Tiercent, et par les petites routes, je décide de retourner à la pointe du Grouin, là où avait lieu la cérémonie d'hommage à Léa.

J'ai toujours aimé Cancale et Port-Mer et cette fameuse Pointe où, les jours de tempête, l'écume monte si haut qu'on dirait de la neige !

Je me souviens que nous étions allés en voir une !

Léa avait tellement insisté que j'avais cédé, alors que j'étais moins que chaud…

Les radios demandaient de ne pas sortir, mais quand nous sommes arrivés, plus une seule place de parking, des voitures partout, mal garées, en travers, à croire que plus on leur disait de rester chez eux, plus les gens sortaient !…

Une petite fille qui marchait devant nous avait piqué une crise en voyant son chapeau s'envoler et, malgré les bourrasques insensées, un monsieur s'était précipité pour essayer de le lui rattraper…

Il avait réussi, à la grande satisfaction de l'enfant, et avait changé ses larmes en éclats de rire…

Nous avions été trempés en une minute, mais c'était dantesque, hallucinant, terrifiant !…

Quand je pense que certains sont assez idiots pour aller tout au bord des falaises pendant les tempêtes !

C'est à se demander s'ils réalisent à quel point c'est stupide, dangereux, suicidaire !

Aujourd'hui, c'est grand bleu.

Je peux même déjeuner à la terrasse d'un des restaurants de Port-Mer, cette petite plage entre Cancale et la pointe du Grouin...

Nous y sommes venus souvent.

Devant moi, la baie du Mont-Saint-Michel qu'on peut deviner, au fond, posé sur l'horizon...

Je comprends pourquoi Léa aimait tant cet endroit.

C'est une oasis, un havre de paix inattendu, comme La Roche-Torin, de l'autre côté de la baie, un autre lieu privilégié de cette côte dont on ne peut se lasser une fois qu'elle vous a touché...

Pourtant, et je sais que c'est étrange, je ne suis pas attiré par Saint-Malo, quelques kilomètres à l'ouest...

Je n'ai jamais aimé Saint-Malo, sans pourtant y être venu souvent, mais chaque fois, je me suis rendu compte que je n'aimais pas...

Aucune raison précise.

C'est comme les amours.

On aime ou pas.

Il ne faut surtout pas chercher d'explication, c'est comme ça...

J'aime Dinard, juste en face, et Dinan, sur la Rance, que Léa m'avait fait découvrir et parcourir à pied, un week-end où elle avait réussi à me décider, une fois de plus, à venir au Tiercent alors que je serais bien resté à Paris...

Personne ne peut comprendre mon amour pour Paris, mais ça ne s'explique pas.

J'aime cette ville et j'adore y être, même si je dois reconnaître que le Paris qui me faisait rêver a disparu, comme ce quartier Latin à l'origine de tant de créations et de rencontres…

Ce que j'ai pu marcher au quartier Latin !

Je faisais des kilomètres et connaissais la moindre rue, le moindre libraire, et tous ces cinémas où j'ai découvert tant de films qui m'ont fait aimer à jamais le septième art au point de lui consacrer mon existence, mes hauts et parfois mes bas, mes plus grandes joies et, de temps en temps, de douloureuses déceptions…

Sur le sentier douanier qui part sur la gauche de la plage de Port-Mer, aujourd'hui, personne…

Quand nous le prenions tous les deux, il y avait souvent pas mal de promeneurs, Léa marchait toujours devant et, en la voyant avancer le long de la Manche, je savais qu'elle revivait, qu'elle emplissait ses poumons et ses yeux, et que ça lui faisait du bien…

Je trébuche et je m'étale, sans me faire mal…

Je pense décidément beaucoup trop, à tel point que j'en oublie de regarder où je pose les pieds !

Si elle avait été là, elle n'aurait pas pu m'aider, puisqu'elle était toujours devant moi…

Je souris en me disant qu'elle est quelque part et que je vais finir par la retrouver…

Je reprends ma marche le long du sentier douanier.

J'ai moi aussi le sentiment de revivre, même si je me dis que nous n'étions qu'à quelques centaines de mètres d'ici quand l'autre jour, sous une pluie battante, ils ont dispersé les cendres de Léa…

Ou pas.

Elle rêvait d'autre chose et a bien dû aller quelque part, ou chez quelqu'un, ici ou ailleurs…

Version « soft », parce que la version « hard », c'est l'enlèvement, le viol, la séquestration, tout ce qu'on peut imaginer de pire…

Pas de demande de rançon, pas de revendication dans un monde où tout se revendique à la vitesse de la lumière…

Je n'y crois pas, je n'imagine pas la thèse crapuleuse, surtout après ces annonces de suicide et cette cérémonie…

Elle aurait disparu, on l'aurait kidnappée, il n'y aurait eu aucune femme de ménage assurant la trouver chez elle, aucune crémation ni aucune dispersion de cendres aux quatre vents…

Rien de tout ça ne ressemble à la thèse d'un crime ou d'un enlèvement.

En revanche, ça se rapproche de plus en plus d'une opération savamment orchestrée !

Quand je rentrerai à Paris, je ferai encore une fois le tour de mes archives pour voir si quelque endroit se détache, si certains détails pourraient me laisser supposer que, sur un coup de tête, elle aurait pu partir pour une destination chère à son cœur, parce que liée à des souvenirs, des tournages, des rencontres…

Elle n'est pas chez Janet, quoique à vrai dire je n'en sache rien…

Sa maison est immense et je n'ai pas visité beaucoup de pièces, à part celle de vie et la chambre.

J'ai aussi jeté un œil sur son atelier de peinture, c'est tout.

Léa pourrait être n'importe où…

Est-ce que Janet serait capable de m'inviter chez elle, de faire l'amour avec moi en sachant que Léa est à quelques mètres et que, peut-être, elle nous regarde ou nous entend ?

J'ai tendance à penser que non, mais comme je la soupçonne d'être calculatrice et perverse, manipulatrice et menteuse, pas grand-chose ne me surprendrait.

En revanche, que Léa me sache avec elle dans cette maison et ne dise rien serait plus surprenant !

C'est dans ce sens-là que je me dis que je fais fausse route.

Si Léa est cachée, ce n'est pas à Sèvres, ou alors elle est aussi perverse que Janet, elles vivent ensemble et je n'ai rien vu venir quand ça crevait les yeux…

À mon avis, elle est loin, là où elle pourrait se sentir utile, là où des organisations humanitaires auraient besoin de volontaires…

Dans ce cas, ce ne sont pas les endroits qui manquent, et je ne vois pas comment je pourrais savoir où…

Si elle l'a fait, c'est sous un autre nom et avec une autre tête.

La sienne est si connue qu'il faut qu'elle s'éloigne et change d'apparence…

C'est aussi dans un endroit avec peu de citoyens francophones, pour que personne ne fasse la liaison…

Des francophones n'auraient aucun doute ou commenceraient à se poser des questions…

Elle ne pourrait pas vivre déguisée en permanence !

Une autre identité, admettons, mais dès qu'elle enlèverait une perruque, des lunettes ou des accessoires, elle serait reconnaissable dans la seconde !

J'ai peut-être une idée.

38

Elle l'a pris avec elle au cas où, et elle a bien fait.

Elle a laissé son téléphone à Paris, en a acheté un prépayé à Cuba, mais a tous ses contacts dans son petit Mulberry.

Trop dangereux de garder un téléphone personnel…

Si allumé et à proximité d'un relais ou d'une antenne, chaque appareil est localisable.

Ceci étant, pour ça, il faudrait une enquête, qu'on la cherche, et officiellement, elle est morte.

Mais on n'est jamais trop prudent.

C'est ce qu'on apprend dans les romans policiers et les séries !

Elle note tout dans le Mulberry.

Elle a laissé le gros agenda au Tiercent, mais a recopié l'indispensable dans le petit qu'elle emmène partout quand elle tourne…

Beaucoup de gens mettent leurs contacts dans leur téléphone, mais pas Léa.

Elle a une faiblesse pour l'écriture, les stylos qu'on tient à la main, et ces feuilles blanches couvertes de signes appris à l'école, qu'on appelle des lettres !

Elle a regagné La Havane avant-hier.

Première fois qu'elle emménage à l'Hotel Nacional, superbe pièce montée de 1930, classé au patrimoine de l'Unesco, palace des palaces, témoin de la richesse et d'une ambiance qui régnait sur l'île à une époque bénie par certains Américains, dont quelques patrons du crime, une pléiade d'acteurs, des gens de la politique, du cinéma et de la musique…

Sa chambre donne sur le Malecón, la grande avenue qui longe la mer.

Comme l'hôtel a été remis à neuf en 1992, elle a l'impression d'être ailleurs qu'à Cuba, où les gens ont tant de mal à vivre au quotidien…

Pas étonnant, ce luxe désormais présent partout dans les sites touristiques, puisqu'une grande partie de l'argent de l'île provient du tourisme.

Elle regarde le Mulberry, parcourt les noms qu'elle a inscrits dans ses contacts, referme l'agenda, sort sur le balcon, contemple la mer des Caraïbes au-delà de l'entrée du port, revient dans la chambre et se dit qu'elle devrait appeler Enrique pour le prévenir qu'elle est revenue à La Havane…

Ce serait quand même la moindre des choses !

Elle l'avait contacté avant son départ, lui avait demandé s'il pouvait venir la chercher à l'aéroport en lui précisant de ne parler à personne de son voyage, absolument personne…

Elle avait ajouté qu'elle lui expliquerait en arrivant.

C'était lui qui, une nouvelle fois, lui avait trouvé une voiture pour qu'elle puisse faire son voyage…

Finalement, elle n'a pas encore utilisé le téléphone à carte…

Pour joindre qui, d'ailleurs ?

Tout le monde le sait, elle est morte et envolée, si on peut dire…

Aucune raison de se manifester, au contraire !

Enrique non plus n'a pas eu de ses nouvelles pendant sa promenade ; en arrivant, elle lui a raconté l'histoire, toute l'histoire, pour voir ce qu'il en dirait, et il a eu l'air effondré…

Il la connaît un peu, a surtout copiné avec Simon mais est capable d'écouter et de donner son avis avec franchise…

Il lui a conseillé de faire son petit pèlerinage, et après, de bien réfléchir, parce que, a-t-il dit, on ne passe pas d'un statut de comédienne célèbre à celui d'aide-soignante ou infirmière dans un dispensaire cubain comme ça, en claquant des doigts pour tourner la page d'un bouquin et changer de chapitre !

C'est une autre vie, et c'est ce qu'elle veut, il l'a bien compris, mais elle ne se rend pas compte de ce que ce changement implique !

Il a toujours été sincère et honnête, et s'il a dit ça, ce n'est pas pour rien.

Maintenant, après presque trois semaines de rendez-vous avec son passé, elle sait qu'il disait vrai…

Presque dix jours que, dans sa tête, les idées se bousculent, un pas en avant, un pas en arrière, appeler Aurore ou essayer de joindre Janet, prévenir Simon en lui avouant qu'elle regrettait leur séparation et ce coup de tête insensé…

Trois ans plus tard !

C'est ce qui s'appelle bien réfléchir, puisque ça avait été son grand mot quand ils s'étaient séparés : elle voulait réfléchir !

Une réflexion de trois années, c'est une longue réflexion…

Elle en rit toute seule !

C'est ce qu'il va lui dire, avant de peut-être lui avouer que la place est prise, qu'il est passé à autre chose, qu'une Léa *bis* ou *ter* a remplacé l'originale, qu'on ne peut pas attendre toute la vie qu'une réflexion finisse par atteindre le cerveau pour entraîner une réaction…

Me Noguès a dû informer Simon et Janet qu'ils avaient hérité de son appartement rue Bréhat et de sa maison du Tiercent…

Mais quelle brêle !

Officiellement, elle n'a plus rien !

Elle n'existe plus…

Si elle réapparaît, sûr que ces choses s'arrangeront dans la seconde, même si elle doit faire face à la justice…

Ce n'est pas ça qui l'inquiète, mais cette mélasse dans sa tête qui l'empêche de réfléchir et lui fait faire n'importe quoi !

Elle n'était pas comme ça.

C'est assez récent, ça date de leur séparation…

Elle qui savait si bien choisir ses rôles et ce qu'elle ne voulait pas faire, elle qui voulait garder les pieds sur terre pour ne pas laisser sa vie de star la bouffer, elle avait commencé à perdre pied depuis que Simon et elle n'étaient plus ensemble…

Quelle erreur !

Elle sort de sa chambre pour visiter l'hôtel…

Ce palace est unique, chargé d'histoire, et d'Errol Flynn à Ava Gardner, sans parler de Sinatra et de Meyer Lansky, elle se demande qui, de ces icônes du cinéma, de la musique, de la politique ou du crime organisé, n'a pas foulé les moquettes et tenu les rampes des escaliers somptueux menant à des couloirs sans fin…

Devant ses yeux, toute une époque.

Avec Simon, ils avaient voulu séjourner au Nacional, mais avaient dû se rabattre sur le Hilton.

L'hôtel était fermé pour une nouvelle série de rénovations.

Quand elle prend son mojito au bord de la piscine, devant la mer, c'est encore une fois l'image de Simon qui s'impose.

Elle ne s'étonne plus, c'est quand même ce qu'elle est venue chercher à Cuba, le souvenir de ces petits instants précieux vécus lors des repérages de *Santiago*…

Et chaque gorgée du cocktail lui fait mal.

À croire que la moindre touche de rhum et de menthe met de plus en plus ses souvenirs à vif…

Elle va d'abord téléphoner à Enrique pour le remercier de son aide, l'inviter à boire un verre ou à déjeuner à l'hôtel, et peut-être qu'il l'accompagnera à l'aéroport si elle prend la décision de rentrer…

Le Tiercent ou Gorée, Los Angeles ou pourquoi pas Big Sur, pour mettre ses pas dans les pas de Kim Novak sur les rochers au-dessus du Pacifique !…

Elle est incorrigible, ne peut s'empêcher de penser au cinéma dès qu'elle fait référence à certains endroits ; ce qui lui prouve bien que le cinéma et sa vie ne font qu'un, que sa prétendue envie d'arrêter de tourner n'est pas ancrée dans sa tête…

Bien sûr, au fil du temps, les rôles qu'on lui proposera seront différents, mais imaginer qu'elle puisse ne plus tourner la rend d'un coup malheureuse, une vraie déprime, un vide, un gouffre, un abîme au fond duquel elle ne veut surtout pas se voir plonger.

Elle qui voulait écrire se met à penser à la rédaction d'une histoire, d'un scénario, qu'elle pourrait diriger même sans être actrice…

Elle a bien été en mesure de le faire avec Simon pour *Santiago* !

C'est le côté comédienne vieillissante qui lui faisait peur, mais continuer le cinéma en devenant réalisatrice, pourquoi pas ?

Cet univers la fascine ; elle sait très bien comment on fait un film, a eu le temps d'observer, de se nourrir de l'expérience et du talent des metteurs en scène croisés depuis ses débuts, en France, à Londres ou à Hollywood…

39

Trois ans auparavant

Nous marchons dans l'herbe rase et la terre qu'on devine en dessous…

La Roche-Torin, langues de sable, de vase, d'herbe, mares d'eau, et cette Manche qui rejoint la Sélune en une vague adorée des kayakistes lors des grandes marées…

Et aujourd'hui, c'est grande marée…

Une centaine de personnes pour suivre la montée de l'eau à la vitesse, comme le dit la fameuse expression, d'un cheval au galop…

Et, c'est vrai, ça va très vite.

D'abord le bruit, indéfini, semblant venir et venant, d'ailleurs, de loin…

Et puis, la marée arrive et elle rencontre la rivière, et le mascaret se forme pour le plus grand plaisir des amoureux des kayaks, poussés par le flot.

J'essaie de faire quelques photos.

Pas grand intérêt, lumière pourrie.

Léa marche devant moi, presque à la limite de la vase, s'arrête, se tourne, me regarde avec un drôle d'air…

— On va arrêter… J'ai besoin d'être seule, de réfléchir…

J'ai le souffle coupé. Je ne comprends rien à ce qu'elle me raconte :

— Tu parles de quoi ?…
— De nous, je parle de nous, toi et moi, moi et toi, nous !…
— Qu'est ce qui se passe, c'est l'effet grande marée à fort coefficient ?…

Elle gesticule, ne sait pas comment expliquer ce qu'elle a dans la tête…

— Je ne rigole pas, Simon, je suis attachée à toi, je t'aime, mais ce n'est plus possible… J'étouffe !

J'ai du mal à comprendre et à croire ce qu'elle est en train de me dire :

— Mais, Léa, on ne vit pas ensemble, tu es libre, tu peux être chez toi tous les jours, je ne t'ai jamais rien imposé…
— … Je sais bien, mais parfois, quand je te vois me regarder, j'ai le sentiment que tu ne peux pas me comprendre…
— C'est à cause de *Santiago* ?
— Mais non, bien sûr que non !… Je savais aussi bien que toi que les types de Forever ne te suivraient pas avec nos changements…
— C'est quoi, alors ? Qu'est-ce que j'ai fait ? Qu'est-ce que j'ai dit ? Tout allait bien, non ? On n'a

pas fait *Santiago*, mais tu as tourné des belles choses comme le film de Jeffrey, et puis tu as un nombre invraisemblable de scénarios qui t'attendent et que tu n'as pas encore lus, et…

Elle élève la voix d'un coup :

— … Tu ne saisis vraiment pas !… J'ai beau t'en avoir parlé cent fois, je ne veux plus tourner ce qu'on me propose, et toi, ça te passe au-dessus de la tête, ça entre par une oreille et ça ressort par l'autre, comme si je n'avais rien dit !… Je ne peux plus continuer à vivre avec quelqu'un qui ne m'écoute pas ou qui n'est pas en mesure d'intégrer ce que je ressens !… J'ai l'impression de parler dans le vide ! Ce n'est pas ça, un couple ! On est supposés se soutenir, se porter, se comprendre, tout faire pour que l'autre avance, et toi, plus je te parle de certaines choses et plus tu me réponds comme si je racontais n'importe quoi !

— Mais, Léa, *tu racontes n'importe quoi* ! Je suis là, je comprends très bien que tu n'aies plus envie de certains rôles, mais tu es une des plus grandes actrices de ta génération !… Excuse-moi de n'être pas d'accord avec ton envie de tout foutre en l'air alors que beaucoup de réalisateurs n'ont qu'un désir, te diriger !… Si c'est ça ne rien comprendre, j'assume, et je revendique ! Je ne peux pas te soutenir quand tu me répètes que tu veux arrêter de faire du cinéma !!!… Excuse-moi de te trouver un talent et une personnalité hors du commun, dans ce monde où tant de fausses stars réussissent sans t'arriver à la cheville !…

Je me suis emporté et moi aussi j'ai parlé fort, au point que certaines personnes, pourtant loin, se sont retournées…

Heureusement, Léa est méconnaissable sous son bonnet enfoncé presque jusqu'aux yeux… Sinon, nous aurions fait la une des tabloïds !

Elle veut qu'on arrête de se voir !

Ça va juste ne pas être possible !…

Je l'aime depuis que je suis ado, et là, d'un coup, un jour de grande marée à La Roche-Torin, elle m'annonce qu'elle m'aime toujours, mais que c'est fini !

Nous sommes en plein délire, personne n'écrirait un scénario pareil, on crierait au fou…

La fille aime le garçon mais décide qu'il faut qu'ils se quittent parce que le garçon en question n'arrive pas à se mettre dans la tête que la fille en a marre d'être star, qu'elle veut tout envoyer balader, la starification et l'amour !

Je vais me réveiller…

Elle continue à marcher au bord de la grève, toujours à la limite de la vase.

La lumière a changé, mais je n'ai plus envie de faire des photos…

Je la rattrape…

— Tu vas me déposer à Rennes, je vais prendre le premier TGV que je trouve…

— Je ne te dis pas de partir maintenant, j'essaie de te parler, et toi, tu t'énerves et tu veux t'enfuir ?…

— Je ne m'énerve pas, je ne veux pas du tout m'enfuir, mais je ne me vois pas dormir au Tiercent en sachant qu'entre toi et moi, tu souhaites qu'il n'existe plus la moindre intimité, malgré l'amour que tu affirmes continuer à me porter !

— Je veux juste réfléchir… Je sais que si on ne se voit plus tu vas me manquer, mais il faut que je puisse penser et prendre du recul… Et puis, je vais en profiter pour lire cette pile de scénarios qu'on me…

— Tu te fous de moi ! Il y a une minute, tu me dis que tu veux arrêter de tourner, et maintenant, tu veux lire la pile de scénarios que tu as reçus ?

— Je t'ai dit que j'en avais marre de jouer toujours le même rôle, mais on ne sait jamais ; peut-être que dans la pile, il y a le personnage que je rêve de jouer depuis *Santiago* !…

D'un coup, elle éclate de rire, et moi aussi…

— Oui, je sais, ça donne l'impression que je suis folle, mais laisse-moi juste un peu de temps pour me retrouver… Il est possible qu'au bout de deux jours, je sois incapable de respirer sans toi…

— Ça peut aussi durer des semaines, ou des mois, ou pourquoi pas des années…

— Ça peut, mais je ne crois pas… Je passe une crise, et c'est toi qui prends… À moins que tu m'aimes assez pour comprendre que je ne te raconte pas d'histoires, que je n'ai pas un Mastroianni *bis* qui attend quelque part que je me débarrasse de mon fardeau, et que, dès que tu seras rentré boulevard Raspail, je me précipiterai dans ses bras !

— Je n'y avais pas pensé, mais maintenant que tu le dis, c'est vrai que ça tient la route !… Mastroianni *bis*… bon choix, la grande classe, l'élégance, le charme, tout ce que je n'ai pas…

— Pauvre con !

Nous retournons à sa voiture, elle rit toujours à moitié, et moi aussi.

Elle a besoin de prendre un peu de distance, de se retrouver seule dans ses murs au Tiercent ou rue Bréhat, je peux très bien le comprendre.

Je ne suis pas à sa place, et la pression qu'elle subit depuis qu'elle est célèbre ne doit pas être la chose la plus simple à gérer…

Moi qui pensais profiter de La Roche-Torin, je suis servi.

Elle m'en avait tellement parlé que c'est moi qui ai sauté sur l'arrivée des grandes marées pour lui proposer d'aller au Mont-Saint-Michel…

Trente minutes depuis Le Tiercent. Elle avait dit oui immédiatement, et devait savoir déjà qu'elle profiterait de l'occasion pour m'annoncer ces bonnes nouvelles !…

Elle avait déjà pris sa décision… Ça ne se prend pas sur un coup de tête, surtout après des années à peu près sans nuages…

Finalement, le seul nuage de sa vie serait son amoureux qui ne veut pas admettre son envie d'en finir avec ce qu'elle fait à merveille, jouer la comédie, à tel point que pas une actrice en France ne dégage ce qui émane de sa présence et de sa diction…

Unique et irremplaçable.

Difficile, quand on fait du cinéma, d'accepter que quelqu'un comme Léa Solvéni décide de prendre ses distances parce que vous croyez en elle…

40

Aujourd'hui

Je serai resté une semaine au Tiercent.

Après tout, c'est supposé être chez moi, maintenant, bien que je sache que ce n'est pas le cas…

Je n'en démords pas.

Léa est vivante.

J'ai d'ailleurs appelé Me Noguès pour lui demander ce qu'il se passait quand on apprenait que des gens qu'on croyait morts étaient toujours en vie, et que par mégarde, si on peut dire, on avait distribué leurs biens à des héritiers apparaissant dans un testament.

Il était un peu perdu, m'a demandé pourquoi je posais la question.

Je ne suis pas entré dans les détails, j'ai répondu que j'étais au Tiercent, chez Léa Solvéni, et que cette idée m'avait traversé l'esprit…

Mensonge !

Il a fini par me dire que, depuis qu'il exerçait, jamais ce genre de situation ne s'était présenté, et qu'il était bien embarrassé pour me répondre.

À son avis, et c'est ce que je pensais, le legs est annulé et la personne qui revient d'entre les morts récupère ses biens, pour peu qu'ils n'aient pas été vendus entre-temps !

Il se fondait sur le bon sens pour me répondre…

Avant de raccrocher, il m'avait confié que mes doutes ne l'étonnaient pas…

Lui non plus ne croyait pas à la thèse du suicide.

Ce n'était pas à lui d'en parler, ça ne le regardait pas.

Du point de vue juridique, tout était en ordre, mais c'était une impression qu'il avait eue dès que la nouvelle avait fait le tour des radios !

Jamais il n'aurait imaginé un tel événement…

Il avait vu Léa il y a peu, à la télévision ou dans un magazine, il ne se souvenait plus bien, et elle n'avait pas l'air mal dans sa peau…

Ou alors, elle était malade, même si pour l'instant ça ne se voyait pas, et faisait comme si de rien n'était, sans la moindre intention d'en parler…

Mais ce n'était pas son ressenti.

Je serai resté une semaine et j'en aurai profité pour traîner à Maen Roch, dans toute la région du Coglais, à Fougères, à Dinan, ces endroits uniques que Léa avait tenu à me faire parcourir chaque fois que nous venions au Tiercent.

Le Coglais et ses petites routes, idéales pour ceux qui aiment le vélo ou la moto…

Pas étonnant que beaucoup de champions cyclistes soient issus de Bretagne !

Le vélo est une religion par ici, les départementales s'y prêtent, offrant des montées et des descentes parfaites pour faire souffrir les cuisses et les mollets !

Une semaine à dormir sur le divan d'en bas, parce que dormir dans la chambre de Léa m'aurait gêné, comme si je violais son intimité…

La maison a beau être parsemée de nos photos, je ne m'y sens en aucun cas chez moi.

J'ai tenu à y revenir pour chercher des signes cachés de sa volonté de disparaître, si tant est que cette volonté ait pu, un jour, exister…

Quand on veut mettre fin à sa vie, j'imagine que parfois traînent des indices, des écritures, des petites phrases sur des bouts de papier ou des post-it pouvant faire penser que la personne est tourmentée et que pour elle, vivre est devenu impossible.

Dans une aile de la maison, elle s'est fait faire une petite salle de cinéma. Nous y avons regardé beaucoup de films dont un nombre important de classiques français des années 1930, 1940 et 1950, en noir et blanc, avec des acteurs irremplaçables, comme d'ailleurs les metteurs en scène et les dialoguistes de cette époque…

Sans parler des artistes chargés de la lumière, comme Henri Alekan, ou des décorateurs comme Alexandre Trauner, dont les créations inspirées donnaient, chaque fois, un petit supplément d'âme aux films sur lesquels ils travaillaient !

Elle disait ne rien connaître à l'histoire du cinéma et avait décidé de combler son retard !

Sur la table, devant l'écran, quelques films sur l'esclavage et la traite des Noirs, comme s'ils attendaient d'être visionnés…

Racines, *Amistad*, *12 Years A Slave*, *Naissance d'une nation*…

Ces films n'étaient pas là quand je venais ici avec elle.

Je me souviens très bien que nous avions un jour parlé de *Racines*, série de 1977 que je n'avais jamais vue et qui allait ressortir, remastérisée…

Nous l'avions évoquée en rentrant du Sénégal et de Gorée.

Léa avait tenu à y retourner.

Elle y avait accompagné Janet, un an avant notre rencontre rue Delambre…

Ce voyage l'avait marquée.

Ce qui pourrait expliquer ces films !

Un soir, je décide de regarder *Le Mécano de la « General »*, un Buster Keaton que j'ai raté et qui fait partie de l'histoire du cinéma…

Les conditions dans sa petite salle sont parfaites, et je découvre une copie excellente de ce chef-d'œuvre du muet boudé par la critique et le public à sa sortie et qui, des décennies plus tard, entrera dans la courte liste des films cultes !

Et j'enchaîne avec *Naissance d'une nation* de D.W. Griffith…

Film hallucinant !

Le Klu Klux Klan lui doit sa nouvelle existence puisque, quand il est sorti en 1915, le KKK était en train de s'éteindre.

Griffith lui a redonné des couleurs, en le présentant comme le sauveur des gentils Blancs assiégés et menacés par les méchants Noirs !

Beau résumé du racisme ordinaire…

Je suis sidéré par le discours de ce film fleuve que je ne connaissais pas !… Il n'y a pas d'âge pour essayer de combler des manques ou des vides, dans tous les domaines, et Dieu sait si, en ce qui concerne le cinéma, j'ai des manques…

Je passe la journée du lendemain à visionner tous les épisodes de *Racines* et, à la fin, je suis pétrifié, je n'arrive toujours pas à comprendre comment des dirigeants ont pu laisser ce trafic exister…

J'ai bien sûr le sentiment d'enfoncer des portes ouvertes en me posant ces questions, mais regarder une série comme *Racines* ne peut pas déclencher autre chose que du dégoût et de l'incompréhension !

Et si elle était retournée à Gorée ?

Je crois qu'elle avait une amie sur l'île.

Elles avaient tourné ensemble.

Ça vaudrait la peine de se renseigner ? Toute la question est : auprès de qui ?

Je pourrais y faire un saut, pour parler à ces gens qu'elle m'avait présentés à la fin de notre voyage…

J'ai oublié leur nom et pourquoi elle les connaissait, mais ça va me revenir, il suffit de dénicher un annuaire du téléphone de Gorée et de parcourir les noms un par un !

Ils ne doivent pas être nombreux.

Parmi les photos que je vois dans sa maison du Tiercent, deux pays reviennent, des pays où nous avions été ensemble, le Sénégal et Cuba…

Trois ou quatre images de notre vadrouille à Monument Valley en passant par le Grand Canyon, mais c'est tout : l'Amérique est peu présente au Tiercent.

Si je décidais de disparaître sans crier gare, où est-ce que j'irais ?

Dans un pays inconnu qui me rendrait encore plus seul que je ne le suis, vu que je n'y connais personne, ou alors dans un endroit que j'ai déjà parcouru dans tous les sens et où j'ai déjà des points de repère, des connaissances ou des amis ?

Pour moi, la réponse est évidente, mais je ne suis pas Léa…

J'irais, si je suis un peu célèbre, quelque part où je ne prendrais pas le risque d'être reconnu, une destination lointaine et non francophone…

Je garderais Cuba et j'éliminerais le Sénégal, bien que le fait d'y avoir un ou des amis puisse changer la donne !

Peut-être que je fais fausse route…

Elle peut aussi avoir décidé de faire l'inverse de ce que je viens de dire, être partie au Paraguay, en Chine, sur l'île de Pâques ou en Australie…

Si je pouvais avoir le moindre indice, ça serait plus facile pour chercher !

Je nage en plein brouillard, échafaude des thèses invérifiables et ne suis certain que d'une seule chose qui se renforce de jour en jour, et encore plus quand je repense à Janet : quand on perd une amie aussi proche, auprès de laquelle on a vécu des instants forts au long de douze années, on est dévastée et on ne se précipite pas dans le lit de l'ex-amoureux de celle à qui on était si attachée !

Sauf si on a envie de lui faire payer quelque chose et de la rendre malheureuse…

En sachant qu'elle est toujours de ce monde.

Difficile de rendre malheureux un mort.

Encore une preuve que Léa est toujours en vie.

41

Elle a bien fait de partir avec son vieil iPad.

Elle l'emmène partout.

Elle aime écrire à la main dans le Mulberry, mais se sert de l'iPad pour se connecter à Internet ; elle n'est pourtant pas allée voir si elle avait des messages depuis son départ.

Elle avait peur de signaler sa présence…

Le réseau Wi-Fi de l'Hotel Nacional fonctionne à peu près correctement.

Elle a laissé un message laconique à Aurore Selvin, il y a deux jours, mais toujours pas de réponse.

Aurore croit peut-être que c'est une blague.

Pour tout le monde, Léa est morte, et ce serait compréhensible de penser à une mauvaise plaisanterie !

Ou alors, là où elle est, elle n'a pas de réseau.

Elle a croisé, hier matin, un couple qui l'a regardée d'une façon étrange, comme si sa tête, même différente, leur disait quelque chose…

Quand elle se déplace dans l'hôtel ou en ville, elle met sa perruque et ses grosses lunettes, mais malgré son accoutrement, la femme l'a fixée un long moment pendant qu'elle buvait un expresso dans un des bars de l'établissement...

Ils auront quelque chose à raconter quand ils rentreront chez eux puisque ce sont des touristes, vu leur façon de s'habiller et de parcourir les boutiques de l'hôtel.

C'est la réflexion qu'elle s'est faite en les surveillant du coin de l'œil, quand ils ont fini par se lever après avoir payé...

Elle est en permanence sur ses gardes, n'a qu'une peur, croiser quelqu'un qui la reconnaîtrait malgré ses accessoires et ferait que son histoire tomberait à l'eau !...

La nouvelle de ses excentricités et de ses mensonges, liés, c'est sûr, à des soucis psychiatriques, se répandrait à la vitesse de la lumière...

Elle a cent quatre-vingt-trois messages qu'elle décide d'effacer sans les lire, après avoir vérifié s'il n'y en avait pas un d'Aurore en réponse au sien. Elle se demande d'ailleurs qui peut encore avoir l'idée de lui envoyer des e-mails ou des SMS, alors qu'elle est supposée être morte...

Les gens sont incroyables, ou ils n'écoutent pas les nouvelles et ne lisent plus les journaux !

Surréaliste !

Ou alors, les messages datent d'avant et elle ne les avait pas consultés...

Elle a quand même gardé un e-mail de Janet lui demandant où elle était...

Elle ne répondra pas, en tout cas, pas pour l'instant.

Elle a déjà fait le tour des possibilités concernant les vols pour aller à Gorée depuis Cuba.

Le plus pratique, c'est un vol La Havane-Madrid, et ensuite, une correspondance pour Dakar ; si Aurore se manifeste, parce que sinon, elle répondra à Janet pour chercher avec elle la meilleure solution…

Elle sait que Janet va le prendre très mal, mais la seule autre issue c'est de joindre Simon qui, pour le coup, risque lui aussi de l'envoyer se faire voir…

Quand on tient à quelqu'un, un amant ou un ami, se comporter comme elle l'a fait est impardonnable !

Elle s'en veut.

Elle était tellement perdue que réfléchir n'était pas la première chose qui lui venait à l'esprit !

Elle s'est enfermée dans un piège, une cave, une grotte, en prenant bien soin de tirer la porte derrière elle et de jeter la clé au plus profond d'un puits !

Elle est bien avancée !

Enrique l'avait prévenue…

Elle qui vient de comprendre qu'elle ne peut pas se passer du cinéma, elle va peut-être devoir faire table rase de sa carrière, tout recommencer à zéro !

Parce qu'elle ne se fait aucune illusion, c'est comme ça que ça va se terminer…

Retour au bercail et, avant tout, séjour recommandé dans une maison de fous pour voir ce qui ne va pas dans sa tête…

Son iPad vibre.

Aurore Selvin.

Réponse aussi courte que son message d'avant-hier.

Je suis à Gorée, tu viens quand tu veux, je ne bouge pas.

Elle ne lui pose aucune question, ne demande rien… une amie, une vraie !

Janet est elle aussi une amie, mais son attitude est plus ambiguë…

Léa sait très bien que Janet ne pense qu'à une chose, vivre avec elle, en dépit du fait que Léa n'aime que les hommes…

Mais Janet s'accroche, s'incruste, ne désespère pas d'arriver à ce que Léa se laisse séduire, et lui faire confiance les yeux fermés suppose une prise de risque non négligeable.

Elle l'a aidée à disparaître, a tout fait pour que son projet soit crédible, *a priori* sans rien attendre en retour…

Elle devait se douter que Léa ferait marche arrière et lui redemanderait de l'aide…

Retourner à Gorée n'est peut-être pas la bonne idée pour Léa, bien qu'elle sache qu'Aurore gardera le silence à son sujet…

C'est Janet qui l'inquiète.

Elle sait que, dans la minute où elle débarquera à Gorée, Janet sera au courant, parce que la petite fille à qui elle avait donné de l'argent pour un stylo sera sur le ponton, préviendra sa famille qui le dira à Janet…

Il vaudrait beaucoup mieux qu'elle retourne en France et se réfugie au Tiercent où, même si elle est connue, personne ne dira rien.

Ce n'est pas le genre des gens qu'elle croise là-bas et, à part pour faire quelques courses, elle n'aurait pas besoin de sortir de chez elle !

Elle pourra aussi demander à Marie de l'aider pour les courses.

Elle n'en croira pas ses yeux quand elle la verra, mais Léa lui expliquera et Marie comprendra et recommencera à s'occuper d'elle, comme elle le faisait quand elle venait quelques jours ou quelques semaines…

Elle ne met pas longtemps à se rendre compte que cette solution n'est pas la meilleure, et que plus le temps passe, plus elle s'enfonce…

À se demander si, un jour, cette histoire pourra s'arrêter…

Elle ne peut s'en prendre qu'à elle-même…

La solution Janet est peut-être la plus intelligente et la moins risquée…

Elle a réussi à la faire passer pour morte et peut très bien faire des miracles pour son retour, inventer quelque chose, une fausse information relayée sans vérification par des médias peu scrupuleux, comme un site spécialisé dans la mort bidon de gens célèbres qui aurait diffusé une intox reprise en boucle !…

Elle connaît du monde.

Ils ont pu la faire disparaître.

C'est faisable aussi dans l'autre sens.

Même après un hommage sur une falaise en Bretagne.

« Hasta Siempre » en fond musical dans le bar de l'hôtel.

C'est la version de Carlos Puebla.

Ils l'écoutaient en boucle, dans la voiture, lors des repérages de *Santiago*.

Un électrochoc, cette musique !

Léa se revoit sur la route avec celui dont jamais elle n'aurait dû se séparer !

Jamais elle n'aurait dû siffler la fin du match…

« Hasta Siempre », la chanson du Che, ce chant qui berçait leur voyage, leurs découvertes, l'autre façon de ressentir et de se remplir de l'âme de Cuba…

Rien de pire que les idées préconçues.

Rien de mieux que la vérité, quand on a la chance de pouvoir la recueillir à la source !

D'un coup lui revient l'envie de se battre et de faire *Santiago*, de reprendre l'aventure là où elle s'était interrompue faute de moyens, et surtout faute d'idées partagées par des cultures anglo-saxonnes…

Les États-Unis ont un compte à régler avec Cuba, comme ils en ont un avec le racisme et l'esclavage…

Jamais l'Amérique profonde n'admettra des vérités qui lui échappent depuis toujours… Elle pense en permanence avoir raison, et quand certains essaient de prouver le contraire ou de la prendre en défaut, elle n'est pas capable de l'admettre !

Soudain, la solution lui apparaît, claire et évidente.

Elle doit rentrer, affronter les conséquences de ses dérives et tout faire pour que Simon reprenne ce film tout seul.

Bien sûr, elle va passer pour la tarée de service, mais même si ce film doit être le dernier qu'elle fera, il faut qu'elle arrive à convaincre Simon de le tourner, et surtout de le faire en suivant à la lettre ce nouveau scénario qu'ils ont pris tant de plaisir à remanier tous les deux, comme une évidence, une route nouvelle devant leurs yeux ouverts sur une autre vérité que celle qui se prétend officielle et ne saurait être remise en question…

Les avions pour Paris sont directs et quotidiens.

Elle a gardé son vrai passeport, l'authentique, sur lequel elle s'appelle Léa Solvéni, et pourrait voyager sans perruque et sans lunettes, comme si elle revenait d'un petit voyage vers l'ailleurs, l'inconnu, ce pays attirant et curieux dont on ne revient pourtant jamais.

Ils penseront ce qu'ils veulent, ils ne vont pas la mettre en prison parce qu'elle est vivante au lieu d'être morte !

Mauvaise idée.

Elle voyagera sous le nom de Sara Clément, pour ne pas attirer l'attention à son arrivée.

C'est plus prudent.

Une fois au Tiercent, elle reprendra son identité.

Elle ne dira rien, et le chaos finira par s'estomper.

Les gens ont très peu de mémoire, ils oublient vite, ce ne sont pas les exemples qui manquent dans tous les domaines, artistiques ou politiques…

On encense un jour, on condamne le lendemain et l'inverse existe…

La roche Tarpéienne toujours si proche du Capitole.

Depuis longtemps, tout le monde le sait.

42

Dix jours que je n'ai pas revu Simon.

Dix jours sans nouvelles, ni coup de téléphone, ni message, rien…

Silence radio.

Pourtant, son petit séjour chez moi s'était bien passé.

Je commençais à me dire que lui faire du mal n'avait plus de justification.

À choisir, c'est la vie de Léa que je vais saccager, si l'envie de revenir lui passait par la tête !

Avec elle, je m'attends à tout et n'importe quoi !

Elle est partie sur un coup de folie, a décidé du jour au lendemain de mettre un terme à certains aspects de sa vie, m'a demandé mon aide et n'a même pas eu la délicatesse de me prévenir de son départ…

Tout se paie.

Je ne peux pas excuser ce genre de comportement !

Si je dois passer par Simon pour qu'elle souffre, je passerai par Simon.

Il faudrait que je sache où la trouver pour pouvoir lui raconter ma rencontre avec lui, comme je parlerais de mes amours à une copine…

Je sais que ce genre de nouvelle va lui faire mal, surtout si j'insiste un peu et lui précise que Simon et moi, c'est sérieux, qu'il était celui que j'attendais, avec qui je me sens bien, et que, contrairement à elle, je n'ai aucune raison de mettre un terme à notre liaison.

Et en plus, c'est réciproque.

Je parle pour ne rien dire pendant que je tourne en rond dans mon espèce de palais sans chaleur et sans âme.

Même pas envie de peindre.

Dans le même état que l'année de mes seize ans !

J'étais amoureuse d'un gars de ma classe.

Il voulait lui aussi faire médecine.

Il s'appelait Hadrien, avec un H comme chez Marguerite Yourcenar, et j'étais très peu concentrée sur mes cours tant j'avais le cœur en vrac quand je le regardais, assis deux tables devant moi.

Je ne voyais que sa nuque mais pensais à son visage et à cette bouche que je rêvais d'embrasser…

Lui s'en fichait, ne pensait qu'à ses futures études et se voyait déjà chef d'un service de chirurgie cardiaque !

C'était son but, et les filles, il considérait que c'était une perte de temps !

Il n'était pas de ceux qui traînaient des nuits entières dans les soirées ou les discothèques…

Il dormait avec ses bouquins et ne devait même pas imaginer lire un roman ou aller au cinéma…

Je l'avais démasqué, parce qu'un jour, on avait parlé de nos avenirs, de nos rêves et, déjà, de nos échecs…

Nous étions au self du lycée et j'avais trouvé une place à côté de lui.

Il était sympa, mais j'ai tout de suite senti que, si charme j'avais, il n'avait aucun effet sur lui !

Et il m'avait avoué que la chirurgie cardiaque l'attirait depuis longtemps, que son père avait péri dans un accident d'hélicoptère au-dessus du Sahara où il faisait la navette entre Tamanrasset et certains villages qui manquaient de tout. C'était lui qui pilotait ce jour-là, et une tempête de sable avait entraîné le blocage du moteur et l'écrasement de l'appareil.

Il vivait avec sa mère, prof de maths dans un autre lycée, et elle rêvait que son fils ait le talent de faire ce qu'il fallait pour y arriver ; il ne voulait surtout pas la décevoir !

Il était fils unique, et elle avait beaucoup de mal à se remettre de la disparition de son mari.

Alors, Hadrien se moquait bien que Janet puisse être attirée par sa petite gueule d'ange !

C'est la même chose en ce moment.

Simon s'en fout, ou s'il ne s'en fout pas, c'est l'impression qu'il donne…

J'ai tendu le piège et le piège s'est refermé sur moi !…

J'avais attrapé ma proie dans les règles mais elle s'est échappée avec un gros clin d'œil, comme si elle savait d'avance ce que je m'apprêtais à faire…

Si je décidais de me remettre à peindre, ce serait un tableau gris ou noir, de la couleur de ce que je traverse.

Moi qui croyais ne rien ressentir pour les garçons et préférer depuis longtemps les abîmer le plus possible, je suis perdue, plus le moindre repère…

Sans compter que ces disparitions parallèles pourraient me faire imaginer que Léa et Simon se sont retrouvés ; je n'ose pas imaginer par quel miracle ou quel sortilège…

Mon téléphone vibre dans ma poche.

Je suis sortie prendre l'air dans le jardin, épuisée nerveusement par ce silence de Léa et de Simon…

Rien de pire que le silence et l'indifférence qui va de pair, cette sensation de me sentir en dehors de tout, de la vie, du quotidien des autres, de leurs pensées, leurs projets…

Ça ressemble au néant, plus rien ne bouge, ne vit, plus le moindre souffle, la plus petite sensation d'existence…

Toujours le téléphone qui vibre dans ma poche, et cette flemme de le prendre et de regarder qui m'appelle.

Ils n'ont qu'à utiliser la boîte vocale.

Si c'est la fondation, ça ne peut être que Renata ou Hélène, ce sont les seules qui ont mon numéro.

Si c'est Simon, il n'aura qu'à laisser un message, et si c'est Léa, elle raccrochera sans dire un mot, parce qu'elle a toujours détesté laisser des traces sur les répondeurs…

C'est ce qu'elle m'a confié, un jour, en m'expliquant pourquoi elle voulait toujours parler directement à ses interlocuteurs ; les messages ne correspondent jamais à la vérité, parfois ils affolent, parfois ils rassurent, mais c'est rare, et elle n'a jamais aimé se confier à une machine…

Je me souviens que j'en avais ri, lui avais dit que c'était ridicule et qu'on était à une époque où les fameuses machines prenaient de plus en plus le pas sur l'humain, mais qu'on devrait vivre avec.

Le téléphone a arrêté de vibrer.

Depuis un moment, je me demande tous les jours ce que je fiche dans cette maison qui ne me ressemble tellement pas !

Ici, la seule chose qui me ressemble à peu près c'est cette vieille Jaguar de 1980, que j'ai tenu à garder malgré tous les tours qu'elle a pu me jouer…

Je m'y suis attachée, depuis le temps, et comme elle continue à faire ce que je lui demande, aucune raison de m'en séparer.

Elle m'emmène rue Jeanne-d'Arc, dans le XIIIe, à deux pas de la rue Jenner et des anciens studios de Jean-Pierre Melville, là où sont les bureaux de La Main tendue. Je n'en demande pas plus…

Quand je bouge, comme j'ai de l'argent en masse, je loue des jets ou des hélicoptères, et parfois me revient le visage d'Hadrien…

Sûrement à cause de la disparition de son père dans un de ces engins, et aussi parce que j'étais très amoureuse de lui !

Et moins je l'intéressais, plus je l'aimais…

C'est son indifférence qui a tout déclenché, cette envie de revanche, de faire aussi mal aux autres que ce que j'ai souffert à cause de lui…

Quand j'ai appris d'où venait l'argent de ma famille, mon envie de faire le bien grâce à lui a parfois compensé mes délires, sauf que, de temps en temps, ils reviennent, comme en ce moment…

Léa, c'est toi que je vais abîmer alors que je ne voulais qu'une chose, que tu partages ma vie et que tu me regardes autrement que comme une amie…

C'est toi que je vais réduire en poussière, toi à qui je vais apprendre le respect et la signification des remerciements…

Tu semblais pourtant avoir saisi mon discours au sujet de ma famille, tous ces pourris qui avaient décidé de faire fortune sur le dos des autres, cette traite des Noirs qui me hante…

Tu partageais mes sentiments, nous étions en phase, et quand je t'avais demandé de m'accompagner à Gorée, c'était pour te montrer qu'on pouvait de temps en temps essayer de renverser la vapeur en faisant un tout petit peu de bien après des siècles de souffrances.

Je te croyais intelligente et consciente, capable de faire la part des choses entre le bon et le mauvais, l'égoïsme et la gratitude, le bien et le mal, les vrais et les faux amis…

Tu m'as déçue, Léa.

Si jamais tu as la mauvaise idée de recroiser mon chemin, je te plains…

Je sais que ça va être le cas…

Il ne peut pas en être autrement.

Demain, après-demain, tu vas de nouveau avoir besoin de moi et crier au secours…

Je prends mon téléphone et regarde si quelqu'un a laissé un message.

Code 0053 et un numéro… Je cherche à quoi ça correspond…

Cuba.

43

Elle ne laisse pas de message.

Elle ne sait pas si elle n'aurait pas raccroché en entendant la voix de Janet.

Le temps de se dire qu'elle n'allait pas lui téléphoner, elle avait déjà composé le numéro, et tout d'un coup, de nouveau, le doute et le côté « à quoi bon ? »…

Elle parcourt le Malecón, seule, deux fois par jour, de l'hôtel à la forteresse, à l'autre bout du port… Elle se sent en sécurité, ignore pourquoi.

Elle voit chaque fois les mêmes gamins sur de grosses chambres à air de camions… Ils sautent dans l'eau depuis le bord et, souvent, ils lui font un signe de la main, comme s'ils disaient bonjour à une copine…

Elle se sent bien à La Havane, mais elle sait que c'est facile de se sentir bien quand on a les moyens d'être à l'Hotel Nacional…

Il faudra qu'elle pense à rendre son argent à Janet…

À Cuba, beaucoup de gens jeunes ne rêvent que d'une chose, parcourir les cent kilomètres qui les séparent de Key West, l'extrême sud de la Floride.

Ceux qui n'ont pas vécu l'avant et l'après Batista ne peuvent pas comprendre l'engouement de certains pour le Cuba de Fidel Castro…

Quand elle se promène dans les rues de La Havane, l'évidence du manque est flagrante ; qu'il s'agisse des immeubles ou des voitures, le temps semble s'être arrêté pour ne plus redémarrer…

L'argent dépensé est surtout consacré au développement du tourisme, puisque c'est lui qui permet de compenser le manque de capitaux, encore plus important depuis que l'aide fournie par l'ex-URSS n'existe plus.

Mais tout ce qu'elle a vécu ici avec Simon est inoubliable, et elle a eu, grâce à Enrique, la chance de pouvoir comprendre un peu mieux certains aspects qui lui échappaient…

C'est ce qui lui vient à l'esprit quand elle voit les grosses chambres à air…

Certains ont essayé de traverser la mer des Caraïbes cramponnés à ces énormes bouées…

Peu d'entre eux sont là pour raconter.

Sur son iPad, un e-mail de Leonardo Salvi.

Il a laissé son message pendant sa balade…

Elle ne l'a pas revu depuis ses dix-huit ans et ce premier film lui ayant ouvert tant de portes…

Leonardo, oscarisé il y a deux ans pour le meilleur film étranger, une histoire là aussi de retour, de voyage sur des traces, de pas dans des pas…

Un univers à la Tarkovski, très lent, comme si toute la vie était faite pour contempler et réfléchir…

Quand elle avait tourné ce premier long-métrage avec lui, elle qui n'était pas du tout comédienne n'aurait jamais pensé jouer dans un tel nombre de films par la suite, dont pas mal de films d'action – comme si elle en avait eu besoin pour se venger de tous ces plans si longs, à la limite de l'ennui !...

Elle ne regrette pas, surtout, qu'en parallèle ils aient vécu pendant presque deux ans une belle histoire...

Maintenant qu'elle y repense, elle se dit que c'est curieux de ne s'être jamais croisés à Cannes ou à Venise, quand elle présentait un film...

Elle a pourtant eu l'occasion de le faire une bonne dizaine de fois...

Elle lit son message.

Leonardo n'est pas au courant de sa disparition.

Elle se demande comment il a pu avoir ses coordonnées, puisqu'ils ne se sont pas recroisés depuis l'époque de ce premier film...

Étrange.

Ce n'est sûrement pas son agent... Alors qui ?

Janet ?

Aucune chance, ils ne se connaissent pas, ou alors elle ne lui a rien dit... Mystère !

Il écrit avoir un rôle important pour elle, dont il aimerait beaucoup lui parler de vive voix avant de lui faire lire la moindre page de scénario...

Il ajoute qu'il fait beaucoup de navettes entre la France et l'Italie, puisque c'est un scénariste français qui travaille avec lui, et que, malgré toutes les facilités des courriers électroniques, il aime bien être dans la même pièce que son interlocuteur pour échanger des idées...

Si elle est à Paris, il aimerait l'inviter à déjeuner ou à dîner pour lui parler du projet...

Elle hausse les épaules, rigole, et se dit qu'il aimerait peut-être aussi la séduire de nouveau !

En même temps, elle s'en veut de penser ça !

Il y a quand même des réalisateurs qui proposent des scénarios à des actrices sans penser à leur faire des avances !

Elle vient de rentrer à l'hôtel où elle a trouvé ce message…

Ça la fait sourire. À croire que tout le monde s'est donné le mot pour qu'elle continue à faire du cinéma !

Leonardo n'est pas du tout au courant de son envie de changer d'air…

Il ne sait même pas qu'elle est supposée être morte, ce qui est plus que curieux, surtout pour quelqu'un qui travaille dans le cinéma…

La preuve, l'e-mail est daté d'hier, et donc, aucune erreur possible : il ne l'a pas envoyé au moment où elle était bien portante !…

Ça montre, une fois de plus, que souvent les infos ont du mal à atteindre les gens…

Ça montre aussi que, depuis toujours, Simon avait raison en lui disant qu'une actrice comme elle ne pouvait pas, sur un coup de tête, penser à arrêter sa carrière, que ce serait du gâchis !…

Elle a eu beau tourner cinq films depuis trois ans, parce que les sujets étaient intéressants, ça ne l'empêchait pas de continuer à gamberger et à rabâcher qu'il fallait qu'elle parte à l'aventure au bout du monde pour aider les autres, que c'était sa vocation, que le cinéma ne l'intéressait pas plus que ça…

Elle se mentait, s'en rend compte aujourd'hui.

Elle se racontait des histoires : son truc, c'est le cinéma.

Elle a quand même été assez idiote pour sacrifier une histoire d'amour sous prétexte que celui qu'elle aimait ne comprenait rien à ce qui lui passait par la tête !...

Il avait raison quand il disait qu'elle délirait, qu'il en avait assez de l'entendre débiter ses salades à la sauce *je ne suis pas faite pour être actrice et le cinéma est tout sauf ce que je veux* !

Quand elle lui a dit ce qu'elle lui a sorti à La Roche-Torin, elle devait être dans un univers parallèle !

Ça n'avait ni queue ni tête !

Elle voulait soi-disant réfléchir !

Mais réfléchir à quoi ?

Tout allait bien entre eux, même mieux que bien, et elle s'était réveillée un matin en se disant qu'elle allait renvoyer Simon jouer dans sa cour, qu'il était à côté de la plaque et incapable de la comprendre...

Elle se le répète, assise sur le balcon devant le soir qui tombe sur le port de La Havane...

Elle s'est comportée comme une conne et a mis trois ans à s'en rendre compte...

C'est peut-être Leonardo qui lui a assené le coup de grâce en lui laissant ce message, parce que tout son parcours lui est revenu, la chance qu'elle a eue, et surtout ces rôles en or qui lui ont fait gagner de belles récompenses, lui permettant d'entrer dans le club très fermé des actrices qu'on s'arrache...

Elle réalise aussi qu'une amie comme Janet n'est pas une amie ; bien sûr, elle a été là pour l'aider, lui a procuré des papiers et de l'argent, a monté un pseudo-décès, mais elle aurait dû tout faire pour la raisonner, agir en sorte qu'elle ne passe pas à l'acte, n'aille pas au bout de sa démarche !

Les amis sont là pour donner les bons conseils ; ils savent qu'on les écoute et que, s'ils parlent, ce n'est pas pour rien…

Janet ne lui a jamais conseillé de continuer à penser et à vivre cinéma…

Elle n'en avait rien à faire, et ce qui l'intéressait, c'était de pouvoir mettre Léa dans son lit…

Elle relit encore une fois le message de Leonardo et se dit que c'est le moment de redevenir vivante, de prendre l'avion dans l'autre sens pour préciser quelques points, même si l'addition risque d'être salée.

Mais être bien dans sa peau n'a pas de prix.

Et régler quelques comptes non plus.

44

Les arrivées à Roissy sont le plus souvent sordides.

Peut-être à cause du décalage, huit heures depuis Cuba, ou parce qu'en une seconde, on passe du rêve à la réalité, de la bulle brillante à celle qui explose et vous trempe des pieds à la tête…

Et puis, l'aéroport a toujours été sale, surtout à l'époque de Roissy 1…

Deux files devant elle, les passeports de l'Union européenne d'un côté, les autres devant la deuxième guérite…

Elle a le cœur qui cogne.

Réveil brutal, après avoir dormi presque cinq heures dans l'avion, assez bien installée dans son siège contre l'un des hublots de première classe de l'Airbus d'Air France.

Vol direct, sans histoires.

Personne ne l'a reconnue.

Elle voyage avec son vrai faux passeport, plus vrai que le vrai.

Tout le monde n'y voit que du feu.

Elle est à deux passagers de la guérite.

C'est une fliquette…

Elle tend son passeport, que l'autre passe dans le scan.

Aucun signal sonore, ni lumière rouge.

Elle le lui rend avec un petit sourire.

— On a déjà dû vous le dire mais vous ressemblez beaucoup à une actrice de cinéma morte il y a très peu de temps... Léa Solvéni... J'aurais pu vous prendre pour elle...

— On me l'a déjà dit, plusieurs fois, mais je ne suis pas actrice, rien qu'une journaliste...

— Vous faisiez un reportage à Cuba ?

— Pas vraiment. J'en prépare un sur l'après Castro et j'avais besoin d'infos, de rencontrer des gens...

— Je vous souhaite une bonne journée !

Elle s'éloigne vers la zone de bagages pour récupérer sa valise achetée à Santiago...

Rose fuchsia, rigolote avec des roulettes et une poignée, trop grosse pour la mettre au-dessus de son siège...

Tant pis, elle va attendre près du carrousel que mademoiselle se montre.

Elle est partie à Cuba avec juste un sac, a décidé d'acheter des fringues sur place, s'est vite rendu compte que ça ne rentrerait plus dedans !

Elle avait laissé sa voiture au parking longue durée en se disant que, si elle ne rentrait jamais, quelqu'un finirait par s'occuper de sa petite Fiat 500 décapotable...

Elle a retrouvé le ticket de parking.

À sa grande surprise, il était toujours dans un compartiment de sa besace.

Elle sort de la navette devant l'emplacement longue durée, met le ticket dans la machine, paie les 130 euros demandés avec sa carte de crédit au nom de Sara Clément, récupère sa voiture poussiéreuse après un mois en plein air, colle sa valise dans le coffre et démarre sans un à-coup.

Elle hésite, mais décide d'aller directement au Tiercent.

Elle prendra de l'essence sur la route si besoin, mais son réservoir est presque plein puisqu'elle l'avait rempli avant de partir.

Des files de voitures pour quitter Roissy, comme d'habitude.

Elle va rejoindre le périphérique, récupérer l'autoroute Bordeaux-Nantes avant de bifurquer vers Rennes et sortir à Gosné, direction la petite route de Saint-Ouen-des-Alleux, Mézières, et tourner à gauche avant les grands virages, à deux kilomètres de Baillé…

Elle la connaît par cœur, l'a parcourue si souvent qu'elle pourrait presque croire qu'elle a vu le jour en Bretagne et pas en Toscane !

Des siècles qu'elle n'est pas retournée en Italie.

Elle se sent française, plus du tout italienne, la faute au presque rejet de sa famille, il y a des années, au tout début de sa carrière…

Ils n'ont jamais cru en elle, et pourtant, ils aimaient le cinéma…

Mais le cinéma sans Léa Solvéni.

Ils prétendaient que, pour qu'une fille réussisse dans ce métier-là, elle avait sûrement dû passer par les lits des metteurs en scène de tous les pays où elle avait tourné…

C'est dire le respect qu'ils lui portaient !

Elle avait décidé de mettre le holà, et plus jamais donné de nouvelles.

Elle avait appris que ses parents étaient morts quelques années plus tôt, ne se souvient même plus qui le lui avait dit…

Souvent, les parents soutiennent les enfants, font leur possible pour qu'ils puissent aller au bout de leurs envies ; mais parfois, ils n'ont qu'une idée en tête, leur mettre le plus possible de bâtons dans les roues, comme si leur vie devait être la même que la leur, leurs envies similaires…

Certains parents se projettent, s'imaginent dans le parcours de leur progéniture et rêvent pour elle de ce qu'ils n'ont pas pu atteindre par manque de moyens ou d'acharnement…

Quelquefois, aussi, les parents souhaitent que leurs enfants deviennent célèbres, peut-être pour compenser leur propre anonymat, en s'imaginant récupérer un peu de cette admiration ou de cette gloire dont leurs mômes bénéficient…

Dans d'autres cas, c'est juste une question d'argent : se croire riche par procuration…

Pour les parents de Léa, ce n'était pas le cas. Le seul bémol venait du prétendu manque de moralité des actrices et autres membres du milieu cinématographique, voire des arts en général : on ne pouvait en aucun cas atteindre une certaine célébrité sans coucher, sans se vendre…

Un souffle d'air pur.

Le Tiercent et sa maison tels qu'elle se les imagine depuis des jours, depuis son retour à La Havane…

Un manque absolu depuis presque deux semaines, depuis que la fin de son voyage l'a remise face aux priorités…

D'abord, le cinéma, bien sûr, et ensuite cet endroit, caché dans la campagne bretonne, où elle se sent tellement chez elle qu'en partir est un arrachement…

Quitter la rue Bréhat ne lui fait pas cet effet.

Elle aime bien son appartement, il lui ressemble grâce à ce qu'elle a pu y mettre d'elle, de ce qu'elle aime, de ce qui la fait vibrer, réfléchir : livres, tableaux et objets rapportés de certains tournages ; mais la vérité, c'est qu'elle n'aime plus vivre à Paris…

Plus elle en est loin, mieux elle se porte.

Elle a l'impression que sa vie s'étiole quand elle ne peut pas se dire que la nature est là, dehors, et la mer toute proche…

Simon continuait à lui parler de la capitale comme de l'endroit où tout se passe, où il faut être, même si lui détestait se montrer.

Il disait que, dans le cas de Léa, il était impensable qu'elle ne soit pas à Paris le plus possible…

Elle sait qu'il a raison.

Plus on vous voit et plus on pense à vous, dans tous les domaines, surtout artistique ou publicitaire, mais elle en est à un point où elle n'a plus grand-chose à prouver, et si on la veut, on la trouvera où qu'elle soit, la preuve, l'e-mail de Salvi…

C'est ce qu'elle pense depuis longtemps, et ce fut souvent l'objet d'âpres discussions rue Bréhat ou ici, discussions qui en général se terminaient bien mais qui pouvaient aussi dégénérer et durer des heures…

Ensuite s'enchaînaient les débats sur le cinéma et son envie de ne plus en faire !

Là, Simon et elle finissaient toujours par se faire la gueule…

Le nombre de fois où elle est partie en claquant la porte du boulevard Raspail, et lui de la rue Bréhat…

Au Tiercent, ils faisaient en sorte de ne pas se prendre la tête et y arrivaient…

Mais à Paris, c'était une autre histoire !

Dialogue de sourds.

Et pourtant…

Elle sait, en parcourant la maison, que quelqu'un est venu.

Certains objets ne sont plus à la même place…

Elle est loin d'être maniaque, mais elle se souvient très bien où étaient des choses précises, et elles ont bougé…

Comme les films sur l'esclavage dans la salle de cinéma.

Ils étaient juste devant l'écran et maintenant ils sont sur la deuxième table basse, avec *Le Mécano de la « General »* qui n'a pas réintégré son étagère où elle classe les films par réalisateur…

Pas maniaque mais ordonnée, et pour chercher une œuvre, c'est quand même plus facile s'il y a un classement, par film ou par metteur en scène…

Elle a choisi la deuxième solution.

Maintenant, elle doit contacter Marie pour une explication qui risque d'être curieuse, voire surréaliste !…

Hello, Marie !… Non, je ne suis pas morte, c'étaient de fausses nouvelles, tout va bien, d'ailleurs, vous voyez, je suis là, oui vous pouvez me toucher, c'est bien moi !…

Je vais avoir besoin que vous me rendiez service.

45

Deux semaines qu'elle est là.

Elle respire l'air qui lui manquait à Cuba et aux États-Unis, ce mélange de fraîcheur et d'humidité, cette bruine parfois et la certitude d'appartenir à cette terre, cet endroit caché sous les arbres et les collines de granit…

Marie a failli faire un arrêt du cœur !

Léa est allée chez elle, a attendu qu'elle sorte, qu'elle referme la porte de sa maison pour quitter sa voiture et s'approcher d'elle…

Marie s'est jetée dans ses bras en pleurant, balbutiant qu'elle la croyait morte et n'arrivait toujours pas à s'en remettre…

Léa lui a demandé de monter dans la Fiat pour parler, lui a expliqué toute l'histoire et lui a fait jurer de ne rien dire, même si la surprise était de taille… Il fallait qu'elle se taise et garde le silence pour l'instant !

Marie a promis.

Léa lui fait confiance.

Elle ne dira rien, l'aidera du mieux qu'elle pourra, lui fera des courses au Super U de Saint-Brice-en-Coglès pour qu'elle ait des réserves, et quand elle sera prête à reprendre une vie normale, Léa la préviendra et elles referont comme avant…

Pour l'instant, Léa a besoin d'être seule, de faire le point, de se débarrasser de ce sentiment de culpabilité qui l'habite depuis qu'elle a pris conscience du mal qu'elle a pu faire à Simon…

Elle n'a toujours pas rappelé Janet.

Elle la pense peut-être à Cuba, puisque le code du pays a dû s'inscrire sur son téléphone lors du coup de fil avorté…

Elle va lui rendre son argent, faire un virement sur le compte dont elle a récupéré le numéro quand Janet a envoyé 200 000 euros à Sara Clément…

Elle ne veut aucune dette envers elle.

Ses parents, quand elle était enfant, affirmaient que les bons comptes font les bons amis…

Janet pourrait la menacer.

La faire chanter, aucune chance, puisqu'elle va admettre s'être trompée et avoir demandé de l'aide pour disparaître…

Janet ne fera pas pression sur elle, mais pourrait lui pourrir la vie…

Elle ne sait pas trop comment, mais c'est une réflexion qu'elle se fait souvent…

Elle ne la sent pas franche…

Quelque chose la gêne de plus en plus.

Rien de clair dans son attitude…

Elle n'a jamais cédé à ses avances et elle sait que Janet lui en veut…

Un jour, elle va lui faire payer son indifférence ou plutôt sa non-attirance pour elle…

Elle doit aussi répondre à Leonardo.

Elle n'a pas encore bien réfléchi au sujet du cinéma…

Elle sait qu'elle veut continuer à faire des films, et surtout arriver à ce que Simon finisse par tourner *Santiago*.

Mais même accepter, de but en blanc, des propositions venant de réalisateurs en qui elle peut avoir confiance, pour l'instant, elle ne le sent pas…

Elle prétendait avoir besoin de réfléchir mais elle sait une chose : elle continuera son métier d'actrice si elle tourne *Santiago* ; c'est le premier film qu'elle veut et doit tourner…

Elle s'est trop investie dans l'écriture du nouveau script pour passer à côté, quitte à y investir une partie de son argent personnel…

Ce qui lui fait penser que rien n'était indiqué dans le testament laissé chez Me Noguès…

Elle n'avait mentionné que les maisons, mais pas l'argent qui dort sur ses comptes du Crédit mutuel et du Crédit agricole, à Saint-Brice et à Paris…

L'argent lui était sorti de l'esprit…

Qu'est-ce qui se passe quand quelqu'un disparaît ?

L'argent va aux enfants ou aux héritiers directs ?…

Mais dans son cas, quand il n'y a aucun enfant, que se passe-t-il ?

Elle n'a pensé à rien, a fait n'importe quoi, n'a pas imaginé les conséquences de ses actes, ni la marche arrière qu'il lui fallait enclencher maintenant qu'elle avait à peu près remis ses idées à l'endroit…

Il avait laissé un numéro de téléphone sur le message reçu à Cuba…

Trois sonneries et une voix grave au bout du fil :

— *Pronto !...*

— Leonardo ?... C'est Léa... J'espère que je ne te dérange pas ?...

— Léa ?... Mais tu es folle de poser la question... Comment tu vas ?... J'ai entendu de drôles de rumeurs qui disaient que tu étais morte... C'est quoi, cette histoire ?...

— Je te raconterai quand on se verra... C'est très compliqué, en fait, mais je te raconterai...

— Tu es sûre que tu vas bien ?... Je trouve que tu as une petite voix... Je n'ai pas eu l'occasion de te le dire depuis toutes ces années, mais bravo pour tes films... J'en ai vu plusieurs dans lesquels tu étais formidable !... Tu vois, tu ne voulais pas faire du cinéma à l'époque !... J'ai bien fait d'insister !...

Elle est assise dans un des fauteuils du jardin.

Pas un nuage.

Elle est heureuse de lui parler. Ils se sont toujours bien entendus, même si, à la fin, leur histoire était devenue un peu étrange...

— Tu sais, Leonardo, je n'oublierai jamais ce que tu as fait pour moi... Je sais que c'est grâce à toi, tout ça ! Je te le dois !...

Elle rit doucement avant d'ajouter :

— Tu vois, tu as eu raison de t'asseoir à notre table ce jour-là, même sans y être invité...

— Tu sais, quand je t'ai vue, à l'époque, je n'ai pas pu résister !... Ou je mourais sur place ou je te parlais, pas d'autre solution !

Elle continue à rire franchement.

— Toujours aussi beau parleur, le mot qu'il faut quand il faut !... Tu n'as pas changé ! C'est comme si on s'était quittés hier...

— Mais on s'est quittés hier, et on n'aurait jamais dû !... Tu vas être à Paris un de ces jours, qu'on puisse dîner et discuter de ce que j'ai dans la tête ?

— À mon avis, tu n'as pas que ton film dans la tête !

C'est à son tour de rire tout haut :

— Léa, Léa, comment tu peux dire des choses pareilles ?... Bon, d'accord, je suis toujours un grand admirateur de toi et de ta beauté, mais il y a un film derrière tout ça... Je ne vais pas essayer de te séduire à nou...

— ... Tu parles, comme si je ne te connaissais pas !!!... Je rigole, Leonardo, je sais bien que tu as quelque chose d'intéressant à me proposer, sinon, je n'aurais pas pris la peine de te téléphoner...

— Alors, on peut prendre rendez-vous tout de suite ?

— Non, pas pour l'instant !... J'étais à Cuba quand j'ai eu ton message et je viens de rentrer... J'ai quelques détails à régler avant de pouvoir venir à Paris... Je suis dans ma maison en Bretagne, et j'ignore quand je vais bouger...

— Dès que tu le sais, tu me préviens pour que je m'organise ?... Je suis beaucoup en France pour écrire le film avec un scénariste français, donc ça sera facile… J'écris le rôle en fonction de toi, tu sais !…

— OK, dès que j'ai un début de planning je te rappelle et on voit comment on fait… Je t'embrasse… Oh, j'allais oublier… Comment tu m'as retrouvée ?…

— C'est ton amie Janet qui m'a donné tes coordonnées… Elle savait que tu avais fait ton premier film avec moi… On s'est croisés dans un cocktail, il y a quelques mois… Et tu me connais, comme je ne peux pas résister aux jolies femmes et qu'elle était seule avec sa coupe de champagne, je suis allé lui parler, et c'est pendant la conversation que j'ai appris que vous étiez très bonnes amies… Voilà, le mystère est éclairci ?… Je t'embrasse, Léa… *Ciao bella !*

Janet !…

Elle était dans le vrai quand elle se demandait si la fuite venait d'elle !

Elle continue à sourire tout en buvant une gorgée d'un diabolo-grenadine préparé avant d'appeler Leonardo…

Il n'a pas changé ; il lui fait un peu penser à Vittorio Gassman, l'acteur de *Parfum de femme*, entre autres…

Question Italiens, elle en connaît un rayon…

Elle les devine, les voit venir, pourrait écrire à l'avance le moindre des mots qu'ils vont prononcer, les gestes qu'ils feront avec leurs mains, leurs sourires et leurs regards qui se veulent de braise…

Elle est restée là-bas presque jusqu'à vingt ans et, au sujet du comportement masculin transalpin, ça ouvre des horizons !

Elle a eu la chance, pour ses débuts à l'écran, de rencontrer Leonardo, parce que les pauvres filles qui tombent sur des sales cons leur faisant miroiter de beaux projets avant qu'elles se retrouvent dans des galères insurmontables, ce n'est pas ça qui manque, en Italie ou ailleurs…

Les enfoirés notoires qui se prétendent dans le cinéma pour attirer les alouettes dans leurs miroirs sont légion !

Pas besoin d'aller à Hollywood pour ça…

Une chance folle de tomber sur Salvi.

Un grand réalisateur et un type bien, même si un peu dragueur, tout en restant dans l'élégance et les bonnes manières…

Rien à lui reprocher, la grande classe…

Sans oublier qu'ensemble, ils ont fait un beau film.

Elle doit à tout prix convaincre Simon de finir *Santiago*.

En espérant qu'il lui pardonnera.

46

Deux semaines et quelques jours auparavant

0053… Cuba ! Cette garce est à La Havane… !

Ou y était…

Et moi je suis là, comme une truffe, après tout ce que j'ai fait pour elle !…

Peut-être que Laurent va encore pouvoir m'aider…

Je fixe l'écran du portable.

La liste des indicatifs téléphoniques par pays défile…

Je revérifie avant de me remettre à l'insulter tout haut…

Elle s'est bien foutue de moi !

Elle avait juré de me dire où elle disparaîtrait si jamais elle prenait le large, et pas une nouvelle pendant des semaines, jusqu'à ce coup de fil raccroché…

Je suis une bonne poire !

Je sais, ça ressemble à de l'amour, et il est supposé être désintéressé…

Sauf que le mien ne l'était pas…

J'étais prête à n'importe quoi pour elle, pour qu'elle sache que j'existais…

Et maintenant, c'est le contraire !

Qui a dit qu'on pouvait parfois confondre l'amour avec la haine ?

Elle a tout fait pour.

Elle a décroché le gros lot.

Le comble du comble, c'est que je suis à moitié amoureuse de son ex !

Quand on dit que la vie n'est rien qu'une suite de moments imprévisibles, c'est loin d'être faux…

D'abord, je la retrouve ; ensuite je m'en débarrasse.

Comme elle est déjà morte, ça ne changera rien pour elle.

En revanche, ça changera tout pour moi.

Personne ne le saura, surtout pas Simon.

Et lui, je l'aurai pour moi toute seule.

J'aurais dû faire en sorte qu'elle disparaisse à Gorée !

Sauf qu'à Gorée, je n'avais qu'une envie, qu'elle me regarde, qu'elle s'intéresse un tout petit peu à mon existence, à ma vie, à ce que j'ai essayé de faire sur place pour aider les gens de l'île à la suite des agissements de ma famille…

C'était il y a longtemps…

Il n'était alors pas question, pour moi, de faire du mal à Léa.

Je ne voyais qu'elle, je ne pensais qu'à elle qui s'en foutait, mais j'étais prête à attendre des semaines ou des mois s'il le fallait…

Je ne pouvais pas savoir, à l'époque, qu'elle deviendrait ma meilleure ennemie !

Au début, elle ne se doutera de rien.

Elle me fera confiance, je suis la reine des faux-jetons !

Je la récupère, lui fais croire qu'entre nous rien n'a changé, que je comprends très bien qu'elle avait autre chose en tête que de donner des nouvelles…

Quand on est un fugitif, le principal, c'est d'avancer, sans penser à ceux qu'on laisse derrière ; conclusion, je lui dis que je ne lui en veux pas pour son silence…

Je n'ai même pas été voir combien elle avait retiré d'argent du compte de Sara Clément…

Ça permettra peut-être de préciser certaines choses, pour peu que les devises soient mentionnées sur le relevé des opérations…

Si elle a retiré des dollars, des pesos ou des euros, tout devrait apparaître…

Mais je vais déjà poser des questions à mon cher frère…

— Police nationale, est-ce que je peux vous aider ?…

— Bonjour… Je voudrais parler au commissaire Delage… De la part de sa sœur Janet… Oui, j'attends, merci…

Même quand on appelle les flics, ils vous font patienter en musique… Je ne sais pas ce que c'est que cette daube !… Ils auraient au moins pu mettre la *Chevauchée des Walkyr*…

— … Janet ?…

— Oui, Laurent, ça va ?… Je te dérange, évidemment ?…

— Non non, pour une fois, pas du tout ; on vient juste de terminer une enquête qui durait depuis des semaines !… Enfin, quand ça sourit, ça sourit, et ça s'est dénoué d'un coup… Qu'est-ce qui me vaut le plaisir de parler à ma sœur adorée ?…

Je me racle la gorge, la bouche sèche, et me lance :

— J'ai encore besoin de ton aide… C'est assez spécial, et peut-être compliqué voire impossible pour toi… Je ne sais pas…

— Rien n'est impossible quand on sait où chercher et à qui demander… Qu'est-ce qui se passe ?

— Tu te souviens de Léa ?…

— Si je me souviens de Léa ? Non mais tu délires ? Après tout ce que tu m'as fait faire pour qu'on la croie morte ?… Et tu me demandes si je m'en souviens ?…

— Excuse-moi, je sais ce que tu as fait, mais là, j'ai un autre souci !…

— Allons bon !…

— Elle a disparu !… Elle s'est volatilisée depuis des semaines, sans prévenir, comme ça, sûrement sur un coup de flip, et l'autre jour, j'ai reçu un coup de téléphone, sans message, mais le code du pays s'est inscrit sur mon portable, avec le numéro…

— Et ?

— Et le coup de fil venait de Cuba, de La Havane…

— Et ?

Il commence à me chauffer avec ses *et*…

— Est-ce qu'il y aurait un moyen de savoir si elle est allée à Cuba et si elle en est repartie ?… Sûrement sous le nom du passeport que tu lui as fait faire, Sara Clément !…

Il prend son temps avant de répondre :

— Il faut entrer dans les ordinateurs de la police des frontières de Cuba ou avoir un contact là-bas qui peut jeter un œil…

— Tu peux faire ça ?…

Un long silence…

— Et il te faut ça pour hier, bien sûr ?

— Pour avant-hier, mon chéri… Tu es un amour…

— Oui, oui, je suis un amour, je sais !… Heureusement que je connais du monde ! Tu peux dire que tu as de la chance de m'avoir comme frangin !… Que ne ferais-je pas pour ma sœur ? Elle te rend cinglée, cette nana, c'est ça ?…

— Non, non, c'est plus du tout ça !… Elle me rendait folle il y a quelque temps, j'avoue, mais maintenant, c'est son ex qui me rend dingo !

Laurent hurle de rire si fort qu'il me déchire l'oreille gauche…

— De mieux en mieux ! D'abord la fille, et maintenant son ex… Et tu t'arrêtes où ?

— Ça m'est tombé dessus il y a quelques semaines, en Bretagne, quand soi-disant on dispersait les cendres de Léa… J'ai rien vu venir… Je voulais le séduire pour faire du mal à Léa, parce que j'avais quelque chose en travers, et c'est lui qui m'a chopée… L'imprévu total !…

— Tu me laisses la journée ?…

— Je te laisse le temps qu'il te faudra… Je trouve déjà génial que tu essaies de m'aider, je ne vais pas y mettre des conditions !…

— Je ne garantis rien… Je vais en parler à certaines personnes avec qui je bosse et qui sont capables d'entrer dans n'importe quel ordinateur de n'importe quel réseau… Normalement… parce que si ça se trouve, dans ton cas, ça peut dépasser leur domaine de compétences… Il peut aussi y avoir des pare-feu ou autres sécurités infranchissables… Mais j'en doute, ils sont plus que doués… Vingt-cinq balais, des casquettes de base-ball à l'envers et des baskets aux pieds, tu vois le tableau ; on pourrait se croire dans un blockbuster américain, avec toutes les images à la con et clichés des hackers patentés… Certains s'amusaient, pour rigoler, à entrer dans les serveurs des administrations américaines genre NSA, CIA ou FBI… Les réseaux français sont trop faciles, ça ne les amusait plus !

— Tu fréquentes du joli monde, dis-moi !

— Ils travaillent pour nous ! Heureusement qu'ils sont là pour piéger les pédophiles et les groupes terroristes, qui ont aussi des informaticiens de haute volée !…

— Tu me rappelles pour me dire si tu as des news ?

— Mais oui, ne t'inquiète pas !… Je sens l'urgence dans ta voix ! Je raccroche et je m'en occupe… Si j'ai d'autres choses à faire, je délègue pour pouvoir gérer ton problème…

— Super ! Je t'embrasse… À très vite…

Mon frère est un type formidable.

La provenance de l'argent de la famille ne lui a jamais posé de souci, contrairement à moi…

Laurent se fout de ça, profite de ses millions, copine avec des gens très peu fréquentables, c'est lui qui le dit, et se sert de son statut de commissaire pour faire le mieux possible son travail, à sa façon !

Et je me dois de reconnaître que bien des fois, sans lui, je me serais perdue…

47

Aujourd'hui

À peu près deux semaines que je suis rentré du Tiercent, avec une certitude : Léa est en vie quelque part, et il faut que je secoue ce qui me reste de méninges pour la trouver…

Paris, sûrement pas.

Le Tiercent, je sais que non.

Et si elle avait décidé de retourner à Gorée ou à Cuba ?

Elle a le monde entier à disposition ; c'est juste un choix de ma part…

Des deux destinations, si je considère que la moins risquée serait Cuba, je vais joindre Enrique…

Il sait peut-être quelque chose…

Si j'étais elle et que je décidais de partir dans un endroit que je connais un peu, j'essaierais d'entrer en contact avec les quelques personnes que j'ai pu croiser sur place, et à Cuba, le seul que Léa ait croisé, c'est Enrique ; elle avait même pris ses coordonnées au cas où elle aurait eu envie de revenir sur l'île…

Je regarde l'heure.

Il y a six ou sept heures de décalage horaire selon la saison, et il est 19 heures…

Treize heures là-bas.

Ça se tente.

La sonnerie n'en finit pas…

Je m'apprête à raccrocher quand quelqu'un répond.

C'est Enrique.

Pourvu qu'il se soit mis à apprendre le français, comme il le disait si souvent…

— Enrique, c'est Simon !…

— … Simon !… *My friend!*… Mon ami !… Je parler un peu français, vous allez voir !…

— Bravo, je suis fier de toi… Tu vas bien ? Il faut que tu reviennes à Paris pour qu'on sorte ensemble…

— Je être bientôt dans votre pays pour faire encore des repères.

— Des repérages ?

— Oui, oui, c'est ça, des repérages, toujours pour le film… C'est long, ici, pour les films… Pas beaucoup argent à Cuba… Vous comprendre ?

— Oui, oui, je comprends très bien… Et toujours pour le même film ?

— Oui, oui, toujours même film, longtemps pour préparation, des années ! je suis grand heureux de parler toi !…

— Pas grand, très heureux ! Moi aussi…

— Tu téléphonez pour dire que vous venir à Cuba bientôt ?

— Non, Enrique, je ne viens pas bientôt… Je voulais savoir si par hasard tu n'aurais pas vu Léa ? Ou peut-être qu'elle t'a téléphoné ?… Elle a disparu depuis des semaines !…

Un long silence. Qui dure, et qui dure…
J'ai ma réponse…

— Enrique, tu es toujours là ?

Avec un soupir, il finit par répondre…

— Elle était ici, vous pas savoir ?… Je croyais qu'elle dire vous… Vous deux fâchés ? Elle toute seule, et elle pas sourire… Elle demander aide de moi… J'ai trouvé voiture et elle retournée où vous avez fait repères, pardon, repérages pour film de vous à Cuba…

— Elle est allée à Santiago ?

— Oui, Santiago, c'est là que elle vouloir aller… Elle dire que triste toi pas là avec elle…

Ce qu'il me raconte me laisse sans voix. Elle est partie à Cuba pour retourner à Santiago ? Elle a refait notre voyage ? Je n'en crois pas mes oreilles… Elle est à l'ouest !… Elle se fait passer pour morte et part à Cuba pour reparcourir notre itinéraire de préparation au tournage de *Santiago* ?

On marche sur la tête !

— Enrique, elle est toujours à Cuba ?

— Non, non, elle partie il y a deux semaines je croire… Ou plus. Je plus savoir. Elle revenue La Havane pour rendre voiture et, avant voyage, elle tout raconté à moi… Elle dire à moi plus vouloir faire cinéma… Elle vouloir être infirmière ou aider médecin… Moi répondre Léa de bien penser avant de faire bêtises… Elle star chez vous, mais ici infirmière, c'est pas même chose, plus difficile… Elle était Hotel Nacional quelques jours après Santiago et elle me voir hôtel, on reparle beaucoup, moi dire elle bien réfléchir juste avant voyage Santiago, et quand revu elle après, elle dire qu'elle change d'avis, écouter moi, et rentrer France…

— Elle a pris l'avion pour Paris ?

— Oui, moi accompagné elle aéroport José-Martí pour que elle partir… Elle avoir grosse valise rose avec étoiles ! Elle plus la même tête que quand elle arrivée… Elle pas triste, lumière dans œil, elle prendre bonne décision et contente retourner dans sa maison…

— Merci, Enrique, je vais pouvoir essayer de la retrouver, maintenant…

— Elle aimer toi… Elle le dire à moi, beaucoup de fois, elle triste Simon pas là !

— Merci encore, Enrique… Tu me dis quand tu reviens à Paris, qu'on puisse se voir…

— Oui, Simon… Léa pas être contente que je te dire tout ça…

— Ne t'inquiète pas, elle comprendra que j'aie demandé et insisté…

— Au revoir, mon ami…

— Au revoir, Enrique, et à très vite j'espère…

J'ai été bien inspiré, si on peut dire, ou alors j'ai eu la chance des enquêteurs débutants…

La bonne nouvelle, à part le fait qu'elle soit toujours en vie, c'est qu'elle a pris l'avion de Paris il y a deux semaines, et si ça se trouve, elle est partie ailleurs, juste une escale avant un autre endroit, mais je n'ai pas cette impression…

Si elle décide de rentrer à Paris, ça veut dire qu'elle a renoncé à disparaître, qu'elle va rester en France pour l'instant et refaire surface après avoir expliqué qu'elle était fatiguée et déprimée…

Tout le monde comprendra…

Ce qui est certain, c'est qu'on va beaucoup parler d'elle dans les jours ou les mois qui viennent !

Elle est rentrée il y a deux semaines ou un peu plus ?

Je suis revenu du Tiercent il y a quatorze ou quinze jours, maintenant…

On aurait pu se croiser !

Je suis arrivé à Paris juste au moment où, peut-être, elle retrouvait sa maison…

Si elle est de nouveau en France, elle est là-bas…

Question incognito, Paris est beaucoup trop dangereux…

Au Tiercent, elle a le temps de se remettre de ses émotions, de récupérer du décalage et, surtout, elle ne va pas croiser certaines personnes à éviter tant que les événements n'ont pas repris un cours normal…

Janet doit être au courant.

Ou pas du tout.

Elle l'a aidée à disparaître, j'en mettrais ma main au feu, mais je doute qu'elle sache où elle est…

Ou alors, elle cache bien son jeu…

Ceci dit, je ne l'ai pas vue depuis presque trois semaines, à croire que cette brève aventure n'était due qu'au hasard…

Elle ne me manque pas plus que ça…

Même si ces quelques moments passés ensemble étaient plus qu'agréables, cette fille n'est pas claire et ça me dérange ; d'après moi, elle sait depuis le début que Léa est vivante, n'en dit rien, à se demander si elle compte le faire un jour…

Mais une amie est une amie, et les amis se couvrent, se protègent…

Elle la sait vivante et n'a aucune hésitation en ce qui me concerne, à croire qu'elle souhaite que Léa soit au courant de notre brève rencontre pour lui faire du mal…

Ce sont les déductions de Simon Colombo…

J'ai peut-être tout faux.

On peut aussi imaginer que Léa ait demandé de l'aide à quelqu'un que je ne connais pas.

Depuis trois ans que nous ne sommes plus ensemble, elle a dû rencontrer nombre de gens susceptibles de l'aider à disparaître…

Je vais appeler Janet pour voir ce qu'elle va me dire…

Si elle parle, parce que question silence, elle est très douée…

Je vais l'attaquer de front.

D'abord, lui annoncer que je sais que Léa est en vie, qu'elle est partie à Cuba et qu'elle est rentrée en France depuis deux semaines…

Ça risque de lui faire un choc !

Sauf si elle est au courant de tout, de Cuba, de Santiago, de son retour, et que toutes les deux se sont acoquinées pour mener en bateau les gens avec lesquels elles avaient envie de jouer…

48

Sixième fois, aujourd'hui, que ce téléphone sonne dans la maison.

C'est la ligne normale, celle qui passe par la Livebox…

Et, pour la sixième fois, elle ne répond pas.

Personne ne sait qu'elle est là, à part Marie, et Marie ne téléphonerait pas.

S'il se passe quoi que ce soit, c'est Léa qui la joindra ou qui prendra son vélo pour aller la chercher, mais elles ont dit aucun coup de fil.

Marie le sait.

Ça ne peut pas être Simon.

Il la croit morte, donc c'est forcément Janet.

Et pour l'instant, elle n'a pas encore réfléchi à ce qu'elle va lui dire.

Elle n'a pas fait le point dans sa tête, pas question d'échanger avec elle…

Peut-être qu'elle changera d'avis plus tard.

Tout dépend de son comportement.

Elle a vu quand même, en allant faire un tour sur certains réseaux sociaux, que sa pseudo-disparition semblait avoir ému beaucoup de gens…

Elle ne s'était jamais vraiment rendu compte de l'attachement que certains pouvaient éprouver pour elle.

Elle trouve ça touchant…

Quand ils apprendront son tour de passe-passe, les commentaires risquent de changer et les compliments de se transformer en insultes…

Elle a voulu jouer, elle est responsable de ses choix et les assumera.

Elle a remis sa perruque et ses lunettes pour aller deux fois, à Cancale, manger des huîtres sur la rampe qui descend vers la mer.

Elle n'aurait jamais dû, elle en est consciente, mais elle n'a pas pu s'en empêcher…

Elle y pensait depuis Cuba, depuis le premier jour là-bas : les fruits de mer de sa région d'adoption lui manquaient…

Comme un fix pour un drogué !

Personne ou très peu de monde en ce début d'automne, et les huîtres toujours aussi bonnes.

Assise les pieds dans le vide devant les parcs à huîtres, elle a profité du moindre souffle d'air, du moindre goût dans sa bouche…

Elle s'est revue au même endroit avec Simon, s'est même souvenue de la date précise où elle lui avait demandé s'il connaissait Cancale et s'il aimait les huîtres…

Encore le téléphone.

Presque une fois par heure.

On dira ce qu'on veut, si c'est Janet, elle est acharnée…

Elle l'a déjà invitée au Tiercent, jamais rue Bréhat, et elle connaît sa maison de Sèvres, aussi agréable qu'une glacière…

Comment cette fille peut-elle vivre dans un endroit pareil ?

Par fidélité pour ses parents ?

Elle en doute.

Elle déteste toute sa famille, du sol au plafond, du XVIIe au XIXe siècle, elle les hait et méprise tous ses ancêtres !

Elle lui en a souvent parlé.

Quand elles ont visité la maison de Gorée, celle que Janet a achetée et fait refaire pour aider cette famille, elle avait encore une fois raconté à Léa la honte qu'elle éprouvait en repensant à cette période de traite des Noirs, combien elle se sentait sale, à quel point elle avait envie de s'arracher la peau, comme si, ce faisant, elle allait enlever de son sang et de sa mémoire la moindre trace de cette ignominie…

Elle avait pensé, à une époque, donner toute sa fortune à des œuvres, et puis, après réflexion, elle avait estimé qu'elle pourrait davantage faire le bien en gérant elle-même l'utilisation de l'argent !

C'est bien joli de faire un chèque ou un virement à une œuvre, disait-elle, mais on ne sait jamais comment les fonds seront utilisés, s'il n'y a pas quelqu'un de malhonnête qui va se servir au passage…

D'où l'idée de sa fondation et de cette maison achetée et refaite pour les Djéma…

Une goutte d'eau, pour elle…

Elle lui avait aussi confié qu'elle était prête à financer les études de la petite fille aux crayons, Alice, qui lui disait, chaque fois qu'elle la voyait, qu'elle voulait être docteur, comme elle…

Janet doit être quelqu'un de bien, peut-être détraquée par moments ou insatisfaite de n'avoir pas ressenti la moindre réciprocité dans l'amour qu'elle portait à Léa…

Elle va essayer d'être de nouveau amie avec elle.

C'est écrit.

En plus, ça ne fait pas si longtemps que ça qu'elle a pris la décision ridicule et irréfléchie de tout envoyer promener et de partir…

Il n'y a donc pas la moindre chance pour que Janet n'éprouve plus pour elle cette amitié amoureuse dont elle aimerait qu'elle évolue vers l'Amour avec un grand A.

Elle aurait bien aimé faire partie de sa fondation La Main tendue.

Pour donner un autre sens à sa vie.

Pourquoi n'en a-t-elle jamais reparlé à Janet ?

Elle ne peut pas répondre.

Son existence est tellement partie en vrille depuis trois ans qu'entre sa séparation d'avec Simon, les films qu'elle avait signés et qu'elle devait tourner, elle n'est jamais passée à l'acte, n'a jamais demandé à Janet comment intégrer cette fondation…

Et puis, peut-être qu'inconsciemment, elle freinait des deux pieds, en sachant très bien ce que Janet avait dans la tête…

Pour se faire du bien elle décide de regarder pour la énième fois *Un été 42* de Robert Mulligan, film sur l'amour impossible entre un adolescent et une jeune veuve de guerre sublime, interprétée par la somptueuse Jennifer O'Neill…

Se laisser emporter par les images et la musique envoûtante de Michel Legrand est une des joies dont elle mesure l'intensité quand elle s'installe en boule dans le divan de sa petite salle de cinéma.

Au moins, là, elle peut zapper ce téléphone qui voudrait bien lui pourrir la vie mais dont elle peut oublier la sonnerie, blottie sous un plaid face à l'écran où défilent les paysages uniques des dunes de Nantucket…

Elle pourrait passer des jours dans cette salle de cinéma.

Elle avait même entraîné Simon dans ses marathons…

Des jours et des semaines, pourquoi pas…

Comme lors d'une invitation au Festival du film américain de Deauville, il y a quelques années…

Elle commençait à regarder les films à 10 heures, n'arrêtait qu'une heure au moment du déjeuner, vers 13 heures, et recommençait jusqu'à minuit…

Du bonheur !

Elle a un jour, sur les conseils d'un ami, visionné *Voyage à travers le cinéma français* de Bertrand Tavernier, et à la suite de ce coup de foudre, a décidé d'acheter tous les films dont il parlait dans ce documentaire formidable, pour continuer à combler ses manques…

Elle a fait une razzia chez Renoir, Becker, Duvivier, Decoin, Dréville, Autant-Lara, Melville, Christian Jaque, Clouzot, Tati bien sûr et tant d'autres qu'elle ne connaissait pas, dont elle avait vaguement entendu parler mais qui, grâce à Tavernier, avaient rempli les étagères de son cinéma privé…

En regardant *Voyage*…, elle avait mis le doigt sur ses lacunes, immenses, insondables, aussi bien pour le cinéma français que pour le cinéma américain ou russe.

Même le cinéma italien, c'était un comble, ne l'avait pas vraiment interpellée quand elle était plus jeune…

Elle s'était efforcée de rattraper son retard et avait découvert Visconti, Fellini, Rossellini, Risi, De Sica…

Elle avait par exemple trois versions du *Voleur de bicyclette*, parce qu'à chaque fois qu'il en sortait une nouvelle édition, soi-disant améliorée par rapport à la précédente, elle se précipitait pour l'acheter…

Un de ses films préférés avec *Quand passent les cigognes* de Kalatozov…

C'était peut-être à cause de – ou grâce à – ce documentaire de Tavernier qu'elle avait commencé à être beaucoup plus exigeante, qu'elle n'avait plus voulu se laisser enfermer dans des personnages insipides, momifiés, convenus, sans relief, comme si sa palette ne contenait pas plus d'une ou deux couleurs, alors qu'elle rêvait d'arcs-en-ciel !

49

— Tu me mens depuis le début ! Tu me balades, tu fais comme si elle n'existait plus et tu trouves normal de coucher avec moi puisque, depuis le temps que nous ne sommes plus ensemble, il serait logique que je trouve quelqu'un !… Et tu te prétendais amie avec elle ?… Jolie mentalité, rien à dire, chapeau bas, la grande classe, l'élégance sous toutes ses formes !…

Un très, très long silence et, enfin, quelques mots…

— Bonjour, Simon… Merci de daigner me téléphoner pour prendre de mes nouvelles… Je ne vois pas bien à propos de quoi tu t'énerves… Ça va faire trois semaines que tu es parti de la maison, pas un coup de fil, pas un e-mail, pas un SMS, et là, d'un coup, tu m'agresses ?… Tu me parles de quoi ?…

Je ne peux pas retenir un énorme éclat de rire :

— De quoi je parle ?… Tu me demandes de quoi je parle ?… Mais tu te fous vraiment de ma gueule !… Et en plus, tu joues le rôle de la fille qui enterre et pleure sa copine alors que tu sais que ce ne sont que des conneries ?…

C'est à son tour de rire…

— Mais ma parole, Simon, tu délires, il faut te calmer !… Tu fais allusion à Léa, c'est ça ?…

— Non mais, Janet, les bras m'en tombent ! Tu débites, sans broncher, toujours le même discours, surtout ne pas changer une histoire qui fonctionne !… J'hallucine ! J'ai déjà croisé des cinglés dans ma vie, mais là, on est dans la stratosphère, les Jeux olympiques, aucune concurrence à l'horizon !… Tu devrais écrire des films, tu sais, je suis sûr que tu imaginerais de belles histoires à dormir debout !…

Encore un long silence et quelques rires étouffés au fond du téléphone…

— Tu as le culot de me dire que je devrais écrire des histoires ? Mais, mon cher, le cinéma, c'est ton domaine, la preuve, tu m'appelles et tu me racontes un truc qui n'a ni queue ni tête à propos de quelqu'un qui a mis fin à ses jours et dont, je te signale, tu es séparé depuis plus de trois ans maintenant !… Si on t'écoute, elle ferait partie du monde des revenants ?… C'est bien ça, le pitch du film ? C'est bien ça ou c'est encore pire ?… Si je résume, tu penses que Léa n'est pas morte, que c'était un enterrement bidon et que je suis responsable de tout ce qui se passe ? Je me trompe ?…

— Parce que tu continues à nier l'évidence ?

— L'évidence ?… Mais quelle évidence ?… Elle est morte, elle s'est suicidée et a souhaité qu'on disperse ses cendres au-dessus de la Manche, près de Cancale !… Tu te souviens ? Tu y étais, et moi aussi, et quelques autres personnes avec nous !… Donc, ils sont tous complices, tous au courant et venus les uns et les autres, sans exception, lui rendre hommage et redire aux médias et aux gens que Léa Solvéni était irremplaçable, en sachant très bien que c'était une mise en scène ??!… Des figurants, en fait, payés par la production ! On n'est pas dans un film, Simon, Léa est morte, il va quand même falloir que tu t'y fasses, que ça te rentre dans la tête une fois pour toutes ! En ce qui nous concerne nous deux, tu m'as plu, c'est le hasard qui nous a fait nous rencontrer, rien n'était prémédité…

Encore un très long silence et, beaucoup plus calme, je finis par répondre :

— Tu m'as fait croire qu'elle était morte… Tu le *leur* as fait croire ! Tu as tout monté avec elle, parce qu'elle te l'a demandé, t'a suppliée de l'aider, et tu t'es arrangée, je ne sais pas comment, mais quand on dispose d'autant d'argent que toi, plus rien ne m'étonne ; bref tu t'es débrouillée pour qu'elle puisse passer pour morte, et ça a fonctionné !… Là, j'avoue, je suis bien obligé de m'incliner, de dire bravo !… Leçon de manipulation et de fausses infos en tout genre !… Tu devrais ouvrir une agence ou un cabinet, puisque tu prétends que tu es médecin… Tu ferais fortune, même si tu n'as pas besoin d'argent !

— Tu es conscient de ce que tu dis ?… Tu crois qu'on peut faire disparaître quelqu'un comme ça, faire croire qu'il est mort et aller jusqu'à l'incinérer avant de disperser ses cendres ?… Tu t'imagines la logistique, l'organisation ? Tu me prends pour Donna Corleone ?…

— Toi, non, mais peut-être certaines personnes que tu connais… Avec de bons arguments bardés de zéros, on arrive à tout, non ? C'est drôle comme l'argent ouvre des portes supposées closes… Plus rien ne m'étonne dans ce domaine, alors faire disparaître Léa, ça doit être un jeu d'enfant.

Elle me murmure :

— Je te plains, Simon, tu dois être très malheureux… D'abord, parce que Léa n'est plus là, et ensuite, parce que la seule personne proche qui te voulait du bien, beaucoup de bien, tu la regardes comme une manipulatrice et une menteuse, alors que tu devrais voir en elle quelqu'un qui tient à toi… Je ne voudrais pas être à ta place, tu dois souffrir, et même si je le voulais, je ne peux rien pour toi… Je croyais que nous pourrions faire un bout de route ensemble, je trouvais qu'on s'entendait bien, qu'on aimait les mêmes choses, et j'ai tout faux… Tu sais, j'ai eu beaucoup de mal à me remettre de son suicide, malgré ce que tu crois… Je vis seule depuis longtemps et Léa était ma seule amie proche, je pouvais tout lui dire et tout entendre, et un jour, plus rien…

Je respire longuement avant d'enchaîner :

— Tu connais Enrique ?
— Non, c'est qui ?

— Enrique est le type qui a organisé notre voyage de repérages à Cuba pour *Santiago*, le film que nous devions faire…

— Et alors, Enrique quoi ?…

— Il vit là-bas… Je l'ai appelé il y a deux jours et tu sais ce qu'il m'a dit ?

— Comment je saurais ?…

— Il m'a dit que Léa était rentrée à Paris il y a deux semaines après un séjour de presque un mois à Santiago de Cuba et à La Havane… Pas mal pour une morte, non ?… C'est lui qui lui a trouvé une voiture pour qu'elle puisse aller et venir sur l'île… Il a ajouté qu'après son circuit, elle avait changé d'avis, elle ne voulait plus arrêter le cinéma, plus disparaître, simplement rentrer chez elle et essayer de tout recommencer à zéro… Ah oui, juste un détail, elle aurait ajouté qu'elle m'aimait toujours, qu'on n'aurait jamais dû se séparer et que je lui manquais.

Encore un très long silence avant qu'elle me dise :

— N'importe quoi… Et toi, bien sûr, tu crois ce que dit ce type ?

— À la lettre… J'en crois chaque mot ! Pourquoi est-ce qu'il me raconterait des salades ? Tout le monde n'est pas comme toi, je connais des tas de gens qui ne mentent pas…

— Alors, c'est très simple, en imaginant une seule seconde que ton Enrique dise la vérité, Léa a menti à tout le monde !… Elle a elle-même organisé son faux suicide… Elle connaissait plus de gens que moi et elle avait aussi de l'argent… Ça rapporte, le cinéma, quand on est une vedette comme elle… Elle a contacté je ne sais qui, a organisé cette mascarade, et ensuite elle a filé à Cuba, puisque tu prétends que cet Enrique l'a vue là-bas et l'a aidée...

— Tu as vraiment réponse à tout ! Rien ne t'ébranle ! Tu campes sur tes positions et tu n'en bouges plus !...

— Je n'ai pas réponse à tout !... Tu me débites un tissu de contre-vérités dans lesquelles tu m'impliques alors que je n'ai pas la moindre idée de ce dont tu parles, et maintenant tu me dis que j'ai réponse à tout ?... J'essaie juste de trouver une explication à ce ramassis d'affirmations qui me blessent et me désolent...

Elle ne reconnaîtra jamais rien.
C'est sans solution.
Elle ne voudra pas admettre quoi que ce soit.
Elle est suprêmement forte et intelligente.

— Parfait, Janet. Je vais trouver Léa, et quand je l'aurai trouvée, nous aurons, je pense, un autre genre de conversation...

— Bonne chance, Simon... Si je peux rendre service, surtout, n'hésite pas à demander, je le ferai avec plaisir... Quand tu te rendras compte que je ne mentais pas, peut-être que je te pardonnerai de m'avoir soupçonnée, mais peut-être pas...

— Je n'ai pas le moins du monde besoin que tu me pardonnes... Je sais qu'Enrique disait la vérité... Peut-être que Léa m'avouera comment les choses se sont passées...

50

J'avais raison, vraiment raison.

Hélas pour moi.

Je savais bien que ces deux-là allaient vouloir reprendre leur histoire d'amour inachevée dans mon dos, qu'elle changerait d'avis et serait consciente de ce qu'elle avait pu rater en décidant de s'éloigner de Simon…

Au bout de dix ans, elle retrouve par hasard celui qu'elle regardait et auquel elle pensait tous les étés en Toscane quand elle était ado, et après des années d'une vie sympa, sur un coup de tête, elle s'en va, tire un trait.

Et maintenant, la voilà qui regrette et revient.

Je ne voulais pas y croire, mais c'est une évidence…

Elle est toujours amoureuse de celui qui n'a jamais cessé de l'aimer, malgré le passage du temps.

Il m'a draguée parce que c'est vrai que j'ai tout fait pour, mais c'était presque un *one night stand*, un coup d'un soir, et je me retrouve sans elle et sans lui, sans ma vengeance et sans amour, seule à pleurer dans cette baraque que je ne supporte plus !…

Si ça se trouve, il va finir par la dénicher, pour peu qu'elle soit en Bretagne et décide enfin de répondre au téléphone…

Elle est rentrée il y a deux semaines ?

Merci de me l'apprendre !

Deux semaines, et je sais qu'elle n'est pas rue Bréhat puisque j'y suis encore allée hier, pour avoir l'impression d'être près d'elle, avec elle…

Donc, ou elle est à l'hôtel, ou elle est au Tiercent.

Ou repartie au bout du monde…

Mais pas besoin de repasser par la France pour se rendre à l'autre bout de la planète !

Depuis La Havane, il y a des vols pour partout, et même s'il y a des escales, ça n'empêche pas d'aller où on veut.

Elle est à coup sûr restée en France.

Je ne vois pas ce qu'elle foutrait dans un hôtel, alors qu'elle a une maison loin de Paris et qu'elle peut s'y planquer.

J'ai appelé six fois son numéro du Tiercent avant-hier.

Pas de réponse.

Je ne sais même pas pourquoi j'ai téléphoné !

Je n'avais pourtant aucune idée de sa présence en France…

Un pressentiment ?

Peut-être.

Cuba…

J'avoue ne pas y avoir songé.

Je pensais plus à Gorée, tout en me disant que si elle avait décidé de partir au Sénégal retrouver sa copine Aurore, les Djéma m'auraient prévenue. J'avais demandé à Alice de m'envoyer un message si jamais elle voyait Léa…

Presque deux mois de ça, au moment où j'ai commencé à me poser des questions sur sa destination…

Cuba ne m'aurait jamais effleurée…

Notre voyage à Gorée avait créé des liens très forts et, en vérité, je ne me souvenais même pas qu'elle et Simon étaient partis à Cuba pour les repérages de *Santiago*.

Moi qui me disais que j'allais peut-être réussir à convaincre Simon de me laisser produire son film et de me donner le rôle de Léa, c'est mal parti !…

J'ai beau fouiller dans ma tête, je n'ai aucun souvenir d'elle me parlant d'un voyage à Cuba en compagnie de Simon…

Je devais être à Gorée à cette époque, ou en Afrique du Sud, entre Le Cap et Pretoria, à rencontrer des investisseurs prêts à mettre de l'argent dans La Main tendue…

C'était l'époque où la fondation venait d'être créée et où je voulais trouver des partenaires pour l'implanter partout…

Je n'ai pas les moyens de certains milliardaires, mais j'essaie de faire en sorte que mon argent soit utile.

Toujours ce besoin de revanche par rapport à ce foutu esclavage et à l'enrichissement de quelques salauds, en France et ailleurs…

Je suis capable du meilleur comme du pire, et n'ai aucun état d'âme quand je fais du mal à quelqu'un qui le mérite…

Léa fait partie de la liste des élus.

Tout d'abord, elle a dédaigné l'amour que je lui vouais, et je sentais dans ses yeux comme un amusement à me regarder ramer pour la séduire.

Je ne supporte ni l'indifférence, ni le mépris, encore moins l'ingratitude, et son comportement depuis sa mort présumée va au-delà de l'ingratitude !

Cerise sur le gâteau, elle est toujours amoureuse de Simon et est peut-être revenue en France pour lui, le reconquérir, tirer un trait, se faire pardonner et se jeter dans ses bras…

Je sais, c'est ma faute.

Si je ne m'étais pas attachée à lui, la reprise de leur histoire ne m'aurait pas gênée ; mais maintenant, même s'il m'agresse et me soupçonne d'avoir tout manigancé, je suis déchirée par le manque, et les imaginer ensemble me rend maboule…

Je vais réessayer de téléphoner au Tiercent. Si, par hasard, elle répond, je prends mon chien et j'y vais…

Elle a décroché à la troisième sonnerie, a dit : « Allô ? », et j'ai raccroché…

Je ne conduis pas souvent mais retrouver mon Range Rover HSE Sport me fait plaisir…

J'adore l'odeur du bois et du cuir…

J'ai mis un sac et quelques affaires sur la banquette arrière…

Lucky a l'habitude de grimper dans le coffre et se couche aussitôt, heureux qu'on aille enfin se promener…

Je ne sais pas pourquoi, mais j'ai l'impression que lui aussi déteste cette maison…

J'entre « Le Tiercent 35 » dans le GPS…

Je n'ai pas son adresse, mais je reconnaîtrai facilement le manoir et, si je suis perdue, je demanderai à quelqu'un…

Elle ne vit pas dans un bunker, les gens la croisent, ils sont sûrement flattés qu'une actrice connue ait choisi leur village pour y vivre…

Waze m'indique 3 heures et 42 minutes de voyage…

J'aurais pu aller à Issy-les-Moulineaux louer un hélicoptère, comme je le fais d'habitude, ce qui aurait été compliqué parce que, dans ces cas-là, il faut savoir si on peut se poser pas loin de l'endroit où on va, et en l'occurrence, je n'ai pas d'adresse précise ; de plus, j'avais envie de conduire…

Quand je vois le temps que je mets à sortir de Paris, je regrette d'avoir pris ma voiture. Ceci dit, si j'avais dû me rendre à l'héliport, les encombrements auraient été les mêmes…

Je comprends Léa qui n'a qu'une envie quand elle termine un tournage : filer en Bretagne retrouver Le Tiercent…

Paris a beau avoir la réputation d'être une des plus belles villes du monde, y vivre devient insupportable !

Même punition quand on habite la banlieue et que, tous les jours, on doit gagner la capitale pour retrouver un bureau, un cabinet, une usine ou une école… Entre les risques de grève et les embouteillages, les Parisiens et les banlieusards sont gâtés !

L'autoroute est fluide, et même s'il fait gris, il ne pleut pas…

Je m'arrête à mi-chemin pour me dégourdir les jambes. Lucky et moi assouvissons des besoins naturels.

Je m'achète un sac de madeleines au chocolat pour grignoter sur la route. Avant de repartir, je fais boire Lucky à sa gourde de voyage…

Il avait très soif, le garçon !

Plus les kilomètres passent, plus je comprends que je suis heureuse de revoir Léa…

Dieu sait que je ne lui veux pas que du bien. Pourtant, douze années d'amitié ne peuvent s'effacer d'un coup !

Subsistent les souvenirs d'éclats de rire, de découvertes, de films, de repas bons ou mauvais…

Une vie complice.

Que je vais m'efforcer de détruire.

Parce que c'est ça que je suis venue faire.

Je suis un peu en retard sur l'horaire prévu par le GPS quand je vois indiqué « Le Tiercent 4,6 km »…

Elle va être surprise.

51

Elle reconnaît la voiture.

Elle n'aurait jamais dû décrocher ce fichu téléphone !

Elle n'en pouvait plus de l'entendre sonner…

L'erreur qu'il ne fallait pas commettre, après tous ces moments où la méfiance l'emportait sur le reste.

Au bout de la ligne, personne…

Elle avait pensé que ce pourrait être Simon, mais non, c'était Janet.

Elle va faire semblant ; comédienne tu es, comédienne tu restes !

Elle improvisera.

Elle sort devant la maison, fait quelques pas dans les graviers, s'approche du Range… Janet sort de la voiture mais reste près de la portière, qu'elle finit par fermer sans bouger…

— Tu as fini par me trouver !…

— Tu diras merci à Simon…

Léa est pétrifiée :

— Tu connais Simon ?…

— Eh oui… Tu n'aurais jamais dû demander qu'on disperse tes cendres… Il a décidé de faire partie du voyage, et on s'est rencontrés… Je pourrais même dire qu'on a bien accroché ! Il était seul et ne connaissait personne, il pleuvait des cordes, je suis allée lui parler…

Léa décide de changer de conversation avant que les choses prennent une drôle de tournure :

— Tu arrives direct de Sèvres ? Tu dois être un peu fatiguée. Tu n'as pas emmené Lucky ?

— Si si, il est derrière, dans le coffre…

— Sors-le, le pauvre, qu'il profite de la maison lui aussi…

Elle ouvre le hayon pour que son chien puisse sortir.

Il fait un tour de jardin à toute allure et revient se coucher aux pieds de Janet.

Ils suivent Léa dans l'entrée et dans le salon…

Elle s'assoit de travers sur son canapé habituel et Janet s'approprie un des deux fauteuils rouges de la pièce… Lucky s'étire sur le parquet…

— Faudra que tu me refasses visiter…. Tu as fait un tas de travaux depuis la dernière fois où je suis venue, et comme je n'ai pas vu une seule photo… ! Il a fallu que je me torture l'esprit pour t'imaginer ici !… Même Simon n'en sait rien ; il pense que tu es en France, ou du moins que tu es passée par la France…

— Comment il peut savoir ça ? Il me croyait morte, non ?

Janet a un petit sourire, parle en écartant les mains :

— Il a appelé un type du nom d'Enrique, à Cuba… Il n'a jamais cru à ton suicide… Depuis le début, il n'y croit pas !

— Tu en sais, des choses ! Vous êtes intimes ?

— Je ne sais pas si on peut dire ça… Les événements nous ont un peu rapprochés !

Léa regarde Janet en s'efforçant de rester impassible.

Elle voit bien que les yeux de son amie brillent, qu'elle est heureuse de lui faire mal, de la déstabiliser…

Elle y prend du plaisir, comme pour se venger de quelque chose… Elle découvre une autre fille, froide, cynique, faisant semblant d'être gentille et attentionnée…

— Tu veux boire un café, un thé, une tisane, un Coca, du vin ?

— Tu bois quoi, toi ?

— Je vais me faire une tisane… Il commence à faire frais en fin d'après-midi, ça me réchauffera…

— Je fais comme toi…

— Je t'apporte ça…

Léa se lève et se dirige vers la cuisine.

Janet, du regard, fait le tour du salon, redécouvre cette facette de l'univers de son ex-amie, un environnement qu'elle connaissait et aimait déjà, mais qu'elle se met à détester sans aucune bonne raison…

Juste parce que Léa se fout de son attirance pour elle, et qu'elle aussi est amoureuse de celui que le hasard a mis sur la route de Janet !

Tellement différent de sa maison de Sèvres, cet endroit respire, vit, dégage une atmosphère paisible…

C'est une maison habitée, contrairement à ce cube vaguement Art déco qui lui sert de terrier…

Si Léa s'était laissé séduire et lui avait demandé de vivre avec elle, elle aurait bazardé son bunker de Sèvres et aurait adoré vivre dans cette maison du Tiercent.

Avec Internet, aujourd'hui, plus besoin d'être à Paris pour s'occuper de ses affaires…

À une époque, quand on exerçait certains métiers, il était compliqué de vivre loin de la capitale.

Tout se trouvait là-bas, et ce n'était pas toujours facile de joindre les gens par téléphone ou par courrier…

Léa a beaucoup de goût.

Les tableaux, les affiches et les photos qu'elle a mis sur ses murs sont touchants, surprenants, émouvants…

Sa maison de Sèvres est vide de toute émotion…

On dirait un endroit de passage, une grande chambre d'hôtel anonyme, un lieu dont il ne reste plus le moindre souvenir dès qu'on l'a quitté en croisant les doigts pour y revenir le moins possible…

— Tu veux du sucre, du miel ?

— Un peu de miel, merci… Alors ça y est, tu as changé d'avis, tu es de nouveau en vie ?… On fait quoi, maintenant ?

— Comment ça, on fait quoi ?…Tu n'as rien à voir là-dedans !… Tu n'es ni mon agent, ni ma fiancée, et je n'ai pas l'intention de vendre la mèche, si ça peut te rassurer…

Janet, qui avait commencé à mettre du miel dans sa tasse, repose le tout…

— Je n'ai pas de craintes… De toute façon, tu n'as pas la plus petite idée de ce que j'ai fait, ni de comment je l'ai fait ! Même si tu te forçais, même si tu te creusais le cerveau dans tous les sens, tu ne pourrais rien raconter !

Léa balaie l'espace avec ses mains, regarde Janet avec un sourire :

— Je vais tout assumer… Je vais dire à mon agent d'écrire un communiqué dans lequel on expliquera que j'ai demandé à certaines personnes de m'aider à faire croire que je m'étais suicidée. Je ne supportais plus la pression… Ce sera tout à fait crédible, vu le nombre de films que j'ai pu faire depuis un an ou deux… Je vais passer pour une tarée, une mytho, tout le monde va se moquer de moi, mais ce n'est pas grave, je ne serai pas la première actrice à péter les plombs à cause de cette double vie…

Janet reprend sa tasse, commence à remuer le miel avec sa petite cuillère, boit une gorgée de tisane :

— Délicieuse ! Tu me diras ce que c'est et où tu la trouves, c'est la première fois que je bois une infusion qui a ce goût-là !... Vraiment délicieux...

Léa commence à la regarder d'une façon bizarre :

— En fait, tu as fait presque quatre heures de route pour boire une tisane ?... C'est ça ?... Si tu me racontais plutôt pourquoi tu es là ?

Janet la dévisage en souriant à son tour...

— Je voulais te dire les yeux dans les yeux que j'étais plus qu'inquiète, que je n'aurais jamais cru que tu me laisserais sans nouvelles, et que jamais je n'aurais pensé que tu disparaîtrais comme ça, sans même un message...

Léa gesticule sur son canapé, mal à l'aise...

— Je sais, j'ai été en dessous de tout, je n'ai pas réfléchi, je suis partie avant qu'on annonce quoi que ce soit me concernant... J'ai préféré fuir loin, et je l'ai fait sans te prévenir, alors que tu m'avais aidée... Je mérite que tu me gifles, j'ai été nulle, je te fais des excuses...

Janet s'approche un peu...

— Je n'ai pas besoin d'excuses ! Te savoir de retour et en forme me suffit, j'étais angoissée au possible !... Je vais mieux...

Léa commence à se détendre ; elle pensait que Janet allait l'agresser dès son arrivée…

— Tu comptes rester un peu ? Je suis certaine que Lucky va adorer se rouler dans le sable et dans la vase. On est tout près du Mont-Saint-Michel et d'autres plages… Tu sais, quand tu es venue me disperser aux quatre vents, ce n'était pas très loin d'ici !
— Si je ne te dérange pas, je veux bien rester quelques jours, le temps de me remettre… On pourra retourner là-bas pour conjurer le mauvais sort, si tu veux ?
— Je ne sais même pas où vous avez décidé de me faire prendre l'air ?

Pour le coup, Janet éclate de rire :

— Pointe du Grouin ou un truc comme ça, si je me souviens bien…
— Oui, c'est juste après Cancale et la plage de Port-Mer, un lieu magnifique avec des rochers qui dominent la mer, comme une falaise… Quand il y a des tempêtes, c'est terrifiant ! Qui avait choisi l'endroit ?
— Pas la moindre idée… J'ai entendu à la radio qu'un hommage te serait rendu là… À ta demande… Je ne sais pas qui s'est chargé de tout organiser… Peut-être ton agent.
— Oui, sûrement, il était au courant… Je lui avais dit, je crois, je ne sais plus à quelle occasion, en rigolant… Je n'aurais jamais pensé que ça arriverait !

52

Envie subite d'écrire un synopsis de film auquel personne ne croirait et d'y mettre tout ce qui s'est passé…

Je colle une grande feuille de papier Canson sur le mur de mon bureau, sors des feutres et commence une frise chronologique…

J'ai appris le mot hier en regardant la télé : une fille disait à son père qu'elle avait quelque chose à faire le lendemain dans le cadre d'un devoir pour le lycée…

Elle lui annonçait : une frise.

Devant sa tête, elle lui expliquait la différence entre une frise située en haut d'une colonne, souvent dans des églises ou des monuments, un terme d'architecture, et ce qu'elle s'apprêtait à entreprendre, à savoir une frise chronologique…

Dessiner sur une feuille les différentes étapes entre un événement A et un événement B…

Depuis quelques jours, j'ai renoncé à approfondir ma quête de Léa.

Ce que m'a dit Enrique m'a rassuré, mais je suis moralement fatigué.

C'est comme si toute mon adrénaline était retombée…

Comment peut-on faire une chose pareille aux gens qui tiennent à vous ?

Si elle m'avait dit qu'elle allait faire semblant d'être morte, j'aurais bien sûr argumenté, je me serais battu pour l'en dissuader, j'aurais essayé de lui prouver que, même si elle ressentait l'envie insurmontable de faire autre chose que du cinéma, bidonner sa disparition allait lui retomber sur la figure, lui faire perdre tout crédit auprès d'un public qui l'aimait beaucoup.

Un jour, elle regretterait…

Elle ne m'aurait évidemment pas écouté, mais au moins, je n'aurais pas passé mon temps à gamberger, à imaginer que tout était faux, et je n'aurais pas usé mes yeux sur des archives supposées me fournir peut-être un début d'explication…

Janet m'avait quand même collé la responsabilité de sa mort sur le dos !

Nous n'étions plus ensemble, c'est vrai, depuis trois ans, mais il ne se passait pas un mois sans qu'on se parle ou s'écrive…

Et maintenant, j'apprenais qu'elle était revenue en France !

Je me dis qu'après tout, si elle a envie ou besoin de se confier, je suis là, mais je ne ferai pas le moindre pas vers elle…

Je voulais savoir.

J'étais absolument certain qu'elle n'était pas morte !

Et il fallait que je sache.

À présent, je ne cherche plus, je sais.

Je pensais que je ne comptais plus trop pour elle ; la preuve, ce silence depuis sa disparition, et j'apprends qu'au contraire je tiens une place importante dans sa vie !

Je commence à remplir ma frise, avec des couleurs différentes pour chaque événement…

J'ai parfois travaillé comme ça, collant ou punaisant de grandes feuilles sur un tableau pour mieux visualiser l'ensemble d'un projet…

Ça me fait penser à un reportage sur Jean-Loup Dabadie, ce formidable dialoguiste et parolier qui travaillait toujours en suspendant de grandes feuilles sur les murs, où il développait les personnages et les situations des chansons ou des scénarios sur lesquels il travaillait.

Claude Sautet, Guy Bedos et Julien Clerc, entre autres, lui doivent beaucoup…

J'avance pas à pas.

J'ai découpé le temps en épisodes qui commencent au moment où les médias annoncent le suicide de Léa et se terminent quand Enrique me rassure…

Je me demande si je ne devrais pas écrire une histoire qui commencerait au moment où les deux protagonistes sont heureux ensemble, afin qu'on saisisse le côté insensé et irrationnel de ce parcours pour le moins chaotique…

En précisant, bien sûr, que rien ne s'était mis en travers de leur histoire, à part les questions que l'héroïne se posait sur ses choix de vie…

Quand je revois le chemin parcouru depuis dix ans, jamais il n'aurait dû s'interrompre pour des questionnements de Léa ou des silences de ma part passant pour de l'indifférence…

Partir du personnage d'une star de cinéma qui veut tout arrêter, surtout le septième art, en passant par l'amour qu'elle éprouve pour un être qui le lui rend bien, une star qui finit par simuler sa mort pour pouvoir disparaître et peut-être, un jour, devenir infirmière dans une ONG du bout du monde !

Un tel scénario ne peut pas s'inventer…

Il ne peut que s'écrire, se vivre et devenir crédible parce que parsemé d'éléments vécus…

Quel scénariste serait fichu d'imaginer une histoire pareille ?

Personne, ou en tout cas personne à qui je peux penser…

Je pourrais repartir au Tiercent pour la revoir…

Je suis certain qu'elle y est, mais si elle ne donne pas signe de vie, c'est sûrement par désir d'être seule, ou parce que me donner des nouvelles et être obligée de reconnaître qu'elle s'est trompée doit être au-dessus de ses forces…

Peut-être, avec Janet, filent-elles le parfait amour…

Qui sait ?

Si je me mets à écrire et à développer ce scénario pour en faire un long-métrage, ce ne sont pas les éléments qui manqueront…

Une minute par page, c'est ce qu'on dit en général…

Vu ce que j'ai à mettre dedans, ça va faire un pavé de quatre cents pages, quatre cents minutes ! Impossible !

Je vais couper des situations, des dialogues…

Ça faisait longtemps que je n'avais pas été aussi excité à l'idée d'une histoire à tourner…

Depuis la nouvelle mouture de *Santiago* !

Ce qu'en avait fait Léa, les idées et les suggestions qu'elle avait apportées étaient plus intéressantes et brillantes les unes que les autres…

Jusqu'au découpage, parfois, de certaines scènes qu'elle imaginait et dans lesquelles elle se voyait évoluer…

Santiago, ce film que j'ai proposé à des Américains pour qu'ils le produisent avec moi !

Fallait-il que j'en tienne une couche pour me dire qu'avec notre nouvelle version, ils seraient toujours partants…

Un hymne au Cuba de Castro, devenu le Cuba de maintenant grâce à cette aventure révolutionnaire et à certains personnages de légende…

Et moi, l'idiot du village, je me pointe chez des Anglo-Saxons pour qu'ils mettent de l'argent dans le projet !

Je devais être sous influence, pas seulement de Léa mais aussi de quelque substance chargée d'attaquer d'une façon ou d'une autre les lobes du cerveau !

Elle a tant de bonnes idées que je devrais demander à Léa d'écrire cette histoire avec moi !

Si ça se trouve, elle dirait : « Pourquoi pas ! » et serait morte de rire à l'idée de participer à la rédaction du projet.

Je pourrais même lui demander d'y jouer son propre rôle.

Elle serait plus crédible que n'importe qui…

Et je pourrais mettre Janet et moi au casting !

Je m'étrangle de rire tout seul en imaginant mes délires devenant réalité.

Si jamais Léa décide de réapparaître – et il va bien falloir qu'elle le fasse –, quelles en seront les conséquences ?

Elle gardera le silence et ne dira pas qui l'a aidée…

Après tout, elle n'a rien fait d'autre que se servir de faux papiers, j'imagine, puisque je ne la vois pas voyager sous son nom…

Quelqu'un de la police des frontières s'en serait souvenu et aurait démonté la thèse du suicide en précisant qu'à telle date, elle avait quitté le pays…

Donc, aucune chance !

Elle a dû choisir de partir bien avant l'annonce de son suicide.

Elle n'aura fait de mal à personne.

Juste à moi.

53

Elles sont parties pour Cancale et la pointe du Grouin…

La veille, Lucky s'est roulé pendant des heures dans la vase, la boue et le sable de La Roche-Torin, ce bout de lande que Léa adore, devenu pour elle presque un lieu de pèlerinage…

Chaque fois qu'elle est au Tiercent, elle file à La Roche-Torin, grande marée ou pas, mascaret ou pas…

Simon et elle y sont allés une trentaine de fois, au moins.

Il a dû faire des centaines de photos du Mont-Saint-Michel au loin, des prés-salés, des polders, des nuages qui changent et se décomposent avant de se rejoindre pour d'autres arabesques, sans parler des couchers de soleil somptueux…

Simon a toujours adoré l'accompagner à La Roche-Torin.

En revanche, depuis l'implantation des navettes et la disparition du parking au pied du rocher, Léa n'a plus jamais voulu mettre les pieds au Mont-Saint-Michel, devenu dans son esprit une espèce de Las Vegas ou de chutes du Niagara *bis*, une horreur bardée de boutiques à touristes devant lesquelles il faut passer quand on a envie de monter à l'abbaye et au cloître, un endroit unique…

Ce lieu, autrefois magique, est devenu un piège à gogos avec une surenchère de mauvais goût, tant pour ce qu'on y vend que pour ce qu'on y mange…

Elle s'est juré de ne plus y remettre les pieds et a prévenu Janet, qui semble s'en moquer…

Elle a bien aimé La Roche-Torin, et Léa a senti que Lucky était au paradis…

Il était drôle à voir.

Sûr que Janet n'a pas ri en rentrant et en collant le chien sous la douche, pour le débarrasser du sable et de la vase collés à ses longs poils !

Vu de l'extérieur, on pourrait presque avoir l'impression qu'entre Léa et Janet, l'amitié d'avant s'est réinstallée…

C'est Léa qui conduit, et il fait si beau qu'elle a décidé de décapoter sa Fiat pour les petites portions de départementales qui mènent à la quatre-voies…

— Ça te fait quoi de retourner à l'endroit où on m'a dispersée aux quatre vents ?

Léa a un sourire jusqu'aux oreilles.

— On dirait que ça te fait rire ! Tu ne réalises pas à quel point tu as pu faire du mal aux gens qui tenaient à toi !

— C'est un bon test… On devrait faire ça plus souvent… Ça ferait vite le tri entre les vrais et les faux amis !

— Faux ! Totalement faux ! Tu n'imagines pas le nombre d'opportunistes ravis qu'on les aperçoive, même de loin, et qu'on les filme pour passer sur les chaînes d'infos ! Ces stars bidon issues de la téléréalité, qui sont célèbres sans avoir une once de talent, se contrefichent bien de toi ! Ils vont à ce genre de cérémonie parce que ça leur permet de se faire voir ! Tu vis dans un monde de Bisounours, ma chérie ?

Léa soupire :

— Je sais très bien ! C'est même pour ne plus faire partie de ce milieu que je t'ai demandé de m'aider à monter cette comédie – ou ce drame, si tu préfères… Ce qui m'a fait changer d'avis, c'est de me rendre compte que je ne pouvais pas prétendre que, pour moi, le cinéma ne comptait pas… C'est tellement éloigné de la vérité que j'en viens même à me demander comment j'ai pu m'imaginer un seul instant que c'était vrai ! Oui, j'ai envie d'aider les autres, et je pensais qu'être infirmière ou agir au sein d'une ONG sur le terrain était plus important que de faire du cinéma…

— Et alors ?

— Je me suis rendu compte que, parfois, faire rêver les gens, les faire réfléchir ou les émouvoir était aussi important et efficace que de faire des pansements ou des piqûres ! C'est juste une autre façon d'aider, c'est tout !

— Combien de fois je te l'ai dit ? Et Simon n'est sûrement pas le dernier à s'être engueulé avec toi à cause de tes théories ! Quand on a ta célébrité, et donc la chance d'être écoutée et regardée par beaucoup de monde, c'est plus fort que d'être dans un dispensaire à l'autre bout du globe !…

— J'ai été subjuguée par ta fondation ! Je trouve que ce que tu as fait, par exemple pour les Djéma, est formidable et…

— C'est grâce à l'esclavage que les ordures de ma famille se sont enrichies depuis des générations, par le trafic d'êtres humains ! Je n'ai aucune notoriété, je suis médecin, point barre, blindée de fric grâce ou à cause des ignominies de ces personnes qui portent le même nom que moi, et encore une fois, c'est un fardeau ! C'est pour ça, La Main tendue, rien de comparable à ce que toi, tu peux apporter aux gens ! Moi, hélas, je ne peux aider qu'à un petit niveau… Toi, ton étoile rayonne dans le monde entier, tu peux soulager les douleurs de tant de gens en leur changeant les idées ! Je trouve ça rare et suis ravie que tu aies fini par en prendre conscience !…

— Tu n'es pas responsable des hérésies de tes ancêtres ! Il va falloir qu'un jour, tu finisses par évacuer ton complexe de culpabilité… Ça t'empêche de vivre !

Léa s'est un peu énervée et Janet se ferme d'un coup, avant de la regarder et de lui dire :

— J'avoue, j'avoue, je devrais arriver à occulter tout ça comme mon frère l'a fait depuis toujours, mais j'ai du mal… Je suis incapable de supporter l'injustice… Que des nantis aient pu, pendant des siècles, s'enrichir en considérant que les Noirs nous étaient inférieurs et ne pouvaient servir qu'à être à la botte des Blancs me fait vomir !

— Tu sais qu'à un moment, je voulais entrer dans ta fondation, et puis j'ai oublié de te demander comment faire… Je suis partie sur un tournage et ça m'est sorti de la tête…

— Tu n'as pas besoin d'en faire partie, ou si tu veux, je te nomme membre d'honneur !

— La grande classe ! Merci infiniment…

Elles éclatent de rire.

Léa a toujours sa perruque et ses grosses lunettes.

Elle les enlèvera une fois que le communiqué aura été rédigé et diffusé… Pour l'instant, elle n'a même pas prévenu son agent qu'elle était toujours en vie…

Ça risque de lui faire un drôle d'effet !

Il y aura forcément des demandes des journalistes de la radio, de la télé et des journaux…

Il sera toujours temps…

Elle a encore envie d'être un peu tranquille, au moins tant que Janet est là !

La conversation leur a fait du bien.

Rien de pire que les non-dits, les sous-entendus, les messages à double sens. Elle retrouve les bons côtés de son amie au fil des kilomètres menant à Cancale et à la pointe du Grouin…

Elle a pensé que c'était une garce mais est en train de changer d'avis, tout en gardant un fond de méfiance…

Elle la sait manipulatrice…

Et les allusions de Janet en lien avec Simon la titillent depuis son arrivée.

Depuis deux jours qu'elle est là, Janet n'en a pas reparlé.

Elle hésite à lui poser la question qui fâche, parce que si elle apprend qu'ils ont eu une aventure ou sont ensemble, l'atmosphère va se rafraîchir !

Elle est rentrée pour Simon.

Et il n'a pas la moindre idée de ce qu'elle éprouve encore pour lui…

Elle s'en veut d'avoir si longtemps gardé le silence…

Elles sont au bord de la Manche.

Le Vivier, un des nombreux endroits où acheter des huîtres, juste avant Cancale.

Elle jette un coup d'œil à Janet qui regarde la baie du Mont-Saint-Michel, immense, avec tout au fond, le rocher et le Mont…

Marée basse, au moins huit cents mètres pour rejoindre l'eau…

Des chars à voile sur la plage, pas mal de vent malgré le beau temps, et les barreurs s'en donnent à cœur joie…

Un vieux moulin retapé sur la gauche de la route !

Un vrai gâchis…

Elle se souvient du moulin d'avant.

Il était beau, un peu décrépi.

Les nouveaux propriétaires l'ont transformé en un bâtiment sans âme…

Elle dépasse Cancale, descend à Port-Mer pour montrer la minuscule plage à Janet et prend la direction de la pointe du Grouin…

Si elles continuaient à longer la côte, elles arriveraient à Saint-Malo…

Elle se gare sur le parking désert…

Elle demande à Janet : « Faut-il mettre une laisse à Lucky qui piaffe d'impatience sur la banquette arrière ? »

Janet répond que Lucky est obéissant et ne va pas s'échapper…

Léa précise que ce n'est pas comme à La Roche-Torin : après l'étendue plate, c'est le vide, les rochers et la mer !

Janet met sa laisse à Lucky avant de dire à Léa qu'elle reconnaît l'endroit, mais qu'au moment de la cérémonie, il pleuvait des seaux d'eau…

Elles sortent de la voiture.

54

Un jour auparavant

C'est moi qui aurais dû hériter de cette maison et Simon de l'appartement de la rue Bréhat…

Léa s'imagine qu'on est redevenues amies et ça me fait rire…

Pas un seul instant, elle ne se doute de ce que j'ai en tête…

Cette maison me ressemble.

Elle est faite pour moi.

Comme Simon.

J'aurais mieux fait de me taire et de ne pas parler de lui en arrivant !

Je n'ai pas pu m'en empêcher…

Je voulais voir ce qui passerait dans les yeux de Léa à ce moment-là !

J'avais envie qu'elle commence à souffrir, même juste un peu, pour le plaisir de voir le doute s'installer…

Elle me regarde depuis hier comme si elle me redécouvrait, comme si elle avait fait de moi un portrait qu'il lui fallait modifier, parce qu'il ne ressemblait plus à la réalité qu'elle avait devant elle.

C'est elle la comédienne et c'est moi qui la manipule, comme j'ai pris l'habitude de le faire depuis des années avec les gens que je hais et auxquels je souhaite le plus de mal possible…

J'ai eu tout le temps de répéter.

Cette façon d'être fait partie de moi et apparaît au grand jour quand la coupe est pleine, qu'il faut passer aux actes pour venger les affronts…

Et affronts il y a eu !

Je l'ai aimée comme une folle, et maintenant c'est son ex que je veux, et plus il joue l'indifférent, plus j'ai envie d'être avec lui…

Elle aussi a joué le mépris avec moi, sauf que jamais elle n'a cédé à mes avances, alors que lui, oui…

Et ça change tout.

Ce que j'éprouvais pour elle a été remplacé par ce qu'il m'inspire, et certaines de mes ex-conquêtes ne me comprendraient sûrement pas, persuadées que, lorsqu'on aime les filles, c'est à jamais, et qu'on n'a pas le droit de changer d'avis…

J'ai changé d'avis, je ne m'y attendais pas.

Et c'est elle qui va payer.

D'abord pour son indifférence à mon égard, ensuite pour que je puisse avoir Simon…

Pour l'instant, il me snobe, mais ça ne durera pas.

J'ai plus d'un tour dans mon sac…

Je suis heureuse pour Lucky.

Tout à l'heure, il s'est éclaté comme un fou à La Roche-Torin…

Léa en avait souvent parlé, mais je ne connaissais pas.

Il a juste fallu que je le lessive en rentrant, il était dans un état de crasse hallucinant !

On a évité le Mont-Saint-Michel, et Léa m'a expliqué pourquoi elle ne voulait plus y mettre les pieds…

J'étais un peu déçue mais j'ai dit que je m'en fichais, et c'est un peu vrai…

Les abbayes, les cloîtres et les moines, c'est pas trop mon truc…

On m'a flanquée dans des écoles religieuses pendant toute ma scolarité, et ça m'a dégoûtée à jamais !

Heureusement que je n'étais pas un petit garçon !

Au moins, je n'attirais pas certains curés !

Ils n'avaient pas envie de me prendre sur leurs genoux et de me tripoter…

Mes ancêtres ont fait fortune avec la traite des Noirs, tout en allant à l'église chaque dimanche avant de se confesser et d'être pardonnés…

On rêve !

Je n'ai pas dit à Laurent que Léa était rentrée en France.

Il le saura bien assez tôt, quand son agent annoncera la nouvelle.

Quelque part, je dois avouer que je l'admire ; elle est capable de faire croire à sa mort et de revenir en avouant qu'elle avait menti !…

Être une actrice connue et se comporter comme ça demande un courage incroyable, d'autant qu'elle sait très bien que le retour de flamme risque d'être violent…

Elle va être la risée des médias et des réseaux sociaux…

Si je dois la faire disparaître, il faut que ce soit avant qu'elle puisse demander à son agent de rédiger un communiqué…

Pour l'instant, personne, hormis sa femme de ménage, ne sait qu'elle est rentrée…

Marie ne dira rien.

Elle ne voudra pas être mêlée à ça, et si elle raconte quoi que ce soit, personne ne la croira, on dira qu'elle invente pour faire parler d'elle…

Je sais que Léa est restée silencieuse depuis son retour au Tiercent, et même tout à l'heure, à La Roche-Torin, elle avait sa perruque et ses lunettes.

Je mets au défi qui que ce soit de la reconnaître avec son déguisement…

J'ai le champ libre.

Elle a fait croire à son suicide.

Je vais lui donner raison.

Demain, je lui proposerai de retourner sur les lieux de la fameuse cérémonie en son hommage et elle ne voudra pas dire non…

D'ailleurs, il me semble bien qu'elle l'avait évoqué hier et encore aujourd'hui, sur le ton de la plaisanterie, comme s'il fallait absolument affronter le passé pour que l'avenir s'ouvre enfin…

Elle a une très belle petite salle de cinéma et un nombre incroyable de films sur des étagères qui couvrent les murs…

Je ne m'en souvenais pas, ou alors elle n'existait pas quand je suis venue…

Je n'ai jamais vu ça !

Quand je pense au vide de ma maison de Sèvres, je suis affligée…

Un abîme nous sépare, Léa et moi.

J'aurais eu tant de choses à découvrir grâce à elle que ça me rend un peu triste.

Je regarde les étagères couvertes de films classés par réalisateurs et me dis que, finalement, elle qui regrettait de ne rien connaître au septième art à ses débuts avait bien rattrapé son retard !

Mes parents aimaient les livres…

J'en ai gardé beaucoup à Sèvres, bien que je me sois débarrassée de tout ce qu'il y avait d'autre dans leur baraque !

Les gardiens ont dû me croire folle, et c'est l'impression que ça devait donner : il faut avoir un grain pour vider une maison remplie du sol au plafond des souvenirs de sa famille, comme si on grattait une blessure jusqu'à l'os pour se débarrasser du dernier microbe !

Je ne me savais pas aussi bonne comédienne.

Léa et moi avons discuté de tout un tas de choses depuis deux jours, en évitant les sujets qui dérangent.

Elle ne m'a plus posé de question sur Simon, et je me suis mordu la langue plusieurs fois pour ne pas faire de gaffe !

Comme il est le seul à savoir qu'elle est rentrée en France, il faudra que je sois assez maligne et inventive pour lui expliquer qu'elle a peut-être, une fois de plus, décidé de disparaître, que la France n'était qu'une étape sur sa route, son chemin vers un autre destin…

Il ne me croira peut-être pas, mais tant pis.

Comme il semble évident qu'ils ne se sont pas joints depuis son retour, il ne sait pas qu'elle est au

Tiercent et trouvera crédible que la France n'ait été qu'une escale dans son parcours…

Léa a voulu me faire visiter Dinan et j'ai répondu que l'excursion à La Roche-Torin et la douche de Lucky suffisaient à mon bonheur pour aujourd'hui…

Elle a eu raison de vivre ici !

Plus les heures passent, plus je me dis que j'ai raté mon point de chute, qu'il aurait dû être en Bretagne…

Quelques photos de Léa et Simon dans la maison, comme si, malgré leur séparation, rien n'avait changé !

Ils s'aiment toujours et ne se le disent pas…

Si je veux que Simon s'attache à moi quand Léa aura disparu, je vais avoir du boulot…

Notre histoire plus que brève n'aura été qu'un intermède pour lui…

En même temps, qui pourrait le lui reprocher ?

J'ai tout fait pour qu'il s'intéresse un peu à moi, et il est seul depuis plus de trois ans parce que celle qu'il aimait lui a signifié son congé, sans en penser un traître mot !

Demain, nous allons à Cancale et à la pointe du Grouin.

Possible que ça me donne des idées.

55

… Les pompiers de Cancale et le GRIM, groupe régional d'intervention en milieu périlleux, n'ont rien pu faire… La femme était morte sur les rochers en bas de la falaise, pointe du Grouin, à Cancale… Il y a vingt-cinq mètres de dénivelé à cet endroit et les chutes y sont généralement fatales… On pense qu'il s'agit d'un accident… L'identité de la victime n'a pas été révélée mais il semble qu'elle était méconnaissable à cause de l'impact sur les rochers…

Je regarde ma télé, un peu secoué par la nouvelle, comme si c'était à moi que s'adressait le journaliste dépêché sur les lieux par France 3 Bretagne…

Je pensais souvent aux risques d'accidents similaires quand il m'arrivait d'être dans des endroits à la topographie identique, comme Port-Coton à Belle-Ile-en-Mer, où j'avais été plusieurs fois…

Et si c'était Léa ?

Il n'y a aucune raison.

Je le sais, mais quand on est sans nouvelles, il est facile d'imaginer le pire, surtout quand l'endroit qu'évoque le reporter fait partie des lieux chers au cœur de quelqu'un que vous aimez…

Dans le monde, il n'y a pas que Léa Solvéni qui aime se promener à la pointe du Grouin !

Pour beaucoup d'habitants de la région, ce doit être une balade fort prisée, comme le sentier des douaniers à Cancale ou encore d'autres parcours, uniques dans ces paysages longeant la mer…

Combien de fois avons-nous parcouru ces chemins, Léa et moi, quand nous allions quelques jours au Tiercent ?

Cancale, Port-Mer et la pointe du Grouin ont toujours été parmi les endroits où elle avait envie de poser ses chaussures de marche, en essayant de m'entraîner avec elle pour que je fasse du sport et que je bouge un peu ma carcasse…

C'était sa façon amoureuse de me parler !

Je regarde ma frise chronologique.

J'ai commencé à prendre quelques notes sur un bloc : un début de synopsis à développer si l'enchaînement des événements me semble cohérent…

Jamais évident de savoir par quel bout prendre une histoire, d'autant que celle que je voudrais raconter dans un film est compliquée, même si elle pourrait ressembler à un banal triangle amoureux…

Un type, deux filles dont une est entichée de l'autre qui s'en fout, alors que le type en question est amoureux de la fille qui se moque pas mal de l'amour de l'autre fille…

Et puis, un jour, une des filles fait croire qu'elle s'est suicidée, peut-être aidée par l'autre que, finalement, ça arrange, puisqu'elle commence à son tour à être attirée par le type qui va finir par la remarquer aux obsèques de celle qu'il aimait…

Et puis, le type se dit que la fille ne s'est sûrement pas suicidée, qu'elle n'est absolument pas morte, que tout ceci est bidon et qu'il va le prouver…

Comme il croit que la deuxième fille a aidé la première à disparaître, et qu'ils ont une aventure, il va en profiter pour essayer, grâce à cette intimité, de lui faire avouer la vérité…

Mais la fille ne dit rien, n'avoue pas, se garde bien de dévoiler quoi que ce soit…

Alors, comme lui et la première fille ont fait un jour un voyage à Cuba pour les repérages d'un film que le type voulait tourner là-bas, puisqu'il est réalisateur de cinéma, il décide de téléphoner à un autre type qui les a aidés à monter leur voyage à Cuba.

Et le type de Cuba annonce au type de Paris que la fille suicidée est très, très vivante, qu'elle était à Cuba et vient de reprendre l'avion pour la France !…

Tiré par les cheveux ?

Un peu, mais véridique au point qu'on pourrait mettre sur l'affiche : « Tiré d'une histoire vraie » !

Je souris en relisant les quelques lignes.

J'essaie de rester concentré mais regarde la télé d'un œil…

… C'est une jeune femme qui a donné l'alerte… Personne d'autre n'était sur le site à ce moment-là… D'après les premiers éléments, ce serait le corps de son amie qu'on aurait retrouvé dans les rochers en bas de la falaise de la pointe du Grouin… Pas d'autres détails pour l'instant…

Je ne sais pourquoi, je commence à avoir des sueurs froides…

Encore une fois sans raison, mais deux femmes se promenant à la pointe du Grouin en pleine semaine, ou ce sont des retraitées, ou des chômeuses, ou des personnes qui peuvent se permettre de se balader quand elles veulent parce qu'elles travaillent chez elles… Ou alors…

Je repense à Léa et l'idée ne veut plus sortir de ma tête !

Si c'était elle, personne ne pourrait encore le dire, puisque le visage de la victime est méconnaissable…

Et si Janet était allée la voir au Tiercent et qu'elles avaient décidé de retourner sur les lieux de la fameuse cérémonie de dispersion des cendres ?

Et si, et si ?…

Je commence à vraiment tourner en rond.

Je pourrais essayer d'appeler Le Tiercent, mais si personne ne répond, je vais flipper encore plus…

Je décide d'attendre.

J'ajoute quelques lignes au synopsis et y inclus les infos que je viens d'entendre à la télé…

Tout est possible !

Je n'ai pas plus de nouvelles de Léa que de Janet.

Si j'avais l'une ou l'autre au téléphone, je pourrais savoir, mais je ne veux pas appeler Janet, pas envie de continuer à la voir…

C'est idiot et, je le sais, ça me permettrait de me rassurer…

Alors je l'appelle.

Je laisse sonner.

Et le portable, et le fixe, et personne ne répond.

Je ne laisse pas de message.

J'ai encore le téléphone dans la main quand il se met à sonner…

Numéro inconnu.

Je réponds quand même.

Une voix d'homme :

— Monsieur Le Goff ?

— Oui, c'est moi…

Le cœur qui bat tellement fort que j'ai l'impression qu'il va exploser…

— C'est la gendarmerie de Cancale, quelqu'un voudrait vous parler, ne quittez pas…

Je suis trempé, finalement c'est moi qui avais raison, avec mes idées noires. Je vais me sentir mal…

— Simon ? C'est Léa…

Cet ouvrage a été composé
par Facompo à Montrouge (Hauts-de-Seine)

Impression réalisée par

NORMANDIE ROTO IMPRESSION S.A.S.
à Lonrai (Orne)

en mai 2022
pour le compte des Éditions de l'Archipel,
département éditorial de la S.A.S. Écriture-Communication

Imprimé en France
N° d'impression : 2202064
Dépôt légal : juin 2022